원효대사

원효대사 1

1판 1쇄 발행 | 2017년 4월 1일

지은이 | 이광수
엮은이 | 방남수
펴낸이 | 김경배
펴낸곳 | 시간여행
편　집 | 이진의
마케팅 | 강민정
본문 디자인 | 디자인 [연:우]

등　록 | 제313-210-125호 (2010년 4월 28일)
주　소 | 서울시 마포구 토정로 222 한국출판콘텐츠센터 419호
전　화 | 070-4032-3664
이메일 | sigan_pub@naver.com

종　이 | 엔페이퍼
인　쇄 | 한영문화사

ISBN 979-11-85346-45-8　(04810)
ISBN 979-11-85346-44-1　(세트)

이 도서의 국립중앙도서관 출판예정 도서목록(CIP)은 서지정보유통지원시스템 홈페이지(http://seoji.nl.go.kr)와 국가자료 공동목록시스템(http://www.nl.go.kr/kolisnet)에서 이용하실 수 있습니다. (CIP 제어번호 : CIP2017005853)

* 이 도서는 국제친환경 인증을 받은 천연펄프지(Norbrite 95#)로 제작되었습니다.

원효대사 1

이광수 장편소설

시간여행

첫머리에

신라는 전설의 보고다. 아름다운 유적과 유물, 총명한 여왕과 용맹한 장수. 고승과 화랑들. 삼국유사 속 신라 사람들의 이야기는 언제나 설렘을 느끼게 한다.

원효대사는 그중에서도 선명한 족적을 남긴 신라인이다. 당대에 큰 역할을 했을 뿐 아니라, 그가 정리하고 보급한 대승불교의 이론은 한국 선종의 바탕이 되어 오늘날까지도 우리의 정신에 영향을 미치고 있다. 신라라는 나라, 원효라는 사람에 대해서는 아직 해소되지 않은 호기심이 많다. 춘원 이광수의《원효대사》를 새롭게 소개하고자 마음먹은 이유다.

작가는 원효를 통해 신라의 모습, 신라인의 모습을 그려내고자 했다고 말한다. 그 말대로 작가는 원효의 삶에 신라의 문화, 풍습, 언어, 신앙 등을 버무려 하나의 세상을 보여준다. 원효가 지닌 고민도 개인적이거나 종교적인 것에만 머물지 않는다. 그는 신라라는 한 나라, 사람들이 살아가는 공동체가 어떻게 하면 더 나은 곳이 될지를 고민한다.

신라는 삼국 중 가장 작고 군사적으로도 문화적으로도 뒤떨어지는 나라였다. 딱딱한 신분제에 묶여 있었고 사람들은 분열되어 있었다. 그랬던 신라가 삼국통일을 이루고 융성한 나라를 일굴 수 있었던 것은 사람들을 하나로 묶어준 불교의 힘이었다.

원효는 귀족과 양민은 물론 거지와 도적까지 가리지 않고 두루 부처의 가르침을 전파했다. 돈이 있든 없든, 공부가 많든 적든, 착한 사람이든 악한 사람이든 상관하지 않았다. 모든 이가 선한 본성을 깨닫고 서로를 자애로 대하는 정토를 이루고자 했다. 원효가 한 일은 사람들을 통합하여 신라의 마음을 만드는 것이었다.

소설 속 원효는 모두의 마음을 깨울 수 있는 경지를 찾는 데 몰두한다. 원효의 고민은 오늘날에도 유효하다. 더 나은 공동체란 어떤 곳인가. 이를 만들기 위해 사람들이 공유해야 할 정신이 무엇인가. 우리가 원효와 함께 고민해볼 문제다. 지금 우리는 변화의 바람이 필요한 시기를 살고 있기에 더욱 원효의 생각과 지향점에서 얻는 바가 있을 것이다.

또한 백 년 전의 조선을 살았던 이광수가 상상한 신라는 현대의 도시인들이 상상하는 신라와는 사뭇 다르다. 산천과 가옥의 모습, 자연에 어우러져 살아가는 삶의 호흡이 놀랍도록 생생하게 그려진다. 다른 환경, 다른 생각으로 살아가는 현대인들이 잊고 있던 감수성을 되살리는 계기를 만들 수 있으리라 기대한다.

생경한 옛말이나 현대에 맞지 않는 표현은 읽기 쉽도록 바꾸고, 불교 용어나 경전 문구는 풀어쓰거나 주석을 붙였다. 글맛을 해치지 않도록 신중에 신중을 기했지만 부족함이 있으리라 생각한다. 너른 이해를 구한다. 또한 신라 27대 선덕왕 덕만은 37대 선덕왕 양상과 혼동의 우려가 있어 부득이 선덕여왕이라고 표기하였음을 밝혀둔다.

2017년 봄
엮은이 방남수

원효대사

차례

첫머리에 … 4

늘 그대로인 것은 없다 … 11

번뇌가 다할 날이 없으나 … 56

파계 … 127

요석궁 … 195

용신당 수련 … 234

원효 당대 연표 … 274

늘 그대로인 것은 없다

꽃구경하는 사월 보름도 지났다.

아리냇가의 버들과 느릅나무의 연한 잎이 나불나불 봄볕을 받을 때다. 서라벌 17만 호 뜰 가와 담 밑의 살구꽃, 복숭아꽃, 이스라지꽃도 졌다.

월성 대궐 숲 속에서 이른 꾀꼬리 소리 울려 나올 때이지만, 여왕 승만마마의 병환으로 서라벌의 봄은 수심에 잠겨 있었다.

승만왕은 스물네 살에 신라의 임금이 되었을 때부터 백성들의 사모를 받았다. 키가 훌쩍 크고, 얼굴이 달 같고, 팔이 길어 무릎까지 내려오고, 어려서부터 불도를 존숭하여 혼인도 하지 않았다. 즉위한 직후에는 선왕이자 사촌 언니인 선덕여왕을 폐하려고 모반했던 상대등 비담과 염종 이하 30명을 단호하게 사형에 처했다. 같은 해 겨울에 무산, 감물, 동잠 싸움에서 백제군을 대파하고 3천여 급을 베었다. 또 이듬해 봄에는 백제의 명장 의직의 군사를 무산성에서 대파했다. 이러한 일들로 백성들은 젊은 여왕이 선덕여왕보다도 더 힘차고 나라를 빛낼 임금이 되리라 기대한 것이다.

더구나 즉위 5년에 조원전(朝元顧)에 높이 앉아 백관의 하례를 받을 때에는 누구보다도 위엄이 있었다. 비담이 선덕여왕을 폐하려 한 것은 왕이 여자이기 때문에 이웃 나라에서도 만만히 보고 국내에서도 위엄과 명령이 서지 못한다는 까닭이었으나 승만왕이 행하는 것을 보고는 아무도 여왕이라 하여 만만히 볼 수가 없었다.

왕은 그의 이름이 승만인 것과 같이 승만경에 나오는 승만부인을 본받고자 했다. 승만이란 석가세존 시대에 파사닉 왕의 딸로서 아유사국 왕에게 시집을 간 이다. 파사닉 왕이 마리부인과 더불어 세존의 가르침을 받아 불법에 귀의한 후, 그 딸 승만부인에게 편지를 보내어 불법을 믿으라 권했다. 승만부인은 아버님 어머님의 편지를 받자 곧 세존을 아유사국으로 모셔다가 불법을 들었으니, 그 설법을 적은 것이 승만경이다.

승만부인은 세존의 설법을 듣고는 신심이 솟아나 삼대원(三大願) 십대수(十大守)를 발했다.

삼대원이란 이러하다.

일, 내 몸이 바른 법의 지혜를 얻고

이, 남에게 바른 법을 설하고,

삼, 바른 법이 점점 줄어 약해지지 않도록 지키는 것이다.

십대수라는 것은 이러하다.

일, 부처님 계(戚)를 범하지 아니하리라.

이, 높은 이에게 대하여 교만한 생각을 일으키지 아니하리라.

삼, 중생에 대하여 성내지 아니하리라.

사, 남을 미워하지 아니하리라.

오, 탐내지 아니하리라.

육, 나를 위하여 재물을 쌓지 아니하리라.

칠, 모든 중생을 건지리라.

팔, 외롭거나 갇히거나 병나거나 하여 고난받는 중생을 안온하게 하리라.

구, 옳은 일에 반항하는 중생은 강하게 굴복시키고(折伏), 순종하는 자는 자비심으로 이끌리라(攝受).

십, 바른 법을 받아 잊어버리지 아니하리라,

왕은 승만 부인의 이 삼대원 십대수의 정신으로 나라를 다스려 보리라고 굳게 결심했다.

그러나 왕은 병환이 심중했다. 아직 마음에 먹은 뜻을 펴기도 전에 병이 든 것이다.

서라벌 어느 절에서인들 여왕의 쾌유를 기원하지 않았겠는가. 더욱이 왕의 스승이요 지도자인 자장율사는 대궐에서 물러나지도 않고 왕의 병마를 쫓으려 했다.

원효가 8년째 화엄경소를 쓰고 있는 분황사에도 이 아낌 받는 여왕을 위한 쾌유 기원이 날마다 있었다. 지난밤에도 밀본대사가 호마(護摩)를 치렀다. 진언비밀법(眞言秘密法)의 의식이었다. 일찍이 선덕여왕이 병이 있을 때 밀본대사가 약사경을 낭독하며 귀신을 쫓아버려 여왕의 병환이 나은 일이 있었다. 이로 인해 당시에는 진언비밀의 법이 성행했다. 원효는 이것을 즐겨 하지 않았으나 임금을 위한 기원의 자리인지라 정성스럽게 참석했다.

밀본법사의 호마가 끝나자 원효는 잠자코 처소인 무애당으로 돌아왔다. 무애당은 분황사 법당 동북쪽으로 따로 떨어져 있는 한 채로서 일찍이 지명대사가 거처하던 곳이다. 원효는 지명대사에게 화엄경을 배웠다. 그러한 인연도 있고 또 저술하기에 처소가 조용하여 원효는 큰 방을 마다하고 이 외딴곳에 거처했다.

무애당은 방 셋으로 된 작은 채였다. 한 방에는 문수보살상과 화엄경을 모시고, 한 방에는 원효가 거처하고, 또 한 방에는 원효를 시봉하는 상좌 심상이 머물렀다.

문 위에는 원효가 자필로 써 붙인 무애당(無碍當)이라는 당호가 붙어 있었다.

원효 자신이 지은 이 당호는 '일체무애인 일도출생사(一切無碍人 一道出生死)'라는 화엄경 구절에 서 따온 것이다. '모든 것에 거칠 것이 없는 사람은 단번에 나고 죽는 데서 벗어난다.'는 뜻이다. 원효는 '무엇에나 거칠 것이 없다.'라는 이 무애(無碍)라는 말을 즐겨 하며 수행의 목표로 삼았다.

방안에는 거무스름한 감나무 경상 하나와 차를 끓이는 질그릇 화로가 놓여 있었다. 그리고 경상 위에는 지필묵과 등경걸이뿐이었다.

심상은 원효의 가사와 장삼을 받아서 걸고 자리를 깔았다.

"스님, 안녕히 주무시오."

그리고 합장례를 하고 물러갔다.

원효는 자리에 누워 마지막으로 왕을 만났을 때를 생각했다.

지난 삼월 삼짇날. 왕은 칙사를 분황사에 보내 원효를 청했다. 화엄경의 한 권인 〈십지품〉을 설법하는 법회를 열어 달라는 것이었다. 그날은 비가 부슬부슬 내렸다. 원효는 위에서 보낸 흰 소가 끄는 수레를 타고 대궐로 들어갔다.

왕은 침전에 있었다. 원효가 심상을 뒤에 세우고 들어서자 왕이 옥좌에서 일어나 합장하며 법사에게 경의를 표했다. 방에 있는 다른 이들도 모두 합장하고 법사를 향하여 절하며 예를 갖추었다. 임금님과 부모와 스승을 높이는 것이다. 원효는 미리 준비해 놓은 법사의 자리에 앉았다.

법회라 하여도 모인 사람은 네댓 명뿐이었다. 왕의 생모 되는 월명부인, 춘추공의 부인인 문명부인, 춘추공의 며느님이요 장차 문무왕의 왕후가 되는 자의부인, 문명부인의 딸이요 장차 요석공주라고 일컬어질 아유다부인 등이었다.

춘추공은 장차 태종무열왕이 되는 이로, 유신공과 함께 당시 신라의 두 기둥이었다. 춘추공의 부인인 문명부인은 유신의 누이로서 그 어머니 만명부인과 함께 미인으로 이름이 높은 이였고, 딸인 아유다도 그 어머니의 아름다움을 닮아서 전국에 이름이 높은 미인이었다. 춘추공의 아름다운 딸 아유다가 당시 화랑들의 사모의 대상이 된 것은 말할 것도 없다. 그중에 충, 효, 신, 용, 인(忠孝信勇仁) 화랑 오교(五教)를 모두 갖추었다는 거진랑과 관창랑이 아유다의 배필로 경쟁자가 되었다가, 마침내 거진랑이 아유다를 아내로 삼게 된 것이 7년 전이었다. 그러나 거진은 무산 싸움에서 백제군과 싸워서 그 아버지 비녕자와 함께 장렬하게 전사하여 신라군의 사기를 복돋아 마침내 백제군의 진영을 깨뜨렸다. 이 공을 전해 들은 왕은 이 부자를 위하여 눈물을 흘리고, 그 때문에 아유다를 더욱 어여삐 여겨 친딸같이 사랑하고 언제나 곁에 두었다.

실로 흔히 볼 수 없는 아름다운 모임이었다. 당시 신라의 미인이 한자리에 모인 셈이었다.

그때의 왕은 조금도 병색이 없었다. 보름달과 같이 둥그스름한 얼굴, 어글어글하고 가느스름한 눈, 불그레한 입술, 부드럽고도 힘 있는 음성, 왕은 그중에도 가장 아름다웠다.

그러나 한 송이 금방 핀 아침 연꽃 같은 이는 아유다였다. 나이도 그중 젊거니와, 그 눈썹과 눈은 같은 여성도 마음이 아니 움직일 수 없었다. 게다가 그 어머니 문명과 외조모 만명의 열정을 받은 사람이다.

아유다의 외할머니이자 유신공의 어머니인 만명은 갈문왕 입종의 손녀였는데, 조부를 보러 온 화랑 서현을 길에서 한 번 보고 사모하는 마음이 생겼다. 서현이 만노군 태수가 되어 서라벌을 떠나게 되면서 두 사람의 연애가 발각되자, 만명의 아버지 숙흘마로는 화를 내며 만명을 별장에 가두었다. 하지만 만명은 지키는 사람 몰래 수챗구멍으로 빠져나와 서현을 따라갔다. 이리하여 만명과 서현 사이에서 유신과 문명이 태어난 것이다.

또 문명부인이 춘추와 혼인한 것은 이러했다. 춘추와 유신이 화랑 문노의 문하에서 수행할 때 하루는 둘이서 무예를 익히다가 유신이 춘추의 옷을 밟아 옷이 터지고 말았다. 유신은 춘추를 자기 집으로 데려가 누이 문명을 불러서 그 터진 옷을 깁게 했다. 이때 서로 보고 사랑하여 문명은 춘추에게 시집을 가게 된 것이요, 이 사랑하는 부부의 사이에서 난 이가 장차 신라의 가장 전성시대의 왕이 될 문무왕 법민과 요석공주 아유다였다.

이러한 피를 받은 아유다다.

원효는 심상이 받들어 올린 화엄경 제22권, 〈십지품〉을 펼쳤다.

"그때에 세존이 천상(他化自在天, 욕계의 정상에 있는 타화자재천)의 왕궁 마니보전(摩尼寶殿, 여의주로 만든 궁전)에 계시며 여러 대보살과 함께하시더니."라는 〈십지품〉 첫 구절이 눈에 띄었다. 원효는 이 자리가 마니보전인가 했다. 신라 왕궁에서, 왕의 앞에서 십지품을 설하는 것은 큰 인연이라 생각했다. 원효는 눈을 감고 합장하며 세존과 금강장보살•을 불렀다.

경상 앞의 향로에서는 향이 타고 있었다. 방안에는 향기가 가득 찼다. 원효는 경전을 읽기 전에 외우는 개경게(開經偈)를 읊었다.

위 없이 높고 깊은 부처님 법은
천만 겁을 살아도 만나기 어렵네.
지금 보고 듣고 새겨 받드니
그 참뜻을 알게 하소서.

왕 이하 모두 원효의 입을 따라서 정성스럽게 따라 외웠다.

"이전에 십주, 십행, 십회향의 삼현위를 설하여 보살에 이르기 위해 행해야 할 방편에 대해 이야기했으니, 이번 십지품 법회에서는 보살의 경지가 어떤 것인지를 밝히겠습니다."

원효의 설법이 시작되었다.

• 〈십지품〉은 석가세존이 깨달은 진리를 금강장보살이 다른 대보살들에게 설법하는 형식이다.

초발심(初發心)으로 이기적이고 개인적인 욕심을 버리고 동포를 사랑하는 대비심(大悲心)을 발하는 것. 이를 시작으로 중생은 보통 사람의 경계를 떠나서 보살의 경지, 중생을 위해 사는 깨달은 자의 자리에 오르는 것이다.

"남을 생각하는 대자대비의 마음, 거짓 없고 속임 없는 곧은 마음, 항상 변함없고 다함이 없는 깊은 마음, 이 세 가지 마음이 여래종(如來種), 즉 부처의 씨앗입니다. 대비심이 머리가 되고 곧은 마음(直心)과 깊은 마음(深心)으로 살아갈 때 우리 힘은 부처님의 힘과 같은 것입니다.

한번 여래종에 들어 수행을 닦으면 결국 무상정각의 깨달음을 얻어서 성불에 이르겠지요. 그러니 이렇게 세 마음을 발할 때 우리는 환희지, 즉 마음이 기쁜 자리에 올라 보살이 되는 것입니다.

어찌하여 환희일까요? 보살이 환희지에 거하면 기쁨이 많고, 믿음이 많고, 깨끗함이 많고, 즐거움이 많고, 부드러움이 많고, 참고 견딤이 많고, 다투지 아니하게 되니 마음이 기쁠 수밖에 없습니다. 항상 부처님과 부처님 법을 생각하니 기쁘고, 속되고 지저분한 경계를 벗어나 지혜에 가까워지니 기쁘고, 모든 나쁜 길에서 벗어나 세상 사람들에게 도움이 되니 기쁩니다. 마음이 부처님에 가까워지니 기쁩니다.

살아가기 어렵다는 무서움, 남에게 천대당하는 무서움, 죽는 무서움, 악도에 떨어지는 무서움, 대중을 두려워하는 무서움을 모두 멀리 떠날 수가 있습니다."

원효는 소리를 높여서 환희지의 경문을 읽으며 해석했다.

"이것이 나라는 사람이다, 이것이 내 것이다 하는 생각을 떠난 존재가 바로 보살입니다. 나라는 생각을 떠나면 세상에 탐낼 것도 없고 무서워할 것도 없습니다. 나와 남을 구별하는 생각을 끊으면 다시 태어나도 모든 불보살과 함께할 것이니 죽는 것이 무슨 걱정이겠습니까? 또 내가 가장 바라는 것이 중생을 구제하는 보살의 대원(大願)인데 세상에 누구를 무서워하겠습니까? 천하에 내어놓아도 내 원같이 높고 바른 원이 없는데 말입니다."

원효는 경을 덮어 놓고 왕과 대중을 바라보았다.

"그러니 우리 중생을 얽매는 것은 오직 나라는 생각뿐입니다. 나다, 내 것이다 하는 생각이 우리를 얽어매어서 매일매일 시시때때로 생로병사의 모든 괴로움을 되풀이하게 합니다. 우리가 일단 나와 남을 구별하는 마음을 떠나서 중생을, 동포를, 사랑하는 마음을 발할 때 우리는 벌써 천하에 거칠 것이 없는 보살이 되는 것입니다.

이런 경계를 일러서 환희지라 하고 여래종이라 합니다. 이때부터는 내가 하는 모든 일이 보살이 되기 위한 수행입니다. 모든 일이 내가 아닌 중생을 위해 하는 일이기 때문에 걱정, 근심, 두려움, 무서움이 없고, 사는 것도 없고, 죽는 것도 없습니다.

'모든 것에 거칠 것이 없는 사람은 단번에 나고 죽는 데서 벗어난다(一切無碍人 一道出生死)'라는 말이 이것을 이른 것입니다. '세상에 항상 그대로인 것은 없으니 이것이 생과 멸의 법칙. 생과 멸함마저 사라지고 나면 적멸이 즐거움일세.'라고 한 것도 이를 두고 이른 말씀입니다.

적멸이란 나를 위한 모든 욕심이 스러져서 다시는 일어나지 않는 것입니다. 나를 위한 욕심이 스러진 후에야 충도 하고 효도 하고 부부도 되고 붕우도 되고 용사도 될 수 있습니다. 나만 생각하는 충효가 어디 있으며, 나만 위하는 신의는 어디 있겠습니까. 그러므로 불법이 흥하면 나라가 흥하고, 불법이 쇠하면 나라가 망한다고 한 것입니다. 거진랑의 충의도 마찬가지입니다."

아유다는 꿈에 끌려 들어간 듯이 죽은 남편을 생각했다. 진실로 짧은 인연이었다. 거진랑은 혼인한 지 사흘 만에 아버지 비녕자를 따라서 유신의 휘하로 출정했다.

왕과 문명부인의 눈이 아유다에게로 쏠렸다. 원효도 아유다를 보았다. 거진랑이나 관창랑이나 다 화랑 시절에는 원효와 함께 화랑 문노의 문하였다. 더구나 동잠성 싸움에는 원효도 거진과 함께 출정했었다. 원효도 거진 부자의 장렬한 광경을 목격한 사람 중 하나였다.

승만왕이 즉위한 첫해, 정미년 시월에 백제 병사가 무산, 감물, 동잠을 포위했다. 왕은 보병, 기병 합하여 1만 명과 유신을 보내 이를 막게 했다. 그런데 백제 병사의 세력이 강했다. 의직, 계백 같은 명장이 있었던 것이다. 신라군은 큰 피해를 입고 패퇴할 지경에 이르렀다. 병사들은 싸울 뜻을 잃었다.

유신이 원효에게 이 국면을 타개할 만한 인물을 묻자 원효는 비녕자를 추천했다. 유신은 비녕자를 여러 막료들이 있는 자리로 불러서 술을 권했다.

"지금 일이 급하오. 그대가 아니면 누가 있어 좋은 계교를 내어서 군사의 마음을 격려하겠소."

비녕자는 일어나 두 번 절하고 말했다.

"다른 사람이 많은데도 나에게 이 일을 부탁하시니 이는 나를 알아주신 것입니다. 죽음으로써 이 지기의 은을 갚으오리다."

비녕자는 물러나와 그의 종 합절을 불렀다.

"내가 오늘 위로는 나라를 위하고 아래로는 지기를 위하여 죽을 터이다. 내 아들 거진이 비록 나이 어리나 충효의 뜻이 장하니 필시 아비를 따라서 죽으려 할 것이다. 만일 부자가 다 죽으면 가족이 누구를 의지하겠느냐. 그러니 너는 거진과 더불어 내 시신을 거두어 가지고 집으로 돌아가서 늙으신 부인마마의 마음이나 위로하게 하여라."

비녕자는 말이 끝나자 창을 비껴들고 적진으로 달려들어가 적병 수 명을 죽이고 전사했다. 이것을 본 거진이 나가서 싸우려 하자 합절이 말고삐를 붙들고 말렸다.

"화랑님, 안 됩니다. 선장군마마께서 소인께 분부하시기를 화랑님을 모시고 돌아가 노부인마마를 위로하시게 하여 드리라 하셨습니다. 아들로서 엄명을 어기고 노부인의 사랑을 저버리심이 어찌 효도라 하오리까."

거진은 단호하게 말했다.

"아비 죽음을 보고도 구구히 살면 효도라 하겠느냐."

그리고 칼을 빼어 합절의 팔을 끊고 적군 중으로 달려 들어가 싸우다 죽었다. 이것을 보고 합절도 외쳤다.

"두 상전이 돌아가셨으니 내 살아 무엇하랴."

그 또한 적진으로 달려나가서 한 팔로 싸우다 죽었다.

신라 군사는 세 사람이 죽는 것을 보고 감격해서 서로 앞을 다투어 적진 중으로 달려들어가서 마침내 크게 백제군을 깨뜨리고 적병 3천여 급을 베었다.

승만왕은 이 이야기를 듣자 눈물을 흘리고 전사한 세 명의 시체를 반지산에 합장케 했으며, 비녕자의 처자와 친족에게 큰 상을 내렸다.

이것이 거진이 한 일이었다. 그러므로 원효가 거진의 이야기를 할 때 왕이나 문명부인이나 또 아유다나 다 7년 전 일을 회상한 것이었다.

원효는 한참이나 잠자코 있다가 다시 설했다.

"원래 불도의 진면목은 나라고 하는 것을 버리는 데 있는 것입니다.

나란 무엇인가. 이 늙을 몸이요, 병들 몸이요, 죽을 몸이요, 썩어버릴 몸이 나입니다. 이것은 아무리 비단으로 싸고 고량진미로 기르더라도 조만간 스러질 몸입니다.

그뿐입니까. 이 몸이 가진 오욕* 때문에 스스로를 괴롭히고 중생을 괴롭히는 온갖 죄를 지어서는 무량겁에 이르도록 지옥, 아귀, 축생의 벌을 받게 되는 것입니다.

그러면 이 몸을 무엇에 쓰면 좋겠습니까? 임금께 충성하기에, 부모에게 효도하기에, 불쌍한 중생을 돕기에 쓰라는 말씀입니다. 기름으로 불을 켜서 어두운 세상을 밝히는 것과 같습니다. 이것이 불도요, 이것이 보살행입니다.

저 한 몸의 복을 얻기 위하여 불도를 하느냐, 그러한 불도가 있을 리가 없습니다. 서방정토 극락세계에 왕생하기를 바라는 것이 만일 저 한 몸의 안락을 위해서라면 그것은 삿된 도리이지 불도가 아닙니다. 저 한 몸의 안락을 바라는 자가 돌아갈 곳이라고는 곧 지옥도, 아귀도, 축생도의 삼악도입니다."

왕의 눈이 빛났다.

원효는 법설을 마치고 사홍서원(四弘誓願)을 외웠다.

중생이 무수하지만 다 건지오리다.
번뇌가 끝이 없지만 다 끊으오리다.
법문이 무량하지만 다 배우오리다.
불도에 위가 없지만 다 이루오리다.

---

* 五慾. 인간의 다섯 가지 기본적인 욕망. 식욕, 색욕, 재물욕, 명예욕, 수면욕.

왕과 일동도 따라 외웠다. 왕이 합장을 했다.

"대사의 설법을 듣고 생전 처음 느껴보는 환희를 얻었소."

다른 이들도 이마를 방바닥에 붙여 절을 하며 고마워했다.

7년 전 승만왕이 처음 왕이 되었을 때에도 원효는 왕 앞에서 승만경 설법을 했다. 그때보다 원효도 노성했거니와 왕도 노성했다. 왕은 아직 서른을 얼마 넘기지 않았지만, 원체 숙성한데다가 오래 국왕의 자리에 있었던 것이 더욱 그를 노성하게 한 것이다. 왕은 차를 내오고 당나라에서 온 밀전당 같은 다과를 원효에게 권했다.

"다들 자시오. 아유다도 먹어라."

왕은 마치 자신이 왕인 것을 잠시 잊은 듯 일일이 권했다.

"이 차는 당에서 온 것이오."

왕은 이런 말도 했다. 당나라와 사이에 해마다 사신이 내왕하고 유학생과 상인들의 왕래가 빈번하여 당나라에 있는 것이면 없는 것이 없었다. 더구나 당나라 조정에서도 해마다 여러 가지 진품의 선물을 보내고 있었다.

차를 마시고 사람들의 기분이 적이 풀렸다. 법설을 듣기에 지극히 엄숙했던 것이 풀려서 다시 남자는 남자로 여자는 여자로, 사람으로 돌아오게 되었다.

"자주 대사의 가르침을 받고픈 마음은 간절하나 매양 바쁘고, 비록 대사는 스승이시고 나는 임금이라 하더라도 남녀가 유별하여 꺼리는 바가 없지 않았소. 그러하던 차에 오늘은 웬일인지 꼭 대사를 뵈어야 할 것 같아서 이렇게 오시기를 청하였더니, 대사의 법설을 듣고 나니 온몸이 모두 청정해지는 것 같소. 모두 불보살님의 위신력이요, 대사의 도력이시오."

이렇게 말하는 왕의 얼굴에는 수줍음마저 어렸다.

"상감마마 은덕으로 이 몸들도."

문명부인도 엎드려 절하고 왕을 우러러보았다. 부인의 머리에는 희끗희끗 백발이 보였다.

원효는 눈을 내리깔고 듣기만 하고 있었다.

또 한 순차가 돌았다. 비는 더욱 내리고 바람도 불어 풍경 소리가 어지러웠다.

"비바람 소리가 대단히 어지럽군요."

왕이 고개를 남쪽 창 쪽으로 돌렸다. 당나라 복색을 입은 궁녀가 왕의 뜻을 알고 창을 열었다. 일동의 눈은 내려 들이치는 빗발과 그로 하여 뽀얗고 희미하게 보이는 남산으로 향했다. 왕은 이윽히 바람에 비끼는 비를 바라보고 어지러운 비바람 소리에 귀를 기울이더니 빙그레 웃으며 한탄했다.

"가지 끝에 지다 남은 꽃송이들도 이날 하루 비바람에 다 지고 말겠구나."

왕은 다정다감한 시인이기도 했다. 왕이 당태종에게 보낸 시는 당나라에서도 유명했다.

"그러니 제행무상이지요."

왕의 말에 문명부인이 화답했다. 문명부인도 노래를 짓고 부르고 풍류를 아는 이였다. 그 남편 춘추공이나 오라버니 유신공이나 다 한다 하는 화랑이었고, 화랑에게 노래, 음악, 춤 같은 풍류는 주요한 수양 과목이었다. 오라비나 남편이 흥에 겨워서 춤을 출 때 거문고로 장단을 맞추는 것은 으레 하는 일이었다. 원효도 물론 본래는 화랑으로서 그만한 풍류는 알았다.

"선선하다. 창을 닫아라."

왕이 명했다. 이상하게 왕은 몸이 오싹하고 마음이 설렘을 느꼈다. 그래서 더운 차를 한 잔 더 따르라 하여 마셨다. 그래도 속이 떨리는 것이 가라앉지 않았다.

"몸이 불편하시옵니까."

문명부인이 왕께 이렇게 여쭐 만큼 왕의 안색이 변했다.

원효가 보기에도 왕은 무슨 고통을 당하는 것 같았다. 몸의 고통보다도 마음의 고통에 시달리는 것 같았다.

그 고통의 원인은 무엇인가. 끊임없이 엄습하여 오는 백제군인가.

백제왕은 근년에 주색에 빠져서 놀기만 한다고 하지만 그래도 범상한 사람은 아니었다. 그 밑에는 성충, 홍수, 좌평 같은 문무에 빼어난 이가 있었고, 의직, 계백과 같은 명장이 있었다. 춘추와 유신 같은 큰 기둥이 신라에 있다고는 해도 백제는 무서운 존재였다. 한 해에도 몇 차례씩 백제군은 신라에 쳐들어왔다.

백제에 염탐하러 갔던 중 도옥의 보고에 의하면 백제에서는 성충과 홍수가 합작하여 많은 군사를 모아 훈련하고 또 병기를 만들고 있다고 했다. 성충과 홍수는 춘추와 유신이 비범한 인물인 것을 알고, 신라가 세력을 크게 이루기 전에 멸해서 영원히 화근을 끊으려 했다. 도옥의 보고에 의하면 백제에서는 신라가 당나라 군사를 청하여 백제를 침범하려 한 것, 신라가 제 연호를 폐하고 당나라 연호를 쓴 것, 왕 이하로 당나라 관복을 입게 된 것 등을 대단히 불쾌하게 생각한다는 것이었다.

승만왕이 즉위하자 자장율사는 당나라를 본받아야 한다고 하면서 당나라에 의지할 것을 주장했다. 춘추도 백제를 누르려면 당의 힘을 빌지 않을 수 없다고 주장했다. 왕이 즉위한 2년 삼월에, 즉 거진 부자가 용장하게 싸워 죽은 이듬해에 백제군이 또 쳐들어왔다. 유신은 이것을 물리쳤으나 백제가 반드시 더욱 큰 힘을 모아 습격할 것이라 믿었다. 그래서 춘추와 그 작은아들 문왕이 당나라에 청병하러 갔다.

당태종은 고구려를 치다가 안시성 싸움에서 양만춘에게 크게 패하고 화살을 맞아 한쪽 눈이 애꾸가 되었으나 그 야심은 줄지 않았다. 마침 신라의 종실이요, 중심 인물인 춘추가 오는 기회를 타서 먼저 신라를 제 손에 넣으려 했다. 그래서 춘추 부자를 우대했다. 십 리 밖에 마중 보내어서 춘추 일행을 영접케 하고 태종이 손수 끓인 따뜻한 탕을 대접하고, 또 금과 비단을 선물했다.

춘추의 청병은 성공했다. 그 대신 춘추는 태화(太和)라는 신라의 연호를 폐하고 당나라 연호를 사용하기로 했다. 궁중 관복을 당제로 고칠 것을 약속했다. 그뿐만 아니라 춘추는 그 아들 칠형제를 모두 당나라에 보내어 국자감에서 공부를 시키기로 약속했다. 춘추가 당나라 서울 장안을 떠날 때, 당 태종은 조서를 내려서 삼품(三品) 이상의 신하들을 모두 대연회에 배석하게 하여 춘추를 전송했다. 당나라 역사서에도 "예가 심히 극진했다."고 기록할 정도였다.

이 소문을 들은 고구려는 수군으로 하여금 춘추가 타고 돌아오는 배를 습격하여 춘추를 잡아 죽이려 했다. 춘추의 수행원인 온군해가 춘추의 의관을 입고 배 위에 앉았다가 대신 잡혀 죽고 춘추는 살아 돌아왔다.

춘추의 당나라 행 성공은 고구려를 격분케 했을 뿐만 아니라 백제도 크게 자극했다. 백제는 일본에 가 있는 왕자 풍에게 사람을 보내, 일본 천황에게 신라와 당이 연합해 백제를 범하려 함을 알리고 도움을 청하게 했다.

이런 소문 저런 소문이 모두 다 왕의 근심이 되지 않을 수가 없었다. 왕은 잠시 원효의 법설을 듣고 모든 것을 잊었다가 불현듯 나라의 위태함을 생각했는지도 모른다.

그러나 그보다도 더욱 왕의 마음을 불편케 하는 것이 있었으니 그것은 곧 춘추의 일이다. 춘추의 세력이 점점 커질수록 왕의 위신이 떨어지고 있었다. 춘추는 신라의 명맥이 제 손에 달린 것으로 생각하고 근년에 와서는 차차 왕을 누르는 기색을 보였다. 더구나 법흥왕 때부터 써오던 신라의 연호를 폐하고 당나라의 연호를 받는 일은 신라를 당나라의 속국으로 만드는 일이었다. 춘추는 자기 뜻대로 당태종과 이를 약속했고, 또 그와 함께 당태종이 내린 면복을 왕더러 입으라고 청했다.

그때 왕은 모든 신하가 있는 자리에서 춘추를 향하여 목소리를 높였다.

"경은 이번에 당나라에서 특진 벼슬을 받았다더니 이제는 내 신하가 아니고 당나라 신하냐!"

이 이야기는 항간에까지 들렸다.

그러나 춘추의 세력은 움직일 수가 없었다.

"여왕으로는 안 된다."

"춘추공이 왕이 된다."

이러한 소리가 동요 모양으로 돌아다녔다. 오늘도 낮이 넘도록 왕에게 정사를 묻는 대신도 없었다.

'신라는 기울어진다.'

왕의 가슴에는 이러한 아픔이 있었다.

원효는 일어나 물러나려 했으나 왕은 만류했다.

"대사를 다시 청해 뵈옵기도 어려우니 좀 더 나를 가르치고 가오."

원효도 왕에게서 차마 떠날 수 없는 듯한 무엇을 느꼈다.

왕은 술을 내오라 했다.

"대사, 허물 마시오. 이 몸 술이 먹고 싶으오. 술을 먹으면 계를 깨뜨리는 것이지만 허물만 안 지으면 상관없겠지. 마침 오늘은 자장대사도 안 계시니 한잔 먹읍시다."

술이 나왔다. 물론 고기 안주는 나오지 않았다. 대추나 밤뿐이었다. 원효도 술을 마셨다. 서너 순배 돌아가자 사람들의 마음이 더욱 풀렸다. 왕의 낯에도 발갛게 화색이 돌았다.

"아유다, 거문고를 한 가락 타라."

왕이 분부했다.

"가얏고가 어떠하올지."

아유다가 아뢰었다.

"가얏고? 가얏고도 좋지."

왕은 노랫조로 읊었다.

"열두 줄은 열두 달, 셋째 줄이 삼월인가. 삼월이라 삼짇날 꽃 날리는 비바람."

그러더니 가볍게 무릎을 치며 아유다를 보았다.

"그래 가얏고를 타라. '사다함(斯多含)'이 어떨꼬?"

아유다는 희고 가는 손가락으로 줄을 고르며 답했다.

"사다함을 타오리다."

가얏고 줄 고르는 소리에 사람들의 마음은 지금까지 눌렸던 무거운 감정에서 해방된 것 같았다.

'사다함'은 화랑 사다함에 대해 읊은 곡이다. 사다함은 내물왕의 칠세손이요 급찬 구리지의 아들이다. 귀한 집 아들로 어려서부터 불도를 배우고 또 화랑이 되어서 그 나이 열일곱에 벌써 천여 명의 문도를 거느렸다. 무리는 다 사다함을 마음으로 따랐다.

진흥왕이 가야국을 칠 때 사다함은 종군을 청했으나 왕은 사다함이 아직 나이가 어리다고 허락하지 않았다. 그러나 사다함의 청함이 더욱 간절하여 왕은 마지못해 허락했다. 이에 사다함은 문도 천여 명을 거느리고 가야 국경에 다다라 원수 이사부에게 청해 그 군사를 얻어 선봉이 되어 가야국을 점령했다.

개선하여 돌아오자 왕은 사다함의 공을 크게 여겨 가야인 포로 삼백 명을 주었다. 그러나 사다함은 이를 다 놓아주었다. 땅을 주었으나 받지 않다가 굳이 받으라 하자 아리내 냇가 불모지를 자청하여 받았다. 그리고 죽음까지 함께하기로 한 벗 무관랑이 병으로 죽자 슬피 울다가 칠 일 만에 따라 죽었다. '사다함'이라는 금곡은 사다함이 제 벗이 죽은 것을 슬퍼하며 가얏고를 울리며 울었다 하는 것이었다.

아유다는 줄 고르기를 마치고 사다함을 타기 시작했다.

첫 줄, 둘째 줄, 셋째 줄의 웅장한 소리를 기조로 하여 열한 번째, 열두 번째의 창자를 끊는 소리를 섞었다.

"충의 용사의 참된 우정."

그 소리는 듣는 자의 눈에 눈물이 고이게 했다.

아유다는 가락을 끝내고 가얏고를 무릎에서 내려놓았다. 그리고 상기한 낯을 소매로 가렸다. 눈물이 흐르고 있었다.

'사다함은 벗을 위하여 죽었는데 이 몸은 남편의 뒤를 따르지도 못

하고.'

아유다는 흐느꼈다.

"아유다."

왕이 불렀다.

"네."

"울지 마라."

"황송하옵니다."

"대사, 아유다는 돌아간 남편, 거진랑을 생각하며 눈물을 흘리고 있소. 거진랑은 사다함에 비길 사람이 아니오?"

왕이 원효를 바라보았다.

"그러하옵니다. 거진랑과 소승과는 문노 문하에서 같이 병법을 배웠지요. 거진은 창을 잘 다루었습니다. 거진랑이 감물에서 싸운 모습은 참으로 용장하여 귀신을 울릴 만했습니다."

원효는 아유다를 위로하기 위해 거진을 찬송했다.

"들으니 대사께서도 그때 용맹스럽게 싸우셨다 하오."

이것은 문명부인의 말이었다.

"무얼요. 소승은 다만 친구 거진랑 부자의 시체를 안고 돌아왔을 뿐입니다. 무슨 공이 있겠습니까."

이 말에 왕은 원효를 보았다.

"창검이 별 같고 돌과 화살이 빗발 같은 전장에 단신으로 세 번이나 달려 들어가 친구의 시체를 안아오는 것은 적병을 죽이기보다도 더욱 어려운 일이오."

왕이 여러 사람의 동의를 구하는 듯이 자리를 돌아보았다.

"그러하오. 적병을 죽이는 것은 공명이나 되지만……."

문명부인이 말했다.

원효는 거진을 안고 올 때 거진의 몸이 아직도 부드럽고 그 눈이 빛나던 것을 생각했다. 그리고 창을 맞은 앞가슴에 빨갛게 피가 솟아서 군복이 젖었던 것을 생각했다. 원효나 거진이나 피차에 열여덟 살의 소년이었다.

여러 사람의 마음에는 반지산의 세 무덤이 떠올랐다. 비녕자와 거진과 합절의 무덤. 충신과 효자와 충복의 무덤이었다.

비는 그치지 않고 바람도 불었다. 석양이 되자 방안은 어두워졌다. 문명부인과 다른 이들은 물러가고 왕은 아유다와 원효만을 머물게 했다. 심상이 원효를 모시고 있을 뿐이었다.

"이 몸이 대사께 물을 말씀이 있어서."

왕이 원효를 만류한 까닭이었다.

"벼르고 벼른 오늘이오."

사람들이 다 물러난 뒤에 왕이 말했다.

"아유다는 이 몸의 유일한 벗이오. 이 몸이 아유다의 뜻을 알고 아유다가 이 몸의 뜻을 안다. 아유다, 안 그런가?"

왕은 아유다를 향하여 빙그레 웃었다.

"상감마마, 황송하옵니다."

아유다는 합장했다.

"대사, 이 몸이 외로운 사람이 아니오?"

왕의 음성에는 애조가 있었다.

"무슨 뜻이온지?"

"외롭소. 이 몸은 외롭소."

왕은 자신이 왕인 것도 잊은 듯이 한탄했다.

"사람은 자리가 높을수록 외로운 줄로 압니다. 부처님의 자리는 가장 외로운 자리가 아니옵니까. 그러므로 외로울 고(孤), 높을 고(高)를 써서 고고하다고 하는 것입니다. 상감마마도 이 나라 지존이시니 외로우심이 당연하신가 합니다."

원효가 아뢰었다.

"지당한 말씀이오. 그러나 대사……."

왕은 잠깐 주저했다.

"이 몸이 이 자리에 있을 만한 사람이 못 되는가 보오. 그저 외롭고 외롭다오."

왕은 한 번 더 한숨을 짓고는 대답을 기다리는 듯이 원효를 바라보았다. 그 눈에 애원하는 빛이 보였다.

원효는 왕의 뜻을 똑바로 알 수는 없었다. 왕으로서의 외로움, 즉 나라 일을 위하여서의 외로움을 말하는 것인지, 또 한낱 사람으로서의 외로움, 여자로서의 외로움을 말함인지 분명치 않았다.

왕으로서의 외로움도 있을 법했다. 또 사람으로서의 외로움도 있을 법했다. 그러나 원효는 더 물을 수는 없었다. 그러면서 대답을 하지 않을 수도 없었다.

원효는 자기의 대답이 이 괴로워하는 왕에게 기쁨을 드리고 새로운 신념을 드리기를 바라면서 잠시 눈을 감고 부처님을 염했다. 옛날 세존께서 왕 부인께 경을 설하시던 것을 생각했다.

'그러나 내게 그러한 법력이 있을까.'

이렇게 생각하니 원효는 쓸쓸하고 막연하기만 했다. 지금 어떤 번뇌에 빠져 있는 젊은 왕을 제도할 만한 힘이 원효 자신에게는 없는 것 같았다. 원효는 부처님이 이끌어주기를 바라며 입을 열었다.

"상감마마. 아니 하실 말씀입니다. 마마께서는 이 나라 백성을 다스리시려는 비원으로 열 가지 선업을 다 갖추셔서 임금으로 나신 것입니다. 이 나라 백성이 먹고 마시고 사는 것이 모두 다 상감마마 복력이니 이보다 더 큰 보살행이 어디 있겠습니까."

"이 몸도, 이 몸도 이 나라에 임금 될 연이 있어 임금 된 줄은 알고 있소. 허나 나라의 운명을 돌보고 가꾸는 것이 날로 몹시 힘들고, 백성도 편안할 날 없으니 모두 이 몸의 악업인 듯하여 가슴이 아프오. 이 몸이 한목숨을 버려서라도 나라가 편안하면 좋겠지만, 그것을 아낄 이 몸도 아니건만 번뇌로 뭉쳐진 이 몸을 버리기로 무슨 공덕이 되겠소. 약왕보살(藥王菩薩)처럼 이 몸을 태워 빛이 되고 향이 될 수만 있다면야."

왕은 잠시 눈을 감고 생각에 빠졌다가 한숨을 쉬었다.

"그러나 이 몸에 가득 찬 것이 번뇌, 업장이니 만일 이 몸을 태운다면 악취만 날 거요. 그러한 몸이 임금 자리에 있으니 나라가 편안할 리도 없지."

왕은 잠시 말을 끊었다.

"이 몸이 임금다운 임금이 되려 퍽 애도 썼소마는 그리 아니 되오. 업장이지요."

"그렇게 매양 몸소 부족하심을 깨달으심이 거룩하신 어른의 본색이시지요."

"아니, 아니. 대사는 똑바로 말씀하시오. 이 몸을 한 사람으로 보시고 똑바로 말씀하시오."

"똑바로 아뢰온 말씀입니다."

"아니, 아니. 대사의 밝은 눈에 이 몸의 마음이 안 보일 리가 있소? 이 몸의 가슴에 무슨 번뇌가 불타고 있는지 모르실 리가 없소. 대사는 다 아시면서 이 몸의 업장이 미진함을 보시고 이 몸을 이끌어주지 않으시려는 것이오."

원효는 왕의 참뜻을 안 것 같았다.

"번뇌라 말씀하시면 사람의 몸을 쓰고 있는 동안은 그 몸에 붙은 번뇌가 없지 않을 것입니다. 생로병사를 면할 수 없으니까요."

"덕이 높은 보살도 번뇌가 있소?"

"육신을 벗기까지는 있지요. 소승 같은 젊은 무리는 말할 것도 없사옵고."

"겸사시오."

왕은 웃으면서 말했다.

"그러나 대사께서 아직 중생의 번뇌가 남아 있다면 도리어 반가운 일이오. 이 몸과 가까운 듯해서. 대사는 이미 모든 번뇌를 벗으셨으리라 생각하면 너무 높아서 무시무시하오. 대사도 아직 번뇌가 남았다면 한편 실망도 되나 한편 반갑기도 하오. 그런데 대사께서는."

왕은 주저주저하더니 원효를 보았다.

"그런데 대사는 무슨 번뇌가 아직 남았소?"

아유다도 원효를 본다.

원효는 눈을 감았으나 왕과 아유다의 시선이 제게 쏠렸음을 느꼈다. 원효는 지금 심히 중대한 처지에 당했음을 느꼈다. 원효는 제 마음을 들여다보았다. 아까 화엄경을 설할 때에는 법사 원효였으나 지금은 그렇게 청정한 마음이 아닌 것을 깨달았다. 제 몸이 젊고 아름다운 두 여자의 곁에 있다는 것을 느끼고 있었다. 원효의 마음은 결코 가을 새벽하늘과 같이 새말간 하늘이 아니요, 봄꽃 필 때 하늘처럼 아지랑이 낀 하늘임을 깨달았다. 그 아지랑이는 서른세 살 된 남자 원효의 번뇌였다.

"번뇌무진서원단(煩惱無盡誓願斷)이라 하였으니, 번뇌가 다할 날이 없으나 다만 끊기를 기원할 뿐입니다."

원효는 대답했다.

"그러나 이 몸이 뵈옵기에는 대사의 얼굴이나 눈에나 음성에나 번뇌가 남아 있을 곳이 없는 것만 같소. 오직 맑고, 깨끗하고 대사의 몸에는 때 하나 먼지 하나 붙을 자리가 없는 것만 같건마는, 그래도 대사에게도 번뇌가 남아 있다 하니 겸사신가. 우리와 같은 평범한 중생을 제도하시려고 일부러 중생의 번뇌를 나누심인가."

왕은 혼잣말처럼 중얼거리며 수줍음을 담아 원효의 눈을 보다가 문득 엄숙한 표정을 보이며 물었다.

"대사는 어느 때가 되면 그 번뇌를 마저 버리시려오?"

"무수한 중생을 다 제도할 때까지는 이 번뇌도 버려지지 않을 것입니다."

"그럼 성불은 언제 하시겠소?"

"중생을 다 건진 뒤에야 할 것입니다."

"그러면 영원히 생과 사를 반복하겠다는 말씀이오?"

"그러합니다."

"대사, 그것이 보살의 대원이시오?"

"한 사람으로서 원효의 원입니다."

"그러면 삼악도(三惡道)에도 들어가시려오? 지옥에도, 아귀도(餓鬼道)에도?"

"그럴 일만 있으면 축생도(畜生道)에라도 들겠습니다."

"짐승의 몸으로 다시 태어나도 후회하지 않는다는 말씀이오?"

"비록 한 중생을 위해서라도 그리할 것입니다."

"고마우셔라."

왕은 힘을 주어서 합장했다.

자리에는 이상한 기운이 돈다.

아유다도 그 아름다운 눈으로 수줍음도 없이 원효를 정면으로 바라보고 눈을 돌리려고도 하지 않았다. 이때 원효의 눈앞에는 위로는 불보살의 경계로부터 삼계육도(三界六道)가 보였다. 뱀과 여우와 개와 벌레가 끓고 유황불이 일고 기름 가마 끓는 지옥과 한없이 쾌락이 있는 천상(天上)과 아미타여래의 극락정토와 피흘리는 모든 귀신들과 인간들. 그러나 이 모든 세계는 다 마음이 일러놓은 것이었다.

'심여공화적(心如工畵敵)이로다.'

마음은 재주 있는 그림쟁이와 같다. 짐작도 못 할 것을 만들어낸다. 못 하는 일이 없다. 천당을 지어 놓고 그 위에서 즐기기도 하고, 지옥을 만들어 놓고 그 속에 들어가서 울기도 한다. 이 인간 세상도 제가 만들어 놓고는 제가 못 벗어나서 애를 쓰고 있다. 원효는 제 마음이 또 한 세계를 짓고 있구나 하고 놀랐다.

이때 왕은 지금까지도 합장하고 있던 손을 내리며 떨리는 목소리로 말했다.

"대사, 이 몸의 청을 들어주시겠소?'

"소승에게 무슨 청이옵니까."

"앞으로 어느 세상에 가서 나시든지 이 몸도 따라가서 나게 하시겠소? 선혜선인을 따라 환생한 등조왕궁의 청의녀가 되게 하시겠소?

이 자리에서 무슨 말씀은 못 하리오. 이 몸은 7년 전 대사께 승만경을 들은 이래로 대사를 사모하였소. 대사를 곁에 모시고 싶었소. 그러나 이 몸은 여자요 또 이 나라의 임금이므로 참고 참았거니와, 대사는 보살의 화신이시라 다시는 중생의 몸을 쓰지 않으시리라 싶어 내 원은 다음 생에도 못 이룰 것이라 여겼소.

그러나 만일 대사가 다시 인간의 생을 받으시면 선혜선인이 청의녀를 이끌어 세세생생에 부부가 되었듯이 이 몸도 세세생생에 대사를 따르게 하여 주시오."

왕의 눈에 불이 이는 듯했다. 원효는 놀랐다. 왕의 말은 실로 대담하고도 간절했다. 그러나 원효는 뭐라고 대답해야 할지 몰랐다.

선혜선인은 보광불(普光佛)께 공양할 청련화 다섯 송이를 얻기 위해 등조왕궁의 하녀인 청의녀에게 세세생생에 부부 될 것을 허락했다. 그러나 원효는 그러하오리다 라고 대답할 용기가 없었다. 용기가 없다는 것보다는 마음이 어지러워졌다.

"상감마마, 마음을 진정하시지요."

원효는 겨우 이런 대답을 했다.

"진정하라고? 이 몸더러 마음을 진정하라고 하시오? 이 맺힌 마음이 천 겁을 간들 풀릴 줄 아시오? 이 원을 풀기 전에 이 몸이 성불할 줄 아시오. 이 몸은 이번 생을 마지막으로 성불하여 다시는 환생을 아니 할 줄 알았소. 하지만 두고두고 생각할수록 이 몸에는 미진한 인연이 많고 다다르지 못한 원이 수미산과 같소. 선혜와 청의는 서른여섯 번을 다시 태어나 석가세존과 아수다라부인이 되었거니와,

이 몸은 대사의 법력이 아니면 억천만 번을 다시 태어나도 생사의 굴레를 벗어날 길이 없소. 이 몸이 수없이 아내가 되고 어미가 되고 하기 전에는 이 미진한 인연을 끊을 수가 없는가 하오. 대사, 이 몸을 불쌍히 여겨서 거두어 주시오."

왕의 눈에서는 눈물이 흘렀다. 왕은 다시 말을 이었다.

"이 몸과 저 아유다와는 지난 7년 동안 대사를 바라보며 살았소. 아유다가 대사를 사모함을 볼 때 이 몸은 때로 질투를 느낀 일도 있었으나 그도 다 인연이오. 사랑도 인연, 미워함도 인연이지요."

왕이 아유다를 보았다. 아유다는 고개를 더욱 깊이 숙이고 들지 못하면서 말했다.

"이 몸이야말로 세세생생에 상감마마의 몸종이 되어서 마마를 받드오리다. 상감마마께옵서 대사님 곁에 계시오면 이 몸은 마마 뒷그늘에 숨어 뫼시오리다."

"상감마마."

원효는 소리를 가다듬었다.

"대사, 말씀하시오. 그리하여주마고 허락을 하시오."

왕이 보챘다.

"상감마마. 모두 마음의 장난입니다. 지금 날이 저물어 이 이야기를 끊어야 하는 것과 같이, 영겁의 윤회에 지치셨으니 그만 인연의 줄을 끊으십시오. 지은 업에 이끌려 태어나는 생의 줄을 끊어 이번 생을 최후의 생으로 하시고, 대비심으로 원하는 곳에 원하는 대로 태어나는 보살의 길을 닦으십시오."

말하고서 원효는 대궐에서 물러나왔다.

궐문 밖에는 수레가 기다리고 있었으나 원효는 사양하고 비를 맞으며 걸었다.

"스님, 비가 오는데."

심상은 원효에게 수레에 오르기를 권했으나 원효는 뚜벅뚜벅 걸음을 옮겼다.

"걸어가자. 비가 오면 비를 맞고 바람이 불면 바람을 맞으면서 걸어가자. 번뇌에 달은 몸을 식히자."

"스님의 마음에도 번뇌가 일어났습니까."

심상은 한 걸음 원효의 곁으로 오면서 물었다.

"네 마음에도 번뇌가 일어났느냐."

"소승은 대궐에 있는 동안이 꿈 같아서 무엇을 보았는지 무엇을 들었는지 정신이 없소."

"비를 맞으면서 그 정신이 간 곳을 찾아라."

두 사람은 그대로 분황사로 돌아왔다.

원효를 보낸 왕은 한참이나 두 손으로 낯을 가리고 울었다.

"상감마마, 상감마마."

아유다는 감히 왕의 몸에 손을 대지는 못하고 부르기만 했다. 그러는 아유다의 눈에서도 눈물이 흘렀다. 아유다는 왕을 동정했다.

왕은 호랑이와 같은 춘추공이나 유신공을 대하실 때는 결코 왕의 위엄을 잃지 않았다.

"경은 이 나라의 신하냐, 당나라의 신하냐!"

왕이 소리를 높이면 춘추도 고개를 들지 못했다.

그러나 아유다와 단둘이 있을 때는, 왕은 한 사람으로 돌아가 아유다에게 묻곤 했다.

"아유다, 부부의 정이 어떠하더냐?"

"사흘 동안에 무슨 부부의 정을 알겠사옵니까."

"그래도 남편이 제일 가깝고 소중하고 그립지 아니하더냐?"

"사흘 만에 남편을 전장에 내보낼 때에는 서러웁더이다. 잠도 안 오고, 바람결에 나뭇잎이 굴러도 남편이 돌아오는가 하고 귀가 솔깃하옵디다."

"그럴 게다. 이 몸은 부부의 정을 몰라."

"만나는 기쁨이 없으니 떠나는 슬픔도 없지 아니하옵니까."

"떠날 때에 가슴이 터져도 좋으니 만나는 기쁨을 가지고 싶다."

왕은 말하다가 아유다의 손을 잡았다.

"아유다, 너도 어미 된 정은 모르는구나."

그리고 이렇게 묻기도 했다.

"너는 남편이 있었으면 하느냐?"

원효가 십지품을 설했던 그날 밤에도 왕은 아유다가 숙소로 돌아가는 것을 허락지 않았다.

"오늘은 내 곁에서 자거라."

"황송합니다."

아유다는 왕명을 거역하지 않았다. 왕은 두 사람의 자리를 가지런히 펴게 했다.

왕은 수없이 돌아누웠다. 그때마다 이불 소리와 함께 왕의 한숨이 들렸다. 아유다도 잠이 들지 않았다. 임금의 곁에서 잔다는 것만도 어려운 일이었으나 여러 가지로 마음이 설레었다. 더구나 원효에게 대한 사모하는 마음은 영원히 이루어지지 못할 원이었다.

왕께서 그처럼 간절히 청하시는 말씀에도 대답을 하지 않은 원효가 제 것이 될 리는 없다고 아유다는 생각했다. 왕은 내생에 원효의 곁에 있게 해달라고 청했건만 원효는 허락하지 않았다. 그렇다면 이번 생에는 더욱 가망이 없을 것 같았다.

아유다는 의상대사와 선묘의 이야기를 생각했다.

원효와 의상은 불법 공부를 하러 당나라로 함께 떠났으나, 원효는 도중에 무덤에서 잠을 자다 해골에 고인 물을 마시고는 모든 것이 마음의 조작이라는 것을 깨닫고 장안에 갈 필요가 없다 하여 도중에 돌아왔다. 의상은 계속해서 길을 갔다. 의상이 당나라에 가는 길에 선묘라는 여자에게 구애를 받았으나 거절했다. 그러나 선묘는 그 후에도 의상을 생각하고 십 년이 넘도록 의상이 돌아오기를 기다리면서 의상을 위하여 빌고 있었다. 그 선묘는 당나라 양가 여자로 지극히 미인이었다.

아유다는 자기도 선묘와 같다고 생각했다. 그러나 자기는 선묘보다는 행복하다고 생각했다. 선묘는 사랑하는 의상과 수천 리를 떠나 있지만 아유다는 같은 서라벌에 있어서 만나려면 만날 수도 있기 때문이다.

그러나 한편으로 아유다는 선묘보다 불행했다. 그것은 사랑하는 이를 지척에 두고도 만나지 못하기 때문이다.

아유다는 죽은 남편 거진을 생각해야 될 몸인 줄을 잘 안다. 그러나 아유다는 제 마음이 원효에게로 쏠리는 것을 어찌할 수 없었다. 처음에는 다만 원효의 법력에 대한 사모인 줄 알았으나 7년이나 그 생각을 계속하는 동안에 아유다는 원효 없이는 살 수 없는 몸이 되고 말았다.

아유다는 오늘 본 원효를 마음에 그릴 때 피가 끓어오름을 느끼면서, 이불 소리가 나지 않도록 돌아누웠다. 제 높은 숨소리가 왕의 귀에 들리는 것을 두려워함이었다.

아유다는 더욱 숨이 차고 머리가 띵했다.

"아유다. 자느냐."

왕이 아유다 쪽으로 돌아누웠다.

"네, 아직 안 잡니다."

"왜? 너는 잠을 못 이루느냐."

"황송하옵니다."

"역시, 그렇구나."

왕은 팔을 내밀어 아유다의 손을 잡았다. 아유다는 왕의 뜻을 알고 제 손을 들어서 왕의 손에 놓았다. 왕의 손길이 불같았다.

"상감마마. 손이 더우십니다."

"몸이 아프다."

"전의(典醫)를 부르오리까."

"아니, 날이 밝으면 부르지."

"아까 바람을 쏘이시고 춥다 하시더니."

아유다는 몸을 자리에서 일으킨다.

"별일 없겠지."

"눈이 붉으십니다."

"눈이 붉으냐."

"네."

"내가 울었다."

왕은 빙그레 웃는다.

"왜 우셨습니까."

"아유다. 내 손을 한번 꼭 쥐어 다오."

"황송하여라."

"더 힘껏."

아유다는 꿇어앉아서 두 손으로 공손하게 왕의 손을 꼭 쥐었다. 왕의 손은 보드라와 뼈가 없는 것 같았다. 가늘고 길고 흰 손가락. 평생에 더러운 것을 만져 본 일 없는 손이라고 아유다는 생각했다.

“고맙다. 그렇게 손을 꼭 쥐어주니 외로움이 풀리는 것 같다.”

“상감마마. 오늘은 왜 그리 비감한 말씀을 하십니까.”

“악하던 사람이 마음이 깨끗해지면 눈물이 흐른다 하지 않더냐. 지금 내 눈물은 참회의 눈물이다. 이 참회의 눈물이 마르기 전에 내가 죽으면 악도에는 빠지지 않을 것이다. 임금의 눈물은 나라와 백성을 위해서만 흘려야 할 것이다. 허나 지금 내 눈물은 내 나라와는 아무 상관이 없다. 지금 내가 죽는다 하더라도 나를 위하여 울어줄 사람이 누구냐.”

“신라 백성이 모두 울지 않겠습니까.”

“신라 백성 중에 울어 줄 사람도 있겠지. 그러나 내가 임금이 된 지 8년에 잘한 일이 하나도 없어. 백제와 싸워서 두 번 이겼으나 백제의 후환을 끊지 못하고, 고구려의 낭비성도 아직 빼앗지 못하고, 대대로 내려오던 법을 폐하고 당나라 앞에 무릎을 꿇고. 생각하면 모두 잘못한 것뿐이다.

더구나 당나라 개국 축하로 보낸 내 태평송(太平頌)은 후세에 두고두고 웃음거리가 될 것이다. 그것도 다 자장율사 때문이지. 너의 아버지 때문이고.

아차, 내가 또 남을 원망하는 생각을 하는구나. 내가 임금이니 모두가 내가 한 일이지 왜 남을 원망하느냐. 아무리 자장이나 네 아버지라고 해도 임금인 내가 못한다면 그만이었겠지. 그렇지 않으냐?

다만 그 태평송 첫머리는 내가 지은 것이야. 그거야 당연하지 않으냐. 그 나라가 새로 생겼으니까 그만한 덕담은 해도 괜찮은 게지. 그렇지만 '오랑캐로서 황제의 영을 어기는 자는 칼날에 엎어져 천벌을 받으리라.'라든지, '오황 삼제의 덕을 한 덩어리로 하여 우리 당나라 임금을 밝게 하네.'라는 말이 가당키나 한 것이냐. 그때 내가 아직 나이 어리고, 그래서 천추에 남을 웃음거리를 남겼구나. 그런데 너의 아버지는 이제는 신라 사람인지 당나라 사람인지 모르게 되었으니 나만 죽으면 어떻게 될지 모른다. 너의 아버지는 필시 내가 어서 죽기를 기다릴 것이다."

"상감마마."

아유다는 무어라 아뢸 바를 몰랐다.

왕은 병환이 날로 위독해졌다. 왕은 죽음을 결심한 듯 전의가 올리는 약을 먹지 않고 식음도 그만두었다. 곁에는 궁녀들과 아유다만 머무는 것을 허락했고, 자장에게는 분명히 불쾌한 빛을 보였다. 그러나 자장은 매일 입궐했다. 자장은 벌써 칠십이 넘은 노승이었다.

불행히 승하하는 경우 대통을 이을 이가 누구냐 하는 것이 궁중, 귀족 가문은 물론이요, 민간에서도 궁금해하는 일이었다. 이러한 호기심을 알고 있음에도 왕은 아무런 의사 표시도 하지 않았다. 알천 장군일까 춘추공일까, 또는 춘추의 아들 법민일까. 이 세 사람이 가장 유력한 후보자였다. 관창랑의 아버지 품일을 말하는 자도 없지는 않았으나 그는 인망으로나 세력으로나 도저히 춘추와 비길 바가 아니었다.

알천은 아리내라고도 불렸는데, 그는 공훈으로나 연배로나 당시에 가장 높은 지위에 있었다. 그는 유신의 아버지 용수 장군과 더불어 진평왕 때부터 신라를 섬겨온 신하였다. 선덕왕 5년에 독산성 싸움에서 백제군을 크게 파하고 선덕왕 7년에는 칠중성 싸움에서 고구려군을 깨뜨려서 왕의 신임을 받았다. 더구나 알천은 사욕이 없고 품격이 높아서 백성들이 그의 덕을 사모함이 컸다. 승만왕도 알천을 신임하여 즉위 초에 그를 상대등으로 삼아서 궁과 관부를 모두 관리하게 했다. 그러나 알천은 다만 덕망이 있는 명장일 뿐이요, 정치가는 아니었다. 그래서 춘추가 하는 대로 방임했다.

왕은 상대등 알천을 침전으로 불렀다. 알천은 머리는 희지만 얼굴은 아직 젊은 사람 같았다. 알천은 왕의 옆에 부복하고는 고개를 들지 못했다. 그처럼 그는 임금께 대한 충성이 지극했다.

"이 몸이 이 세상을 떠날 날이 멀지 않은 듯하오."

왕이 말했다. 알천은 소리 없이 눈물을 흘렸다. 머리에 쓴 관이 심하게 떨렸다. 평생을 충의 한마음으로 살아온 알천은 임금의 병환이 중하다는 말을 들은 때로부터 아침마다 목욕하고 산에 올라 선왕께 임금의 건강이 회복되기를 기원했다. 자신의 목숨으로 상감마마의 수명을 대신하기를 빌고 빌었다. 밤에도 옷을 끄르지 않았다. 이제 눈앞에 왕의 병환이 위독함을 보고 또 돌아가실 날이 멀지 않다는 말씀을 들으니 가슴이 미어지는 듯하여 눈물을 걷잡을 수 없는 것이다.

"상감마마, 마음을 든든히 하시오."

알천은 떨리는 소리로 아뢰었다.

"아니, 이 몸의 갈 날이 이르렀소. 이 몸이 철없는 어린 나이로 임금이 된 지 8년 동안 큰 허물이 없이 지낸 것은 다 알천 상대등의 충의의 힘이오. 이 몸이 죽은 뒤의 일은 다 알아서 하시오."

알천은 무어라고 아뢸 바를 몰라서 다만 머리를 조아릴 뿐이었다. 왕은 다시 말을 이었다.

"고구려와 백제가 다 우리나라를 엿보고 있으니 앞으로 나라에 어려운 일이 많을 것 같소. 춘추는 당나라의 힘을 빌려 백제와 고구려를 멸하려 하나 이것은 바깥사람을 불러다 형제를 치는 것과 같으므로 이 몸이 허락지 않았소. 차라리 백제와 고구려에 사신을 보내 서로 화친할 것을 말하고 세 나라가 한 곳에 모여 서로 맹약함이 좋을까 하오. 행여 당병을 이 땅에 끌어들이지는 마오."

왕이 알천에게 당부했다.

"지당하신 분부이옵니다. 그러하오나 대통은 어찌하올지?"

알천은 가장 중심 문제인 왕위 계승에 대해 여쭈었다.

"이 몸이 아들이 없고 딸도 없으니 진골 중에 가장 덕이 높은 이를 골라 나라를 잇게 하시오. 다 알천 이손•이 좋도록 알아서 하시오."

왕의 희망으로는 알천에게 왕위를 전하고 싶었다. 그러나 왕은 알천이 듣지 않을 것을 알았다. 알천이 겸손하기 때문이었다. 또 한편으로는 춘추가 어떻게 해서라도 제가 왕위에 오르려 할 것이었다. 만일 알천에게 왕위를 전하면 필시 피 흐르는 일이 일어날 것이라 왕은 짐작했다. 춘추는 무력을 써서라도 왕이 되고야 말 것이다. 그래서 왕은 알천에게 선위할 생각을 끊었다. 그 대신 알천 이하 여러 대신을 불러 분부를 내렸다.

"이 몸의 병이 언제 나을지 모르니 그동안은 이손 알천으로 섭정하게 하겠소."

춘추가 알천의 말을 듣게 하기 위해서 한 일이었다. 이 모양으로 정사에 대한 책임을 벗어 버리니, 왕은 몸이 가벼워진 것 같았다. 그리고는 아유다와 단둘이 지낼 때가 많았다.

하루는 아유다와 이런 대화를 했다.

"아유다."

"네."

• 신라의 17관등 중 제 1등위인 이벌찬(각간)의 다른 말로 추정된다.

"네 아버지 언제 뵈었느냐?"

"어저께도 만났습니다."

"어떠시든?"

"상감마마 어떠하시온지 늘 근심하고 있습니다. 어저께도 목욕재계하고 신궁에 들어가 상감마마 병환이 어서 나으시게 하소서 하고 빌었다 하옵니다. 이 몸의 어미는 분황사에 가서 불공을 드렸습니다."

"분황사에?"

"네."

"너도 갔느냐."

"네."

"고마워라. 원효대사도 뵈었는가."

"아무 말씀도 없었습니다. 이 몸의 어미와 이 몸을 보고 다만 합장할 뿐이었습니다."

"대사는 어떤 옷을 입으셨던가."

"검은 장삼에 자주 가사를 메고……."

"손에는?"

"손은 앞으로 모아서 마주 잡고 계셨습니다."•

왕은 원효의 모양을 보는 듯이 눈을 가느스름하게 하시고 두 손을 가슴 위에 들어 합장했다. 아유다는 설움이 북받쳤다. 왕은 이윽히

• 차수(叉手)하다. 도량에서의 평소 자세. 한 손을 다른 손으로 가볍게 감싸 쥐어 단전 부근에 대고 있는다.

가만히 계시더니, 고개를 숙이고 앉았는 아유다를 불렀다.

"아유다."

"네."

아유다는 옷소매로 눈물을 닦으며 왕을 본다.

"내가 죽은 뒤에는 네가 대사의 뒤를 돌보아 드려라."

"이 몸이 무슨 힘으로 그리하겠습니까."

"옷과 양식과 기름과 차와 종이와 먹과 붓과 과일과, 그러면 되지."

"그리하오리다."

"선지식(善知識)의 얼굴을 한번 대하는 것만 해도 큰 인연, 큰 복이라고 하지 않느냐. 하물며 큰 선지식을 공양하는 것은 여간 큰 복이 아니다. 가난해서 공양할 물건이 없으면 선지식이 가는 길을 쓸어만 드려도 큰 공덕이라는 거야. 어디 그러한 인연이 저마다 있나? 옛날 선혜비구는 보광불이 지나시는 길에 부처님 발에 진흙이 묻을까 저어하며 제 머리카락을 길에 깔아 드렸다고 하지 않느냐. 이 선혜비구가 그 공덕으로 석가모니불이 되셨다고 한다. 세상 은혜 중에 정법(正法)을 가르쳐 주시는 스승의 은혜가 가장 크지 않느냐."

"네. 인과경에 그렇게 씌어 있습니다."

"그런데 너는 앞으로 오래 대사를 공양할 수 있으니 그런 복이 어디 있느냐."

"황송하옵니다. 만일 이 몸이 무슨 공덕을 짓사오면 모두 상감마마께 돌리겠습니다."

"불도에 돌려야지, 중생에 회향할까. '이 공덕이 일체 중생에게 널리 미쳐 나와 뭇 중생이 모두 불도를 이루기를 원한다.'라고 하지 않았느냐."

❁ ❁ ❁

그 후, 며칠이 지나지 않아 왕이 승하했다. 그 소식을 왕실로부터 전해 들었을 때 원효의 마음에는 이 모든 기억이 생생히 살아났다.

왕은 어떠한 마음으로 세상을 떠나셨을까. 모든 것이 공(空)인 줄을 깨닫고 하늘에 펼쳐진 구름이 흩어지듯이, 불이 다 타고 재만 남듯이 돌아가셨을까. 그렇지 아니하면 왕이 그날 말씀하신 모양으로 세세생생에 원효의 곁을 지킬 것을 맹세하고 돌아가셨을까.

원효는 멀거니 생각하고 있었다.

번뇌가 다할 날이 없으나

왕이 승하한 것은 원효에게 큰 충격을 주었다.

원효는 화엄경 해설에 열중하여 별로 세상일에 주의하지 않았고, 또 그러할 마음의 여유도 없었다. 원효는 오직 원만한 불성(佛性)만을 응시하는 생활을 하고 있었다. 고구려, 백제, 당나라와의 외교 관계가 매우 중대하였으나 원효는 그런 것을 참견하려고 하지 않았다. 무슨 기회에 중한 소식을 들을 때 일시 흥미를 느끼는 일이 있더라도 일상의 평정심을 유지했다.

원효의 목표는 화엄경 주석만이 아니었다. 대승기신론과 화엄경 주석이 끝나면 법화, 금강 할 것 없이 중요한 대승 경전에 다 주석을 달고 싶었다. 원효는 자기가 처음 불경을 접했을 때 어찌나 알기 어려웠던지를 생각하고, 이것을 알기 쉽게 풀어놓아 일반인도 무엇이 소중하고 중요한지 알게 하고 싶었다. 그래서 원효는 인생의 쾌락을 온통 단념하고 불경 주석을 해 왔다.

"내가 이 세상에 다녀간 뒤에 불도를 모르는 사람이 없게 하리라."

이것이 원효의 뜻이었다.

원효는 많은 불보살 중에서도 지혜를 대표하는 문수보살을 중심으로 모시고, 반야경을 해설하여 널리 전했던 용수대사•를 닮고자 했다. 문수보살은 중생에게 불도를 전하기 위해 일부러 부처의 지위를 버리고 영원한 보살로 남은 이였다. 그리하여 문수보살은 보살이면서도 모든 부처의 스승이 되었다. 원효는 문수보살의 본을 받아서 불도를 펴는 자가 되고자 했다.

또 원효는 아미타경을 애독하고 그 주석을 썼다. 아미타경에서는 극락정토를 일러 '제상선인 구회일처(諸上善人 具會一處)'. 즉 가장 착한 사람들이 한데 모이는 곳, 착한 사람뿐이요 악한 사람은 하나도 없는 곳이라 했다. 실로 인생의 최고 이상이라 할 이 극락정토의 최고 이상에 원효는 깊이 공명했다. 아미타불의 전신인 법장비구의 대원도 원효의 마음에 들었다. 법장비구는 "누구든지 내 이름을 듣거나 부른 이가 악도에서 벗어나지 않는다면 나는 성불하지 않겠다."고

• 나가르주나.

했던 것이다.

원효는 해탈도 바라지 않았고 왕생극락이나 성불을 바라지 않았다. 그는 오직 불도를 모르는 중생이 하나도 없기를 바랐다.

원효가 제행무상(諸行無常), 세상에 항시 그대로인 것이 없음을 모름은 아니었다. 열반경은 그가 화엄경 못지않게 애독하는 경이었다. 그러나 승만왕이 승하했음을 들은 때처럼 제행무상을 절실히 느낀 일은 없었다.

비 오는 삼월 삼짇날 원효가 어전에서 화엄경 십지품을 강한 것이 바로 7~8일 전이었다. 그날 왕은 넉넉한 풍채에 건강한 몸으로 설법을 듣지 않았던가. 그런데 그런 왕이 돌아가셨다.

왕의 한 많은 몸은 그가 평소에 즐겨 머물렀고, 또 마지막으로 원효의 설법을 들었던 사량궁 옆에 묻혔다.

원효는 왕이 승하한 뒤에 궁중에 불려나갔다. 왕이 생전에 존경하던 인연 있는 중들이 다 불렸거니와 특별히 원효는 왕의 유언으로 불린 것이었다. 그것은 왕의 유해를 관에 넣기 전에 원효 법사로 하여금 경을 읊고 설법을 하게 하여 달라는 유언이었다.

자장율사는 이 유언에 대하여 심히 불쾌하여 원효를 부르는 것을 반대했다. 자장은 왕에게 우바이(優婆夷)•의 계를 주었고 재위 8년 동안 마치 섭정처럼 모든 것을 지도해왔다. 진덕여왕(승만왕)뿐 아니라

• 여자 재가신도.

전대 선덕여왕 때부터 그러했다. 신라 궁중에 당나라 복색을 쓰게 한 것도, 신라의 연호를 폐하고 당나라 연호를 쓰게 한 것도 춘추보다 자장의 역할이 컸다. 춘추로 하여금 당나라와 친하게 한 것부터가 자장이었다. 자장은 당나라 조정의 존경을 받는 것을 기회로 신라를 당나라와 친하게 하는 데 전력을 다했다. 그러하거늘 진덕여왕에 대한 마지막 불사(佛事)를 자장이 하지 않고 젊은 중, 원효에게 맡긴다는 것은 자장에게는 견디기 어려운 일이었다. 그러나 이손 알천은 상대등의 직권으로 자장의 반대를 눌렀다. 자장은 분연히 소매를 떨치고 대궐에서 물러나와 황룡사에 돌아와 병이라 하고 자리에 드러누웠다.

원효는 이러한 사정을 모르고 왕의 빈전에서 아미타경을 설했다. 원효는 왕의 몸이 타서 재가 되기 전에 한 번 더 경을 설하게 된 것을 다행으로 여겼다.

아미타경은 극락정토에 왕생하는 길을 말하는 경전이었다. 원효가 이를 설한다는 것은 의외의 일이었다. 모인 중들은 말할 것도 없거니와 알천, 춘추, 유신 등도 의외로 여겼다. 왜냐하면 그때 신라에서는 자장이나, 혜통이나, 명랑이나, 고승이란 고승은 대개가 의례를 중시하는 밀교(密教)파였고 그렇지 않은 자는 원효와 같은 지식승으로서 깨달음을 논하는 화엄, 법화, 반야경을 숭배했다. 정토에 왕생하기를 바라는 것은 무지무식한 하층민들의 일이라고 생각했다. 그러므로 염불보다 진언이 숭상되었고 오직 한문을 아는 일부 지도층에서만 경론을 좋아했다.

그러나 원효는 왕을 위하여 아미타경을 설하기로 결심했다. 기실 원효가 승하한 왕을 위하여 들려주고 빌어드릴 것이 극락정토에 왕생할 것밖에 없었다.

원효는 첫머리에 목소리를 크게 내어 염불을 했다.

"나무아미타불."

왕의 죽음 앞 엄숙함 때문인지 그 소리는 사람들을 놀라게 할 만큼 컸다. 원효는 이 소리가 왕의 귀에 들리기를 바랐다. 왕의 혼이 아무리 먼 곳에 계시더라도 지금 원효가 부른 염불 소리가 그곳까지 울리기를 바랐다. 국선도(國仙道)의 생각으로 보면 왕의 혼령은 하늘로 올라가셨거나, 그렇지 아니하면 신(神)이 되어 산이나 바다에 계실 것이다. 그리하더라도 원효는 자기의 염불 소리에 왕의 혼령이 극락에 왕생하기를 바랐다.

"나라에 지극히 높으신 몸임에도 마침내 죽음을 면치 못하셨소. 모든 약을 써 드렸고 여러 높은 법사들이 모든 비밀법을 다 행하여 상감마마의 목숨이 늘어나시기를 빌었으나 상감마마는 승하하셨소."

원효는 첫머리에 이러한 말로 무상(無常)을 설한 뒤에 아미타경문을 읽고, 극락세계의 아름다움과 아미타불의 대원을 설했다.

"십만억 불토를 지나서 서편에 있는 극락정토가 어디냐. 여기가 곧 거기다. 아비지옥이 어디냐. 여기가 곧 거기다. 열 겁 전부터 내내 진리를 설하고 계신 아미타여래의 법회에서 낮과 밤 아침 저녁으로

법을 듣는 이가 누구냐. 곧 이 법회에 모인 선남선녀다. 승하하옵신 위대한 대왕마마의 훌륭한 인연으로 우리 무리가 모두 이 나라에 태어나서 아미타불의 법을 듣고 있는 것이다.

그러나 우리가 아직 이 나라를 극락정토라고 생각지 않고, 저 수풀에 우는 새를 가릉빈가• 라고 알지 아니하고 까막까치로 아는 것은 우리의 마음이요, 우리가 지옥에 사는 까닭이니, 무릇 극락을 이룩하는 것도 우리 마음이요, 지옥을 걷는 것도 우리 마음이다. 삼라만상이 마음에서 비롯하고, 마음의 본체인 우리의 인식을 떠나서는 어떠한 실재(實在)도 없다.

이제 새 임금이 높은 자리에 오르셨으니 백관과 만인이 지옥의 마음을 버리고 극락정토의 마음을 가져서 이 신라를 극락정토로 만드는 것이 대행대왕의 뜻을 잇는 일이요, 아울러 대행대왕의 명복을 비는 일이 될 것이니, 이 산속 중의 아미타경 설법쯤이 무슨 신통할 것이 있으리. 설법으로 말하면 지금도 일월성신과 산천초목과 날짐승 길짐승이 밤낮으로 부처의 참 진리를 전하고 있는 것을."

원효는 말을 끊고 다시 소리를 높여서 나무아미타불을 불렀다. 원효는 진정으로 돌아가신 여왕이 극락에 왕생하기를 바랐다.

왕은 대승불교에 심취했으나 결코 번뇌를 떼어 버린 것은 아니었다. 왕은 아내도 되고 싶었고 어머니도 되고 싶었다. 그러나 임금의

• 訶陵頻伽. 불경에 나오는, 사람의 머리를 한 상상의 새. 그 울음소리가 곱고 극락에 둥지를 튼다고 한다.

자리에 있는 몸으로서는 그것이 다 뜻같이 되지 않았다.

원효는 승만왕이 자기를 생각했음을 느꼈다. 특별히 삼월 삼짇날 법회에서 그것을 깊이 느꼈다. 원효는 분명히 왕의 눈에서 번뇌의 빛을 보았다. 그 음성에서 열정을 들었고, 그 몸에서 번뇌의 향기가 발하는 것을 맡았다.

그러나 그 당시보다도 왕이 세상을 뜨고, 능이 이뤄지고, 녹음이 우거질수록 원효가 왕을 생각하는 마음은 더욱 간절했다. 그것은 다만 신하로서 임금을 사모하는 마음만은 아니었다. 원효에게는 승만왕이 끝없이 가여웠다. 원효는 가끔 혼자 책을 보다가 눈물을 떨구었다.

'어, 내가 웬일인가.'

춘추가 새로 왕위에 올랐다. 백관은 이손 알천을 왕으로 모시려 했으나 알천은 굳이 사양했다.

"이 늙고 아무 덕행도 없는 것이. 춘추공이야말로 참으로 세상을 구할 영걸이시오."

알천이 오히려 이렇게 주장하여 춘추가 왕위에 올랐다. 이 임금이 장차 백제를 멸할 태종무열왕이다.

새 왕이 즉위하여 전왕의 자취가 차차 스러질수록 원효는 승만왕을 기리며 슬퍼함이 더욱 간절했다.

"노스님은 평생에 슬퍼하시는 일을 못 뵈었는데 근래에는 매양 슬픈 빛을 보이시니 어찌 된 일이신지."

마침내 상좌 심상이 물었다.

"내 법력(法力)이 부족함이 서러워서."

원효는 솔직하게 대답했다.

"무엇이 법력이 부족하시다 하심인지."

"대행마마께서 그날 그처럼 간절히 물으시는 것을 내가 만족할 만한 대답을 못 해드렸구나."

"대행마마께옵서 그처럼 청하시는 것을 왜 '그리하오리다.'라고 하시지 않으셨습니까? 옆에서 등골에 땀이 흘렀습니다."

"허, 그러니까 내가 법력이 부족하단 말이다. 내게 선혜비구만 한 자신이 있으면야 몇 번이든지 다시 환생(還生)하여도 '함께 하오리다.'라고 했겠지만, 내가 내 속을 들여다보아도 번뇌가 가득하여 장차 무엇이 될지 모르는데 어떻게 남더러 나를 따르라 하겠느냐. 하물며 내가 임금으로 모시던 어른을 만일 악도(惡道)로 인도한다 하면, 그런 흉측하고 독살스러운 죄가 어디 있겠느냐. 그러니까 대답을 못 아뢴 게다."

"그러나 그때 대행마마께서 얼마나 슬퍼하셨을는지요."

"슬퍼하셨겠지. 그렇지만 대행마마께서 나를 따르실 일이 아니라

나를 부르실 것이다."

"어디로?"

"어디서나, 가시는 곳마다. 나를 이 생(生)으로 부르신 것도 대행마마시니."

"아니, 스님은 원하는 대로 생을 받는 보살의 화신이 아니십니까."

"보살화신으로 말하면 초목이나 금수도 다 보살화신이 아니냐."

화엄경소를 짓던 것도 거의 전폐하다시피 했다.

"화엄경소는 아니 지으십니까."

심상이 물으면 이렇게 대답했다.

"내가 무엇을 안다고 화엄경소를 지으랴. 우선 내가 나부터 알아야 할까 보다."

한번은 또 심상에게 이런 말도 했다.

"너는 무엇을 얻으려고 나를 위해서 물을 긷고 밥을 짓고 이 고생을 하느냐. 내게서 배울 것이 아무것도 없으니 다른 데 가서 스승을 찾아라."

왕이 돌아가신 지 49일이 되었다. 국내 각 절에서 돌아가신 왕을 위해 사십구일재를 올렸다. 새 임금 춘추는 왕의 옛 뜻을 생각해서 지금은 왕후인 문명부인과 요석공주라 칭하게 된 아유다를 분황사로 보내 왕의 명복을 빌게 했다.

왕후 문명부인은 아유다를 데리고 분황사에 들었다.

"노스님. 중전마마와 요석공주 행차시오."

심상이 아뢰었다. 원효는 방에만 들어박혀서 근래에는 절 마당에도 나오는 일이 없었다.

"응."

원효는 간단히 대답하고는 가만히 있었다.

"영접 안 하십니까?"

심상이 재촉했다. 원효는 마지 못하는 듯 가사를 걸치고 단주를 들고 나섰다. 왕후가 대불전에 드는 것을 먼발치서 바라보고 원효는 슬며시 제 처소로 돌아왔다.

원효는 문명부인이 왕후의 의관을 차려입은 것을 처음 보았다. 요석공주가 공주로 차린 것도 물론 처음 보았다. 요석공주는 그럴듯했다. 원효는 대행왕을 생각함이 더욱 간절해졌다. 그 어른이 남기고 돌아간 영화를 모두를 좋아라고 나눠 가지고 즐기는 것 같아서 마음이 괴로웠다.

절 안에 있는 모든 사람이 원효에게 법회를 집전하는 도사(道師)가 되기를 청했으나 원효는 거절했다. 그래서 고승인 명랑법사가 도사가 되기로 했다. 명랑법사는 사람을 보내어 원효에게 설법을 청했으나 그것도 거절했다.

명랑법사는 원효보다 훨씬 선배이지만 몸소 원효의 방으로 찾아왔다. 금색이 찬란한 가사를 멘 명랑법사와 쭉 모은 베 가사를 걸친 원효와는 이상한 대조였다. 두 사람은 종파가 다른 관계로 평소에는 서로 내왕이 적었다.

"스님은 왜 설법을 거절하시오?"

명랑법사는 수인사 끝에 물었다.

"소승이 어디 설할 법이 있소."

원효는 대답했다.

"대행대왕께서 생전에 스님을 대단히 믿으셨고, 또 들으니 삼월 삼짇날에 어전에서 십지경을 설하셨다 하니 이번 칠칠재에도 스님이 법을 설하시는 것이 영가(靈駕, 영혼)*에 공덕이 될 것 같소."

명랑법사가 간청했으나 원효는 두어 번 고개를 흔들면서 거절했다.

"대행대왕께서 살아계실 때 설법으로 아무 이익도 못 드린 소승이 이제 다시 무슨 법을 설하겠습니까."

이번에 필시 원효법사의 설법이 있으리라 하던 일반인들은 의외로 생각했다.

법사 끝에 대중이 불탑을 싸고 돌며 소리내어 염불할 때 원효는 대중 가운데 섞여 있었다. 이것은 원효로서는 흔히 하지 않던 일이었다. 그래서 심상은 물론 다른 사람들도 수상하게 생각했다. 그나 그뿐인가. 원효는 소리를 높여서, "나무아미타불"을 불렀다. 심상은 더욱 수상하게 생각했다. 요석공주도 원효의 뒤를 따르며 염불했다. 원효는 거의 정신없는 사람처럼 소리 높여 염불했다. 원체 우렁찬 소리라 원효의 염불 소리는 누구나 다 알아들을 수가 있었다.

요석공주는 행렬이 모퉁이를 돌 때마다 한 사람씩 앞질러서 원효의 바로 뒤에 왔다. 공주는 남들이 이상하게 생각할 것도 잊어버렸다. 공주의 마음에는 열정이 솟아올랐다.

승만왕이 돌아가시고, 이제 사십구일재까지도 거의 끝이 가까워서 닭 울 때가 되었다. 승만마마의 혼은 벌써 가실 데로 가셨을 것이다. 극락으로 가셨거나 천상이나 인간 세상에 몸을 바꾸어 태어나고자 어느 어머니의 배에 드셨거나, 어찌 되었건 승만마마이던 기억은 버렸을 것이다. 이제 요석공주는 승만마마를 모시는 아유다가 아니었다. 이제는 혼자서 원효를 마음대로 생각할 수 있다. 8년 동안이나 눌러 온 정열을 아무 꺼림 없이 쏟아 놓을 수 있다.

요석공주는 원효의 뒤에 바싹 다가서서 그가 밟고 지나간 발자국을 밟았다. 하나도 남기지 않고 밟았다. 원효의 큰 발자국 속에 자기의 작은 발이 폭폭 파묻히는 것 같았다.

공주는 어디까지나 원효를 따라가리라 했다. 원효가 뿌리친다면 그 장삼 자락에 매달려서라도 따라가리라 마음먹었다.

공주의 귀에는 원효의 염불 소리뿐이었다. 그 우렁찬 소리 외에는 아무 소리도 들리지 않았다. 언제 따라왔는지 공주의 동생 되는 지조공주가 요석공주의 뒤에 와서 살짝 요석공주의 소매를 끌었다. 지조공주는 아직도 열다섯 살밖에 안 된 처녀였다.

요석공주는 갑자기 정신이 들어서 일시 얼굴이 화끈했다. 한 걸음 멈칫했으나 다시 걸음을 크게 옮겨놓아 한 걸음 더 멀리 앞선 원효를 따라잡았다.

이 동안이 얼마나 되는지 모르나 탑돌이를 끝내고 대중은 차례차례 제자리에 돌아왔다. 요석공주는 지조공주와 함께 어머니 문명부인 곁으로 돌아왔다. 왕후 문명부인은 요석을 한 번 노려보았다.

원효는 법회를 마친 후에 무애당으로 돌아왔다.

"스님 염불하시는 것을 오늘 처음 뵈었습니다."

심상이 원효의 가사 장삼을 받아 걸며 말했다.

"대행마마를 위하여 공양할 것이 그것밖에 없더구나."

원효는 대답했다.

"스님 뒤에 요석공주가 따르신 것을 아셨습니까."

"알았다."

원효는 한숨을 쉬었다.

"소승은 지조공주를 오늘 처음 뵈었습니다."

심상은 지조의 꽃같이 아름다운 양을 눈앞에 그려보았다.

"모두 끝없는 번뇌다."

"스님 마음에도 번뇌가 일어납니까?"

심상은 걱정 들을 것을 두려워하는 사람 모양으로 원효의 눈을 우러러보았다. 큼직한 원효의 눈에는 불길이 이는 것 같아서 심상은 고개를 숙였다. 원효의 눈에 자기가 상상했던 것과는 다른 빛이 있었기 때문이었다. 그 눈은 여전히 마귀 무리들에게 항복받고야 말겠다는 보살의 냉철한 눈이었다. 요석의 아름다운 용모에 마음이 흔들리는 눈이 아니었다. 심상은 한껏 부끄러운 동시에 한껏 마음이 놓였다. 역시 원효는 의지할 만한 스승이라고 믿었다.

그러나 원효의 마음은 심상이 생각하는 것과 같이 반드시 평정하지는 않았다.

그 후부터 진덕왕의 유언대로 원효의 치다꺼리는 요석궁에서 했다. 요석궁 시녀가 맨 처음으로 가지고 온 것은 원효의 여름옷이었다. 당시 알아주는 귀한 옷감인 스무 새 베로 된 것이었다. 이 베는 공주의 옷감으로 위에서 하사한 것이었다. 왕은 공주가 과부가 된 것을 불쌍히 여겨서 좋은 옷감이나 맛난 음식이 있으면 반드시 공주를 생각했다. 공주는 이 가는 베를 받자 곧 그것으로 원효의 옷을 지을 생각을 했다.

이제는 공주의 몸이라 손에 바늘과 실을 잡을 일도 없었으나 요석공주는 손수 마르고 손수 지었다. 거룩한 이의 옷이라 하여 공주는 요석궁 후원에 있는 별당을 바느질 방으로 정하고 목욕재계하고 방에는 향불을 피우고 가위나 바늘이나 실이나 일체를 새것으로 장만하여 한 땀 한 땀 지극한 정성을 넣어서 한 솔기 한 솔기 호고 박고 감쳤다.

때는 오월. 아리냇가의 느릅나무와 버드나무는 녹음이 우거지고 끊임없이 꾀꼬리가 울었다. 요석궁은 아리내의 느릅나무 다리를 건너서 서쪽 냇가에 있었다.

이 궁은 대대로 공주가 거처하던 곳이다. 시집가기 전 공주거나 과부 된 공주거나 이 궁에 거처했다. 순교자 이차돈(異次頓)을 사모하여 평생을 홀로 염불로 늙은 평양공주도 여기 있었다. 이사부가 우삿나라(于山國)를 멸하자 그 왕의 딸 별님(星主)이 이사부에게 잡혀와서도 잠시 요석궁에서 공주를 모셨고, 사다함이 가야국을 멸하고 그 왕의 일족을 포로로 잡아왔을 때 금관국 공주도 이 궁에 종으로 있었다. 선덕여왕이 진평대왕 시절 공주일 때도 이 궁에 있었다. 이러하기 때문에 요석궁은 외간 남자의 출입이 없는 곳이었다. 공주와 궁녀 몇 사람 그리고는 지키는 군사와 하인들뿐이었다. 깨끗하고 조용한 곳이었다.

뜰과 후원에는 화단이 있고 정원이 있었다. 백제 서울과 같이 아름다운 경치를 가지지 못한 신라의 수도 서라벌에서는 인공으로 아름다운 경치를 만들었다. 안압지도 그것이어니와 월성에서 달내에 일월교를 놓고 남산의 기슭을 빌어서 수목과 화초를 심고 석가산을 만들고 물을 끌어와 실개천과 못을 만들었다. 민가에도 그것을 만들게 했다.

뒤에 선덕여왕이 된 덕만공주는 당나라 학문과 문화를 잘 알고 또 불경도 잘 알았기 때문에 요석궁에 거처하던 시절 요석궁 앞뒤 뜰에 힘써 정원을 만들었다. 첫째는 아리내 물을 끌어들여서 뜰에다가 팔

공덕수* 라는 못을 만들었다. 그리고는 못가에 꽃피는 여러가지 나무와 풀을 심고 남산의 옥돌이며 동해의 바닷모래와 돌로 모양을 내었다. 둘째는 모란화다. 당나라에서 모란 씨와 모란 그림이 왔을 때에 공주가 그 그림의 꽃에 벌과 나비가 없는 것을 보시고 이 꽃에는 필시 향기가 없으리라 하여 부왕과 여러 신하들을 놀라게 한 것은 유명한 이야기다. 공주는 요석궁에 모란을 가꾸어서 화단을 만들었다. 부친인 진평대왕도 이 외동딸이 하는 일이면 무엇이나 뜻대로 하게 했고 진평왕은 가끔 딸이 있는 요석궁에 행차해 공주가 정성들여 만들어 놓은 화원 보기를 즐겼다.

덕만공주는 왕이 되어 요석궁을 떠났다. 16년 왕으로 재위하다가 승하했다. 그 후 승만공주가 왕이 되어 또 8년 만에 승하했다. 그래서 23년 동안이나 요석궁이 비어 있다가 이제 새 주인 아유다를 만난 것이다.

주인 없는 요석궁은 퇴락하고 거칠었다. 그러나 그 대신 나무는 자라고 바윗돌에는 이끼가 앉고 팔공덕수나 석가산이나 사람이 만들어 놓은 흔적이 스러지고 천연스럽게 되었다. 모란도 이제는 30여 년이나 넘어서 나무가 늙어 더욱 운치를 보였다. 이상한 것은 당나라에서 향기 없던 모란이 신라에 와서는 향기를 발하는 일이었다. 요석공주가 홀로 원효대사의 베옷을 짓고 있노라면 모란 향기가 바

---

* 八功德水. 극락에 흐르는 여덟 가지 공덕이 있는 물. 맑고, 차고, 달고, 부드럽고, 윤택하고, 편안하고, 배고픔과 목마름과 근심걱정을 없애주고 몸을 보한다고 한다.

람결을 타고 들어왔다. 요석 공주가 이 집의 주인이 된 지도 벌써 1년이 넘었다. 공주는 이 뜰에 피는 모란을 두 번째 보았다. 정원도 깨끗이 정리되고 팔공덕수도 새로 자갈과 모래를 깔았다. 그러나 언덕에 나는 풀은 건드리지 말라 했고 거기서 노는 개구리도 건드리지 말라고 했다.

'더는 못해도 이 요석궁 안에서나 동물이 제 마음대로 살게 하자.'

요석공주는 생각했다.

이러한 속에 요석공주는 원효의 여름옷을 손수 짓고 마야라는 시녀를 시켜서 분황사의 원효에게 보낸 것이었다.

"스님. 요석궁에서 사람이 왔습니다."

원효가 책상에 대하여 앉아서 남산을 바라보고 있을 때 심상이 아뢰었다.

"요석궁에서?"

원효는 명상의 줄을 끊고 심상에게로 고개를 돌렸다.

"예. 요석공주의 글과 물건을 가지고 시녀가 왔습니다."

심상은 봉투에 넣어서 봉한 한 통의 편지를 원효 앞에 놓았다. 원효는 편지를 보고 잠시 말이 없다가 마침내 그것을 들어서 떼었다.

백제 종이에, "모란 한 가지 포의 한 벌"이라 쓰고, 그 옆에 좀 더 작은 글자로 "단양절에 제자 요석공주가 두 손 모아 삼가 바칩니다." 라고 쓰여 있었다. 그밖에는 아무 말도 없다.

"음."

원효는 고개를 끄덕였다.

심상은 시녀를 안내했다. 시녀는 모란을 수놓은 보를 들고 몸종은 고구려 화병에 꽂은 모란을 들고 원효의 방으로 들어왔다. 시녀는 붉은 옷을 입고 종은 푸른 옷을 입었다. 시녀는 원효의 앞에 오른편 무릎을 꿇고 앉아 먼저 옷보를 원효의 앞에 놓고 다시 일어나서 오체투지(五體投地)의 예를 했다. 불전에서 하는 예와 똑같으니 스승에게 대한 예다. 종도 상전의 뒤에서 같은 예를 했다. 원효는 앉아서 까딱없이 이 절을 받았다. 답례를 하지 않는 것은 절하는 자의 공덕을 줄이지 말자는 뜻이다.

"이 꽃은 요석궁 화단에 핀 꽃 중에 가장 아름다운 꽃이옵고, 이 옷은 공주마마 손수 지으신 옷이오. 날이 차차 더워 오니 노스님 여름 옷으로 올립니다."

시녀는 궁성 말로 원효에게 전갈했다.

원효는 먼저 모란꽃을 머리보다 높이 들어 책상 위에 놓고 다음에 옷보를 들었다가 다시 놓으며 말했다.

"애쓰고 수고하여 주시니 황송하오."

시녀는 원효가 무슨 묻는 말이 있을까 했으나 아무 말도 없고, 또 답장이 있을까 했으나 아무 처분도 없었다. 원효는 모든 것을 잊어버린 듯 다시 지붕 위로 보이는 남산을 바라보고만 있었다.

시녀는 기다리다 못하여 일어나 절했다.

"이 몸 물러가오."

원효는 시녀의 절을 못 본 체했다. 역시 시녀가 삼보(三寶)[•]에 절하는 공덕을 깨뜨리지 않으려 함이었다.

요석궁 시녀가 물러간 뒤에도 원효는 날이 저물도록 남산을 바라보고 앉아 있었다. 모란꽃과 옷보는 그냥 그 자리에 있었다.

"스님. 이 옷을 어찌하시렵니까."

심상은 마침내 원효에게 물었다.

"무얼?"

원효는 남산을 바라보는 채 대답했다.

"이 옷 말씀이오. 모처럼 요석공주께서 지어 보내신 것이니 갈아입으시지요."

"네나 입어라."

"그래도 스님을 위해 공주마마께서 손수 지으신 것인데."

심상은 진덕여왕 칠칠재날 밤에 요석공주가 원효의 뒤를 따르던 양을 생각했다.

"내 옷은 아직 성해. 네 옷이 떨어지고 더러워졌으니 네나 입어라."

"스님께 드리려고 지으신 옷인데 그러면 공주마마는 섭섭하지요."

말을 하면서 심상이 보를 끌렀다. 가사 한 벌, 장삼 한 벌, 고의 한 벌, 적삼 한 벌, 버선 한 켤레, 띠 하나 고깔 하나가 들어 있었다. 스무새 베는 비단보다도 고왔다.

• 불보(佛寶) · 법보(法寶) · 승보(僧寶)의 세 가지 보배를 뜻한다.

"스님. 이 한 땀 한 땀에 가득 찬 정성을 모른 체하십니까. 스님, 이것을 좀 보십시오."

심상이 옷을 들어서 내어밀었다. 원효는 그 누르스름한 빛과 희끗희끗한 실밥을 보았다. 베 냄새, 모란 냄새, 무슨 향내가 코를 찔렀다. 그것은 원효에게 무슨 큰 불길한 것을 예고하는 것 같았다. 그리고 그 불길한 것에 도저히 원효의 힘으로는 저항할 수 없을 것 같았다. 옷의 실밥마다 요석공주의 손이 보였다. 몸이 보였다.

'이것은 분명 마경(魔境)이다!'

원효는 속으로 외쳤다.

'번뇌다, 번뇌다. 나는 이것을 이겨야 한다. 그런데 내게는 이것을 이길 힘이 없는 것 같다.'

원효는 아랫배에 힘을 주었다.

"네가 입으라니까."

원효는 언성을 높이며 심상을 노려보았다.

"이것을 정말 소승이 입습니까?"

심상은 눈을 크게 떴다.

"글쎄, 입으라니까 그러네. 당장 갈아입어라."

원효는 더욱 엄격한 소리로 호령했다.

심상은 황송해서 절하고 옷보따리를 들고 물러나와 요석공주가 원효에게 지어 보낸 옷을 갈아입었다. 장삼, 가사까지 걸치고 다시 원효의 앞으로 왔다.

"스님. 소승이 이렇게 입었습니다."

심상은 남산을 바라보는 원효의 등 뒤에 와 서서 말했다.

"응, 맞는구나."

원효는 빙그레 웃었다.

"이 옷을 갈아입었으니 어찌하오리까."

심상이 걱정인 듯이 물었다.

"그 옷이 누가 지은 옷이냐?"

원효가 물었다.

"요석공주마마가 스님을 위해서 손수 지으신 옷이오."

"어떤 중생이 어떤 중생을 위하여 지은 옷으로 알고 입어라."

"소승은 그렇게 알고 입을 수가 없습니다."

"어찌해서?"

"높으시고 젊으신, 아름다우신 공주마마께서 손수 지으신 옷이라는 것을 잊을 수가 없습니다. 이 옷을 입고 나니 어째 황송한 것도 같고 꿈속 같기도 하옵니다. 이것이 만일 소승을 위해서 지으신 것이라 하오면 소승은 천겁에 지옥고를 받더라도 한이 없을 것 같습니다."

심상은 심히 흥분된 어조였다. 소리가 떨렸다. 심상이 흥분하여 있자 원효는 빙그레 웃었다.

"너 중 고만두고 요석궁 부마가 되라면 어찌할 테냐?"

원효가 물었다.

"소승은 나라님의 스승이 될지언정 요석궁 부마는 되지 않으려 합니다."

심상은 대답했다.

"그래, 너는 나라님의 스승이 될 것이다."

원효가 말했다. 나중에 심상은 이 말대로 일본에 가서 일본 천황 앞에서 화엄경을 설하여 일본 화엄종의 초조(初祖)가 되었다.

"너 새 옷도 입었으니 문수사에 다녀오너라."

문수사는 남산에 있는 작은 암자였다.

"문수사엘 댕겨옵니까?"

심상은 이상한 듯이 물었다.

"그래, 문수사에 내가 있을 처소를 하나 정하고 오너라."

"노스님께서 문수사에 가시렵니까."

"그렇다."

"여기는 어찌하시고?"

"여기는 누군가 다른 사람이 와서 있겠지."

심상은 몇 시간 걸리지 않아 문수사에 다녀왔다. 원효는 보던 책과 지필묵도 다 두고 입던 옷 한 벌과 바리때를 바랑에 넣어 지고, 그날 즉시 분황사를 떠났다.

"스님. 십 년이나 계시던 분황사를 떠나니 섭섭하지 않으십니까."

"십 년 살던 절을 떠나는 것이 섭섭하면, 평생 살던 몸을 떠날 때는 어찌하게."

"하하하하."

심상은 가슴이 탁 트이는 듯이 웃었다. 자기가 보던 것, 만지던 것, 가꾸던 나무와 꽃들, 심상은 이것을 다 애착하는 마음 없이 떠날 수가 있었다. 자신은 꾀꼬리 빛깔 같은 베옷을 입고 원효는 여러 물 빤 굵은 베옷을 입은 것이 눈에 띄어서 심상은 또 웃었다.

"왜 웃느냐."

원효가 물었다.

"소승이 좋은 옷을 입고 노스님이 낡은 옷을 입으시니 거꾸로 되었습니다."

심상은 또 웃었다.

두 사람이 남으로 남으로 걸어서 계림을 지날 때, "핫핫핫핫, 흐앗, 흐앗, 흐앗핫."하고 웃는 소리가 점점 가까워진다.

"대안법사인가 봅니다."

심상의 말이 끝나기도 전에 누더기를 입고 껍질 있는 지팡이—지팡이라기보다는 작대기—를 짚고 한 손에는 커다란 방울을 든 노인이 활개를 훨훨 치며 걸어왔다. 떨어진 누더기 소매가 너덜너덜 흔들렸다. 허리에는 나뭇단을 묶는 데 썼던 듯한 새끼줄로 띠를 하고, 머리는 대머리 가장자리에 허연 머리카락이 두어 치나 자라서 너풀거렸다. 수염은 끝이 비틀리면서 아래로 잦혀져 있고 이는 빠져 있었다.

노승은 원효 일행에 가까이 오자 이편에서 인사를 하기 전에 먼저 딸랑딸랑 방울을 흔들면서 소리친다.

"대안 대안, 어허 대안 대안."

대안(大安)은 널리 평안하다는 뜻이다. 노승은 소리치면서 연신 합장했다. 그 손은 크고 손가락은 굵으며 발은 벗었다. 눈썹이 뿔과 같이 길다랗게 뻗치고, 커다란 귀에는 허연 귀털이 쭉쭉 뻗었다. 움쑥 들어간 눈은 유난히 빛났다.

"스님. 안녕하십니까. 오래간만입니다."

원효는 공손하게 합장했다. 심상도 합장하고 허리를 굽혔다.

"어, 원효스님. 대안 대안. 모두 대안 대안."

대안대사는 대단히 기쁜 듯이 얼굴 전체가 웃음이 된다.

"당나라 군사가 고구려에 쳐들어왔다니 천하가 대안은 못 됩니다."

원효는 이런 말을 했다. 당태종이 영주도독 정명진과 좌우위중랑장 소정방을 보내서 고구려를 침범한 것이 금년 삼월부터였다.

"허, 싸움이야 언제 없던 적이 있나? 대안 대안. 핫핫핫핫."

대안대사는 콧물이 나오도록 웃었다.

"그런데 스님은 어디를 가시오?"

대안이 웃음을 그치고 원효에게 물었다. 웃음을 그친 때에는 엄연한 노대사였다.

"소승은 문수사로 갑니다."

"문수사?"

"네."

"문수사에는 귀신 쫓는 중들이 있는걸."

대안이 말한다. 귀신 쫓는 중이란 밀본법사를 말했다. 밀본법사는 선덕왕의 오랜 병을 약사경을 읽어서 고쳤다는 이다. 그때 법사의 육환철장이 왕의 침전으로 날아 들어가서 늙은 여우 한 마리와 왕의 쾌유를 빌러 와 있던 흥륜사 중 법창을 꿰어 뜰로 내리쳤다는 것이다. 도술이 높다는 소문이 났기 때문에 도술을 배우려는 중과 거사들이 그를 많이 따랐다.

"귀신 쫓는 중이 있기로 어떠합니까."

원효는 웃었다.

"에이, 하늘 귀신 인간 귀신이 들끓어서 조용하지를 못하지, 하하하하."

대안이 말했다.

"스님, 오늘은 술을 안 잡수셨습니까."

심상이 대안에게 물었다.

"응, 지금 일어나 나오는 길이야. 너 새 옷 입었구나. 그 옷 나허구 바꾸자."

대안은 방울을 지팡이 든 손으로 옮겨 들고 심상의 옷을 손으로 만졌다.

"스님도 이런 새 옷을 보시면 탐심이 나십니까?"

심상은 묻고 웃었다.

"그래. 이 옷을 갖다가 잡히면 열흘은 술을 먹겠다."

대안은 시치미를 떼고 이런 소리를 했다.

"그럼 바꾸어 드리오리까."

심상은 바랑을 벗었다.

"어, 대안 대안. 나무아미타불. 그러기로 백주 대로상에서야 옷을 벗을 수가 있나. 우리 집으로 가자. 원효스님, 우리 집으로 가서 차나 한잔 자시고 이야기나 하다 가시오."

대안은 앞을 서서 터덜거리며 아까 오던 길을 도로 걸었다. 원효와 심상은 뒤를 따랐다. 계림 늙은 나무에 석양이 깃들고 있었다. 그 사이로 까치가 짖고 까마귀가 울었다. 대안이 지팡이를 옮길 때마다 큰 방울이 떨렁떨렁 울렸다.

대안은 바리를 들고 다니면서 해가 낮이 되면 이 집 저 집 문전에서, "에에, 대안 대안이오. 대안." 하며 바라를 울렸다. 그러면 서라벌 백성들은 대안대사가 온 줄을 알고 밥을 내다주었다. 대안은 한 끼 먹을 밥만 얻으면 다른 집에는 안 갔고, 일곱 집을 돌아다녀도 밥이 생기지 않으면 빈 바리때를 들고 그냥 돌아왔다.

대안이라는 중을 모르는 사람은 없었다. 궁중에까지도 대안의 이름은 들렸다. 그러나 대안이 어떠한 사람인지를 아는 사람은 없었다. 아이들은 아이들대로 대안대사를 우스꽝스러운 늙은 거지로 알았고, 젊은이들은 좋은 놀림감으로 알았으며, 늙은이들은 똑 알맞은 심심파적거리로 알아서 어디를 가나 대안대사는 대접은 못 받아도 환영은 받았다. 그러나 대안대사가 경론에도 깊은 학자요, 도와 행이 높은 도승인 것을 아는 이는 적었다.

그렇지만 대안을 대하는 사람은 누구나 마음이 기뻐지고 부드러워졌다. 아무리 근심 걱정이 있는 사람이라도 대안을 보면 그것을 다 잊고 웃었다. 대안은 가끔 동냥하여 얻은 것을 가지고 술집에 들렀는데, 주막에서 술 취한 사람들이 왁자지껄하고 싸우다가도 대안의 바라 소리나 방울 소리가 들리면 벌써 싸움을 그쳤다. 대안이 쑥 들어서며, "다들 평안하시오. 대안이야 대안." 하면 모두 경사나 난 듯이 웃었다. 그리고 싸움하던 것은 다 잊어버리고 대안에게 술을 권했다. 대안이 거나하게 술이 취해 바리를 울리고 나가면 사람들은 또 한 번 유쾌하게 웃었다. 그러면 마음속에 있던 성난 것 미운 것 불평한 것이 모두 스러지는 것 같았다.

대안은 원효와 심상을 끌고 길도 없는 수풀 속으로 남산 서쪽 기슭을 올랐다.

"스님 계신 데가 대관절 어딥니까?"

원효는 물었다.

"하하하. 내 여기 있지 않소?"

원효는 한 방망이 맞은 듯한 느낌을 받았다.

"아니, 유숙하시는 데 말씀이오."

대안은 방울 든 손으로 제 가슴을 두어 번 두들겼다.

"밤에 그 몸을 누이는 곳."

원효는 다시 물었다.

"하하하하. 흥륜사 곁에 내가 겨울을 난 움이 있는데, 하루는 돌아오니까 다른 거지가 와 있단 말야. 하하하하. 그래 그것은 그 사람을 주고, 알영우물 위에 있는 굴에서 얼마를 지냈는데 굴이 썩 좋단 말야. 낮에는 볕이 잘 들고, 밤에는 달이 잘 들고. 이만하면 평생 살 만도 하다 했더니 어제 저녁에 가 보니까 새끼 딸린 너구리가 와 있더군. 그래서 그 굴은 너구리를 주고, 갑자기 먼 데도 갈 수가 없어서 바로 이 위에 조그만 굴이 있길래 거기서 어제 밤새도록, 오늘도 낮이 기울도록 잤소. 하핫하핫."

대안은 제집 가는 길을 잊은 모양이어서 이리로 두어 걸음 저리로 두어 걸음 헤매는 모양이었다. 그러다가 어떤 바위 앞에 우뚝 섰다.

"아, 여기 좋은 집이 있지 않나. 자아 여기 앉읍시다."

말하면서 대안은 무슨 좋은 것이나 찾은 듯이 싱글벙글했다. 바위가 앞으로 푹 숙어서 그 밑에서 두어 사람은 비를 피할 만했다.

"자, 여기 앉으시오."

대안이 먼저 앉았다. 원효도 그 곁에 앉았다. 심상은 새 옷이 더럽혀질 것이 염려되어 옆에 서 있었다.

"허, 사람은 어디 가고 베옷 한 벌이 거기 있군. 하핫하핫."

대안은 심상을 보고 웃었다. 심상은 대단히 무색해서 앉을 자리를 찾아 엉거주춤했다.

"허, 새 옷에 흙이 묻지 않나, 이 사람아."

심상은 앉지도 서지도 못하고 어찌할 바를 몰랐다.

"에잉."

원효는 심상을 노려보았다. 심상은 이 옷을 지어 보낸 요석공주를 원망하고 싶었다.

"스님이면 이런 경우에 어찌하시겠습니까?"

심상은 대안에게 대어들었다.

"대안 대안."

대안은 그저 웃었다. 원효도 심상도 웃었다.

대안대사는 끊임없이 두 사람을 웃길 이야기를 했다. 그것은 모두 실없는 이야기 같으나, 실없으면서 모두 실이 있었다. 대안은 백성의 살림집이 많이 모여 있는 곳으로, 사람들이 모인 곳으로 다니지 않는 데가 없기 때문에 인정세태에 관한 이야깃거리가 수없이 있었다. 가령 내외싸움이라든지, 욕심꾸러기의 실패담이라든지, 아이들의 장난과 싸움이라든지 그러한 이야기였다. 더구나 서라벌에 장난꾼 아이치고 대안이 모르는 아이는 없었다. 대안은 아이들이 모여서 노는 곳을 보면 그대로 지나가지를 못했다. 그는 반드시 한몫 끼어들었다. 바라를 치거나, 방울을 흔들면서 누더기 소매를 펄렁거리고 덩실덩실 춤을 추면 아이들은 더할 나위 없이 좋아했고 어른들까지도 갈 길을 잊고 서서 구경했다.

이러다가 해가 저물어서 아이들이 밥 먹으러 집으로 돌아간 뒤에야 대안은 어슬렁어슬렁 남산굴로 돌아오는 것이었다. 이러기를 수십 년 했으니, 그와 같이 놀던 아이들이 어른이 되고 그들의 아들들하고 또 놀게 된 것이었다.

대안대사는 중이면서도 좀처럼 절에는 안 들어갔다. 대안대사는 젊은 시절에 벌써 이름이 높았었다. 그는 원광법사의 문하로 당나라에 다녀왔고 선덕여왕 초년에는 궁중에서 설법을 하여 여왕의 존숭을 받았다.

대안이 원광법사에게 가르침을 받은 것은 수나라 때, 중국 소주에 있는 호구산에서였다. 그때 원광법사는 신라 중으로 중국에서 이름이 높았다. 원광은 호구산에서 반야경을 설하여 천하의 신망을 얻은 참이었다. 거기서 대안은 원광에게서 반야경을 배웠고, 중국의 고승 지공대사, 달마의 법을 이은 2대 조사 혜가를 만나 달마의 설법도 들었다.

대안은 또 안홍법사에게서 진언밀교를 배웠다. 안홍법사는 당나라 임금의 존경을 받았으며, 신라로 돌아와서 경전 번역을 한 사람이다. 그는 물결 위에 자리를 깔고 서방으로 갔다는 말을 남길 만큼 도술이 높아서 공중과 물을 평지와 같이 다녔다고 전한다.

이러한 대법사들의 가르침을 받고 또 촉망함을 받았으나 대안은 하루 아침에 종적을 감추었다. 세상에서는 그의 본명이 무엇인지도 모르고 오직 동냥중 대안이라고 아는 것이었다.

원효도 대안이 비범한 인물인 줄은 짐작하나 그가 학식과 품행이 뛰어난 원광법사의 제자 원공인 줄은 몰랐다. 그래서 원광을 이은 법사로 원안스님은 세인들에게 알려졌으나 원공스님에 대해서는 전하는 것이 없다. 원공은 세상에서 잊혀져서 대안이 된 것이다.

해가 뉘엿뉘엿 넘어가게 되자 원효는 대안에게 절하고 자리에서 일어났다.

"소승은 물러가겠습니다."

"가만 있으시오. 화엄종주(華嚴宗主) 원효대사가 내 집에 오셨다가 저녁도 안 자시고 가실 법이 있소."

대안이 원효를 붙들었다. 원효를 화엄종주라고 대안이 처음 부른 것이다. 이것이 예언이었다.

"돌아보아야 아무것도 먹을 것이 없는데 무얼 주시렵니까."

원효는 부시시 일어나는 대안을 보았다.

"원효스님은 여기서 잠깐 기다리시오. 그러고 심상스님은 나하고 저녁 가지러 갑시다."

대안은 심상을 데리고 골짜기로 내려갔다.

원효는 혼자 앉아 있었다. 벌써 오월 초승달이 서쪽에 얼굴을 보이기 시작했다. 낙조의 불그스레한 빛이 하늘과 산에 있고 골짜기에는 자줏빛 어스름이 들기 시작했다.

다람쥐 두 마리가 달려오다가 원효를 보고 멈칫 서더니 약간 방향을 바꾸어서 바윗등으로 기어 올라갔다. 풀 냄새가 새삼스럽게 코에 들어왔다.

서라벌의 수없는 절에서 저녁 쇠북이 은은히 울렸다.

원효는 이 깊숙하고 고요함에서 자신의 하잘것없음을 느꼈다. 모든 자존심이 다 깨어지는 듯했다.

"모든 것에 걸림이 없는 사람은 단번에 생사를 벗어나리라(一切無碍

人 一道出生死)."

원효는 자신이 아직 생사에서 떠나지 못함을 느꼈다. 대안이야말로 무애가 아닌가 생각했다.

'아는 것과 되는 것.'

원효는 이 두 가지에 큰 차별이 있고 큰 계급이 있음을 깨달았다. 원효는 화엄경을 잘 안다. 그러나 화엄경이 되어 버리지 못했다. 이렇게 생각하면 원효는 일종의 슬픔을 느꼈다.

'아직 멀었다. 덜 되었다.'

원효는 한숨을 쉬었다.

원효는 승만왕과 요석공주에 대하여 무심하지 못한 자신을 분명히 보았다. 더구나 요석공주가 지어 보낸 옷을 무심히 받아 입지 못하고 심상에게 준 자신이 부끄러웠다.

'아직 멀었다. 덜 되었다.'

원효는 또 한 번 한숨을 쉬었다. 자신이 불도를 닦으면서 부처와 보살의 가호를 받고 사람과 하늘의 공양을 받을 만한 수행자라는 원효의 믿음이 흔들렸다. 만일 대안법사가 원효에게 분황사를 떠나는 이유를 물으면 무엇이라고 대답할까, 하고 원효는 아까부터 마음을 졸였다.

"요석공주가 무서워서 피난 갑니다."

이렇게 대답하지 않을 수 없는 지경이었다. 그러나 다른 곳에 간다고 요석공주에 대한 애착을 뗄 수 있을까.

몸의 실상을 바로 보고
모두 사라져 없어져 나를 떠나
나에 대한 집착이 없으니
이와 같은 업을 응당 지을지어다.

원효는 화엄경 중 부처로 거듭나는 방편을 읊은 문수사리의 게송을 생각했다. 있다고 보는 이 몸이 기실은 허깨비요, 그 본성은 새로 생기는 것도 아니요, 없어지는 것도 아님을 이치로는 안다. 알면서도 그 헛것을 참으로 있는 것으로 여기고 거기 얽매이는 범부의 마음을 아직 못 떠난 것 같았다. 이것이 원효를 괴롭게 했다.

원효는 생각을 계속한다.

마음에 항상 부처님을 믿어
그 마음 물러나지 않고
모든 여래를 가까이하시니
이와 같은 업을 응당 지을지어다.

여래를 믿는 마음을 변하지 말고 항상 부처님네를 염하라. 원효는 이것이라고 생각했다. 자기는 아직도 되어가는 사람이요, 되기 시작한 사람이다. 된 사람은 아니다. 이따금 다 된 사람이라고 생각하는 것은 마(魔)다.

큰 자비심을 일으키사
모든 중생들을 구호하여
길이 인간과 천상의 무리에서 벗어나게 하시니
이와 같은 업을 응당 지을지어다.

그렇다. 나 한 몸의 고락을 떠나서 한 걸음 한 걸음, 하루하루 자비심을 가지고 자비행을 하면서 오래오래 단계를 밟아 올라가는 것이다. 부처님의 경계는 말할 수 없고 보일 수 없고 분별로 깨달아 알 수 없다. 팔만대장경을 다 따로 훤히 왼다 하더라도 그것으로 부처님의 경계를 아는 것이 아니다. 금강장보살의 말씀과 같이 우리 지식으로 부처님의 경계를 해석하려 하는 것은 허공에 그림을 그리고 바람을 잡는 것과 같다.

뜻을 내어 자비를 행하면
점차 모든 경지를 갖추게 되리라

내가 부처가 되리라, 중생을 건지리라 하는 대원을 발하고 한 가지 한 가지 자비를 행하는 동안 조금씩 조금씩 부처님의 경계에 들어가는 것이다.

끝없는 불토의 티끌들 중

한 티끌을 부처 삼아
그 수를 능히 아시니
이와 같은 업을 응당 지을지어다.

그리하여 마침내 이같은 경계에 들어가는 것이다.

이렇게 생각하자 원효는 비로소 위로가 되고 또 새로운 자신이 생겼다. 아직도 자라가는 어린 몸이라고 생각할 때 현재의 불완전이 슬픔이 되지 않고 도리어 영원한 장래의 희망이 되는 것이었다.

동시에 깨달음에 이르기까지 수행하는 헤아릴 수 없는 긴 시간이 곧 찰나요, 찰나가 곧 기나긴 수행의 시간이라는 것도 원효는 잊지 않았다. 적멸한 본성에 있어서는 불이니 보살이니 중생이니 하는 것이 본래 없다는 것도 잊지 않았다. 그러나 이러한 무차별, 평등 중에 또 부처, 보살, 중생이 분명히 있어서 엄연한 차별세계를 이루는 것도 잊지 않았다.

원효가 이러한 생각을 하고 있을 때 대안이 손에 무엇인가를 들고 돌아왔다. 심상도 뒤를 따랐다.

"스님 시장하시겠소."

대안은 바리때를 원효의 앞에 놓았다. 그 속에 물에 깨끗이 씻은 칡 몇 뿌리가 있었다. 심상은 물을 떠 가지고 왔다.

"자, 잡수시오. 요새 남산에 산도야지가 몇 마리 들어와서 칡뿌리도 흔치가 않아. 하핫하핫."

대안은 원효에게 칡뿌리를 권했다.

"스님은 안 잡수십니까."

원효는 대안에게 권했다.

"나는 늙은이라 하루 한 끼만 먹으면 족하오마는 손님만 잡수시라 기가 무엇하니 나도 먹으리다. 자 이것을 드시오. 이것이 굵직한 게 연할 것 같소. 자, 심상스님도 드시오."

대안은 자기도 하나 들어서 입에 물었다.

"이가 없어서, 잇몸으로만 씹으려니 잘 안 씹히지요."

대안은 칡뿌리를 물고 입을 우물거렸다.

원효는 칡뿌리를 씹었다. 달콤한 물이 나왔다. 원효도 화랑으로 산으로 다닐 때 칡뿌리를 캐어 먹고, 도토리와 잣을 주워 먹고, 송기를 벗겨 먹으며 며칠씩 지낸 일이 있었다.

화랑도들은 15~6세가 되면 어깨에 활 하나 허리에 칼 하나를 차고 집을 떠났다. 적어도 1년, 사철을 산에 들어 수행을 하지 않고는 화랑이 못 되었다. 원효는 태백산 개골산을 두루 돌아 고구려의 삼각산, 낭림산까지 돌아왔다. 그러는 동안에 담력을 기르고 산신께 기원해서 큰 뜻을 맹세했다. 춘추며 유신이 백제와 고구려를 쳐서 삼국을 통일할 것을 맹세하고 기원한 것도 태백산에서 백일기도를 할 때였다.

산에 드는 화랑도들은 곰을 만나면 곰과 싸우고 범을 만나면 범을 잡고야 말았다. 바위 밑에서 자고 시냇물에 몸을 씻고 산신당에서 기도했다. 그때는 산에 아직 절이 많지 않았다. 오직 삼신(三神)을 위하는 당이 있을 뿐이었다.

칡뿌리를 먹고 냉수를 마시고 별을 바라보며 이야기를 하다가 세 사람은 바위 밑에 누웠다. 원효는 심상이 구해 주는 돌로 베개를 삼았으나 대안은 제 팔 굽이를 베고 오른 편 옆구리를 땅에 붙이고 누워서 곧 잠이 들었다. 지팡이와 바랑이 머리맡에 있었다.

오월 일기가 낮에는 땀이 날 만해도 밤에는 선선했다. 맨 땅바닥은 더욱 싸늘했다. 원효는 얼른 잠이 들지 않았다. 하늘에는 별이 총총했다. 쏙독새, 부엉새가 울었다. 원효는 십 년 동안 너무 호강을 했다고 생각했다.

의상과 같이 당나라에 갈 무렵에는 원효도 탁발을 했다. 무덤 사이에서 자기도 했다. 사람들이 버린 헝겊을 주워다가 개흙을 묻혀 물을 들여서 손수 옷을 지어 입기도 했고 절에서 중들의 개수통 찌끼를 끓여서 먹기도 했다. 그러나 최근 십 년 가까이는 분황사 무애당에서 위에서 내리시는 양식과 의복으로 편안한 생활을 했다. 그것이 버릇이 되어 한뎃잠이 잘 들지 않는 것이 원효는 부끄러웠다.

원효는 지금부터 십 년 전 의상과 함께 당나라에 가던 일을 생각했다. 그때 원효는 스물세 살, 의상은 스무 살이었다. 두 사람은 양주까지 배를 타고 가서 낙양을 향해 걸었다. 낮에는 민가에서 밥을 얻어먹고 밤이면 무덤 속에서 잤다. 그 지방에서는 무덤을 만들 때 넓적하고 얇은 돌로 방을 만들고 시체를 관에 넣어 그 속에 놓는다. 그래서 무덤에 사람이 들어가 누울 수가 있었다. 길을 가다가 날이 저물면 백양목이 둘러선 묘지를 찾아 들어가곤 했다. 무덤 속에서 자노라면 귀신의 소리가 들리는 것도 같고 꿈자리도 사나웠다. 오래된 무덤이면 잠들기가 편안하나 새 무덤이면 마음이 심란한 것이 더욱 무서웠다.

양자강 벌판에는 산이 없는 곳이 많아서 어떤 도읍에는 외딴곳에 집을 지어 놓고 그 속에 관을 수없이 갖다 놓는다. 공동묘지다. 하루는 원효와 의상이 밤에 비를 피해 이 속에 들어가 잤다. 거기는 새로 들여놓은 관이 있고, 새 종이돈이 널려 있고, 모란등에 불이 켜 있고, 관 앞에는 음식을 차려놓은 채였다. 지방(紙榜)을 보니 여자의 주검이었다.

원효와 의상은 관 앞에 차려놓은 음식을 먹었다. 시장했던 것이다. 관에서는 바람결에 송장 썩는 냄새가 풍겼다.

음식을 먹고 나니 물이 먹고 싶으나 물이 없었다. 원효는 공기를 들고 밖으로 나섰다. 부슬부슬 여름비는 내리는데 캄캄한 밤이라 지척을 분별할 수가 없었다. 그리고 발에 걸리는 것은 오래된 무덤뿐이었다. 원효는 가까스로 물 고인 웅덩이를 찾아서 물 한 그릇을 떠 먹고, 또 한 그릇을 떠 들고 시체들이 있는 방으로 돌아왔다. 의상도 물을 먹었다. 그리고는 관을 침대로 삼아서 드러누웠다.

가물가물하던 모란등에 초도 꺼지고 캄캄하게 되었다. 꿈에 그 새로운 관 속의 여자가 나와서, "나 먹을 음식은 왜 먹었어. 먹었거든 나하고 같이 우리 집으로 가."라고 하면서 원효의 소매를 잡아끌었다. 원효는 무서워하다가 꿈을 깨었다.

아침에 그 여자의 관 앞에서 반야심경을 읽어 주고 그 혼이 삼악도를 벗어나서 무상보리를 이루기를 빌고 죽은 사람들의 처소에서 나왔다. 어젯밤에 달게 먹은 물맛을 생각하고 세수도 하고 한 번 더 하고 물을 마시고 길을 떠날 양으로 물웅덩이를 찾았다.

원효는 깜짝 놀랐다. 그 웅덩이에는 길다란 이빨이 그냥 남아 있는 두개골이며 손발이며 정강이 해골이 있었다. 이것을 보자 원효는 구역이 났다. 이 물을 마셨다고 생각하니 오장이 다 뒤집히는 듯했다. 원효는 깜짝 놀라 두어 걸음 물러섰다가, 다시 엎드려 그 웅덩이 물을 벌컥벌컥 마셨다.

'모든 것이 다 마음으로 되는 것이다.'

그 길로 원효는 신라로 돌아왔고 의상만 혼자 낙양으로 갔다. 원효는 더 배울 것이 없다고 생각한 것이다.

원효는 이러한 생각을 하다가 하늘에 빛나는 별들을 보며 잠이 들었다.

얼마나 잤을까, 원효는 대단히 우렁찬 염불 소리에 잠이 깨었다. 하늘에는 아직도 별빛이 찬란해서 밤중인 것 같았다. 그런데 사람은 보이지 않고, "나무아미타불, 나무아미타불." 하는 염불 소리만 울려왔다. 그 소리는 매우 맑고도 힘이 있었다.

일어나 보니 옆에는 대안이 없었다. 염불하는 것은 필시 대안이다.

원효는 귀를 기울여 대안의 염불 소리를 들었다. 언제까지나 듣고 싶은 소리였다. 원효는 세상에서 이러한 맑은 소리를 처음 듣는 것 같았다. 모든 번뇌를 다 벗어버린 소리였다. 경건하고 자비스럽고 한가스럽고 웅장했다. 정말 대안대사의 음성일까. 원효는 의심하지 않을 수 없었다. 왜 그런고 하면 평소에 말하던 음성과는 다르기 때문이었다. 그 우습고 익살스럽고, 어찌 보면 능글능글하기조차 한 대안에게서 저런 목소리가 나올 수가 있을까.

원효는 그 염불 소리의 주인을 찾고 싶었다. 원효가 가사를 걸치는 것을 보고 심상도 벌떡 일어났다.

"노스님, 어디 가십니까."

"너 저 소리 듣느냐."

"네, 아까부터 듣고 있었습니다."

"저 소리 난 지가 얼마나 되었느냐?"

"얼마나 되었는지 모릅니다. 소승도 저 염불 소리에 깨었습니다."

"저게 뉘 소릴까? 대안스님의 음성일까?"

"글쎄요. 소승도 누구의 소린가 하고 있었습니다."

원효는 염불 소리 나는 곳을 향해 걸었다. 심상이 뒤를 따랐다. 인기척을 내는 것이 염불하는 이에게 장애가 될까 염려하여 원효는 발소리를 삼갔다. 심상도 그 뜻을 알았다. 꽤 높이 올라갔다. 염불 소리는 차차 가까워졌다. 가까워질수록 그 소리는 더욱 힘이 있고 더욱 엄숙했다.

"저기다."

원효는 우뚝 섰다.

조그마한 봉우리, 봉우리라기보다는 약간 두드러진 곳에 움직이는 사람의 모양이 푸른 하늘을 배경으로 하여 검은 그림자 모양으로 보였다. 방울 소리도 들렸다. 그 그림자는 염불 한마디에 한 번씩 절을 하고 있었다.

원효는 더 가까이 갈 수가 없었다. 마치 발이 땅에 붙은 것 같았다. 언제 했는지 모르게 원효는 불전에 선 모양으로 합장하고 서 있었다.

"나무아미타불."

"나무무량수불."

"나무무량광불."

"나무무애광불."

"나무무변광불."

"나무무진광불."

"나무무량원불."•

대안은 아미타불의 별호를 하나하나 불렀다. 무량원(無量原)에 이르러서는 더욱 소리를 높여서 세 번이나 반복하고 네 번째는, "나무대자대비서방극락세무량원불."• 하고 염불했다.

• "아미타 부처님께 귀의합니다. 영원히 사시는 부처님께 귀의합니다. 무한히 빛나는 부처님께 귀의합니다. 아무것에도 거침이 없이 빛나는 부처님께 귀의합니다. 변치 않고 빛나는 부처님께 귀의합니다. 다함없이 빛나는 부처님께 귀의합니다. 무한히 거룩한 원을 세우신 부처님께 귀의합니다."

• "대자대비하고 서방극락세계에 계시는 무한히 거룩한 원을 세우신 부처님께 귀의합니다."

대안이 추구하는 진정한 뜻이 무엇인지 원효는 어렴풋이 알 수 있을 것 같았다. 아미타불은 고통스러운 세상에서 윤회를 반복하며 헤매는 중생이 안타까워 누구나 고통에서 벗어나 살 수 있는 극락을 세우고자 했다. 그래서 불국토를 이루기 위한 48가지 원(願)을 세우고 영겁의 세월에 이르도록 무궁무진한 난행 고행을 했다. 대안은 그 아미타불의 대자비원을 자기의 원으로 삼는 것이었다.

지옥 속에 있는 무리도 아미타불의 이름만 들으면 괴로움에서 벗어나 기쁨을 누릴 수 있다 하지 않는가. 범종을 칠 때 아미타불을 단 열 번만 염해도 극락왕생한다 하지 않는가. 평생 한 번만 정성으로 아미타불을 불러도 결코 악도에 떨어지지 않고 극락왕생의 기연을 짓는다 하지 않는가. 그것이 아미타불의 대원력이다.

그러하건만 악업을 많이 쌓아서 업장이 두터운 중생의 귀에는 이 고마우신 부처님의 이름이 들리지 않는 것이다. 옆에서 날마다 시시각각으로 아미타불을 부르는 소리가 나더라도, 업장이 귀를 막는 사람에게는 안 들리는 것이다. 음란하고 허망한 소리에는 귀가 밝아도, 진리의 소리는 못 듣는 것이다.

지금 저렇게 부르는 대안의 염불 소리를 어느 중생이, 몇 중생이나 듣고 있는가. 원효는 대안이 수없이 절하며 수없이 부르는 염불 소리를 들을 때, 마음속에 따뜻함과 새로운 밝음이 비춤을 깨달았다. 이것이 아미타불의 빛이로구나 했다.

원효는 승만여왕의 빈전에서 아미타경을 설했다. 정성도 들였고,

또 설법도 잘했다고 믿었다. 설하는 원효만 그런 것이 아니라, 듣는 대중 중에도 그 설법에 감격한 이도 있었다. 그러나 원효는 생각했다. 천 마디 말로 하는 설법보다도 지금 듣는 대안의 염불 한마디가 얼마나 더 감동이 있는가.

그러나 저러한 염불 소리는 저마다 낼 수 있는 것이 아니다. 같은 가얏고라도 우륵 같은 명장이 내는 소리를 다른 사람은 내지 못한다. 같은 줄이지만 타는 손가락이 다르기 때문이다. 높은 천품과 수십 년의 정성스러운 공부를 겪지 않고는 우륵의 가얏고 소리는 내지 못하는 것이다. 지금 대안의 염불 소리는 곧 대안 전체다. 칠십 평생에 닦고 닦은 그의 도가 온통으로 발하여 소리가 된 것이다.

'나도 저런 소리를 발해 보았으면.'

원효는 생각했다. 그러나 자기 목에서는 그러한 소리가 나올 성 싶지 않았다.

원효는 대안이 있는 쪽을 향해서 합장하고 고개를 숙였다. 지명도, 자장도, 안홍도 다 스승이라 여기지 않았던 원효는 이때 대안을 스승으로 생각했다. 대안이 어젯밤에 우스운 이야기로 자기를 만류해서 여기서 하룻밤을 자게 한 것이 모두 자기를 제도하려는 자비심에서 비롯한 행동 같았다.

어떠한 웅변으로도, 천마디 만마디의 설명으로도 원효가 지금 대안의 염불에서 받은 감동을 전할 수는 없었다. 그것은 이 자리에 있는 사람만이 받을 수 있는 감동이었다. 대안만 한 도력 없이는 아니 될 것이었다. 다른 사람이 여기서 염불을 하기로 원효에게 이러한 환희심을 줄 수는 없었다.

'도력, 법력. 그렇다. 도력이요, 법력이다.'

원효는 자탄했다.

공중을 날고 물 위로 걷기를 평지같이 했다는 안홍법사나, 수나라 군사에게 결박당하게 되었을 때 환하게 빛을 발했다는 원광법사나, 귀신을 부리고 귀신을 쫓는다는 밀본법사나, 탄지일성(彈指一聲)에 앞에 선 인혜법사를 공중으로 날렸다가 머리가 땅에 붙고 발이 공중에 뻗은 채 밤을 지내게 했다는 모 거사나 다 법력이 있다고 하지만 그것은 다 소소한 외도요 요술이다. 사람의 마음속에 닦고 닦은 무량겁의 업장을 깨뜨려서 부처의 빛을 받게 하는 그 도력이야말로 정말 도력이다.

대안의 염불 일성에 원효는 지금까지 가져왔던 모든 자존심을 버렸다.

'지난 십 년에 내가 한 것이 무엇이었던가.'

원효는 반성했다.

원효가 대승기신론소라든지, 화엄경소라든지, 오시사교의 설이라든지를 씀으로써 불교 해석의 새 길을 열고 신라, 백제, 고구려에서보다도 멀리 당나라에서 높이 받들어 존경을 받는 것은 사실이다.

'그러나 나는 그것으로 무엇을 건졌는가. 나라도 건졌는가. 내가 쓴 글을 읽고 과연 어느 중생이 지금 내가 대안대사의 염불 소리에

서 받은 환희를 받았는가.'

원효는 학문이나 지식이라는 것이 사람의 혼을 움직이기에 얼마나 미흡한지를 깨달았다. 약왕보살이 제 몸에 불을 붙여 불전의 촛불로 삼은 것이나, 상불경보살이 사람들의 빈정거림과 비웃음을 받으면서도 평생에 만나는 사람마다, "나는 너를 가볍게 안 본다, 너는 부처가 될 사람이다."라고 외치며 돌아다닌 뜻을 이제야 알 것 같았다.

"행(行)이다. 행이다. 오직 행만이 값이 있는 것이다."

원효는 새삼스럽게, 새삼스럽게 깊이 느꼈다.

하늘에 잔별들이 어느새 숨어 버렸다. 굵은 별만이 더욱 빛났다. 훤하게 동이 텄다.

"하핫하핫. 대안 대안, 대안이야 대안."

염불을 끝내고 내려오는 대안은 원효를 보자 평소의 대안이 되었다. 원효는 대안의 앞에서 땅바닥에 오체투지로 절을 했다.

심상은 영문을 몰랐다. 일찌기 누구의 앞에서도 무릎을 굽혀 본 일이 없는 원효대사이기 때문이다. 대안의 염불에서 원효가 받은 감동을 심상은 받지 않은 것이다. 같은 지경에 처해도 받아들이는 이가 다르기 때문이다.

"하핫하핫. 대안 대안."

대안은 원효가 절하는 것을 보고 유쾌하게 웃었다. 대안은 원효의 마음속에 일어나는 큰 변동을 고맙게 생각한 것이다. 부처님 위신력의 움직임을 본 것이었다. 대안은 원효의 절에 답례하지 않았다. 원효의 공덕을 깎지 않으려는 자비심에서였다. 원효의 절은 부처님께로 돌릴 절이었다.

그것을 모르는 심상은 원효의 오체투지의 예에 놀라는 이상으로 그 절을 서서 받는 대안의 교만 무례함에 더욱 놀라지 않을 수 없었다. 더구나 심상은 화엄경을 배우는 사람이어서 서방정토니 극락세계니 하는 것을 우습게 생각했다. 부처의 힘으로 극락에 간다느니 아미타불의 본원이니 하는 것은 무식한 무리를 위한 법문(法門)이라 생각하고 있었다. 심상은 경을 많이 읽어서 지식을 많이 얻는 것으로 보살이 되고 부처가 되리라고 생각했다. 이른바 학승(學僧)이었다. 그가 원효를 사모하는 것도 원효가 그중 높은 학승이기 때문이었다.

두 사람은 대안과 작별하고 문수사로 갔다.

원효는 문수사에 와서 그 조용함이 마음에 들었다. 물소리는 없으나 새소리는 들을 수가 있었다. 여름에 비만 오면 물소리도 앉아서 들을 수 있는 방이었다. 밀본법사는 원효를 위하여 자기가 거처하던 방을 내어준 것이다. 창밖에는 그리 넓지 않은 뜰이 있고 뜰에 모란과 작약이 있었다. 흰 분을 칠한 담장에 일각문이 있어 그것을 나서면 시내가 흐르는 골짜기였다. 뜰은 깨끗이 쓸어서 빗자국이 있었고 아침저녁이면 다람쥐가 들락거렸다.

방에는 감실 속에 문수보살상이 있었다. 백제 승려 혜총이 만들었다는 유명한 불상이다. 혜총은 고구려 승려 혜자와 함께 일본에 가서 쇼토쿠 태자를 도와서 불법을 일으켰고, 일본에 호류사, 시텐노사 등 크고 아름다운 절을 지은 사람이었다. 이때에는 신라에서도 절이나 불상을 조성할 때는 미술 공예가 더 발달한 백제나 고구려 승려의 손을 많이 빌었다. 문수사의 법당에 모신 석가모니불과 벽화는 고구려 승려 담징의 손으로 조성한 것이었다. 담징도 후에 일본에 건너가 쇼토쿠 태자를 도와서 불법을 폈다. 호류사의 벽화를 그린 것도 담징이었다.

원효가 문수사에 온 지 사흘 후, 위에서 원효가 쓸 옷, 그릇, 기구 따위의 한 벌과 경상, 금침, 의복, 지필묵, 기름, 향, 향로, 차, 화로 등을 보내왔다. 모두 궁중에 있던 물건들이었다.

요석궁 시녀가 분황사에 모란꽃을 가지고 갔다가 원효가 떠난 것을 보고 요석공주에게 아뢰었다. 요석공주는 얼른 그것이 제가 지어 보낸 옷 때문이라고 생각하고 심히 부끄러웠다. 솔기솔기 땀땀이 박혔을 여자의 정열이 원효에게 통하지 않았을 리가 없다고 공주는 생각했다.

'그렇지만 어디까지라도 따라갈 거야.'

공주는 입술을 꼭 다물었다.

'승만마마의 유언이 계시니.'

공주는 이렇게 저를 변호하여 보았으나 역시 그것은 핑계에 지나지 않았다.

공주는 어머니에게 요석궁 모란을 보시기를 청했다. 문명왕후가 또 왕에게 청해 두 사람이 요석궁에 첫 거동을 했다. 임금이 되고 왕후가 되면 비록 친자녀의 집에라도 가기가 어려웠다.

왕은 왕후와 유신과 왕자 몇 분과 막내 공주 지조를 데리고 월성대궁에 행차해 아리내의 요석궁에 들었다.

왕은 즉위한 후, 신라의 시조를 모신 신궁(神宮) 제의도 아직 못 지냈으므로 아무 데도 거동하지 않고 있었다. 그러나 대행대왕의 칠칠재도 지났으므로 상복을 벗고 평복으로 요석궁을 향했다. 길가의 백성은 새 왕의 행차를 보려고 길 좌우에 자리를 펴고 꿇어앉아 있었다. 비록 미복잠행이라 하더라도 왕은 예법에 맞는 몸가짐을 갖추지 않을 수 없었다.

왕이 탄 수레는 자단나무와 침향나무로 만들고 난간은 큰 바다거북 껍질과 금, 은, 옥•으로 꾸몄으며, 누른 비단 휘장을 위에 두르고 붉은 비단 휘장을 옆에 둘러 말 네 필이 끌었다. 왕은 이날 당나라 옷을 입지 않고 예로부터 내려오는 신라 옷을 입었다. 왕후와 왕자도 그러했다.

수레에는 왕과 왕후가 가지런히 방석 위에 앉고, 둘째 수레에는 왕의 셋째아들로 당나라 국자감에서 공부한 문왕이 금으로 된 이손의 관을 쓰고 앉았다. 또 그 뒤에는 왕의 여섯째와 일곱째 아들 지경과 개원이 역시 금관을 쓰고 앉았다. 그들도 왕자로서 이손의 작을 받은

• 모두 신라에서는 성골 신분이 아니면 마차에 쓸 수 없는 귀한 소재였다. 춘추는 신라 최초의 진골 출신 왕이다.

것이었다. 다음 수레에는 지조공주가 분홍 옷에 자주 활옷을 걸치고 시녀 하나를 데리고 타고 있었다.

다음 수레에 대각손* 유신이 예부령 이손 한기와 같이 탔고, 맨 뒤에는 병부령 이손 나미가 타고, 행차의 앞뒤에는 대감 1인, 대당, 귀당 각 2인이 말 탄 군사와 걷는 군사 150명을 거느리고 호위했다. 군사들은 지위를 따라서 머리에 붉은 수건을 동이고 붉은 깃 단 전복을 입거나, 혹은 누른, 혹은 푸른 색이었다.

왕의 행차가 요석궁에 다다르자 궁에서는 일시에 풍악이 일어났다. 처음 일어난 풍악은 주라춤이었다. 주라는 군에서 영을 내릴 때 부는 붉은 나팔이다. 주라 두 쌍이 앞으로 갈라서서 불고 춤꾼 한 쌍이 춤을 추며 왕의 행차를 인도했다.

요석궁이 왕의 거동을 맞은 것은 선덕여왕이 공주 시절 그 아버지 진평왕을 맞은 뒤로 처음이었다. 왕과 왕후는 문전에서 수레를 내려 새로 깔아놓은 황토를 밟으며 문을 들어섰다. 모란의 빛과 향기가 오월의 요석궁에 차 있었다.

공주는 서른 새 베옷에 누른 비단 활옷을 걸치고 검은 머리카락을 갈라 등 뒤에 풀어 늘이고 부모님인 왕과 왕후를 맞이했다.

"어, 모란이 만발이로구나."

왕은 정원에 만발한 모란을 보시며 기뻐했다. 왕이 앉은 자리는 평

---

* 신라 최고위 벼슬인 대각간의 다른 말로 추정된다. 단 김유신이 대각간의 벼슬에 오른 것은 실제로는 태종무열왕 7년, 백제가 멸망한 이후이다.

소에는 쓰지 않는 전각으로서, 혹시 왕이 올 때 편전으로 쓰기 위하여 지어놓은 것이었다. 전 안에는 모란 무늬 새긴 자리에 역시 모란 무늬가 있는 비단 보료를 깔았다. 왕후와 왕자와 유신과 대신은 이 자리에 오르고 벼슬 낮은 무리들은 중문 밖 행각에서 술과 음식을 먹었다.

왕이 좌정하자 요석공주는 다시 부모의 앞에 나아와 공손히 절하고 오른편 무릎을 꿇고 왼편 무릎을 세우며 한켠에 비켜 앉았다. 요석공주는 왕이 사랑하고 불쌍히 여기는 딸이었다. 바른 듯 만 듯 분을 바른 공주의 얼굴은 누가 보아도 서른 살이 넘은 과부라고는 생각할 수 없었다. 달과 같이 둥그스름한 얼굴, 가는 눈썹 밑에 한 일자로 보이는 가느스름한 눈, 빼어난 코, 불그레한 입술, 옥으로 깎은 듯한 목, 왼편 무릎에 얹은 희고 가는 손가락, 아무리 보아도 새로 핀 연꽃송이와 같았다. 다만, 그 의젓한 품이 나이 먹었음을 보인다면 보인다 할 것이다. 더구나 서른 새 구름결 같은 베옷을 입은 모양이 수수하고 아담하여 고결한 맛이 있었다.

왕은 이러한 딸을 보는 것이 괴로웠다. 저렇게 젊고 아름다운 여인이 홀로 요석궁에서 늙게 하는 것이 슬펐다.

공주가 어머님께 올린 글에 "목단이 늙고 녹음이 짙어지옵니다."라는 문장이 있었다. 이 글을 보고 왕은 요석궁에 행차할 결심을 한 것이었다.

모란이 늙었다. 며칠 안 보면 다시 못 보게 될는지도 모른다. 만일 이날 밤에 한 풍우가 지난다면 내일 아침에는 벌써 없을 것이다. 왕은 그렇게 느꼈다.

왕은 이날 실컷 놀면서 공주를 기쁘게 해주려 했다. 그리고 될 수 있으면 공주의 뜻을 알아서 새로 남편을 구해 주고자 했다.

해가 낮이 되고 잔칫상이 들어왔다. 궁의 요리를 담당하는 육전의 관리에게 미리 명하여 준비케 한 것이다. 왕은 백제와 고구려를 멸한다는 맹세를 한 후 모든 사치를 금지한 동시에 당신의 생활도 극히 검소하게 했다. 몸에 베옷을 입고 짚신을 신었다. 그러나 검소하다 해도 왕의 상이었다. 동해의 물고기와 자라와 토함의 산도야지와 태백의 삼과 꿀과 이런 것이 오르지 않을 리가 없었다. 요석공주가 먼저 술을 따라 왕과 왕후에게 받들어 올렸다. 그리고는 푸른 옷 입은 시녀들이 술을 따랐다.

"자, 한불손.• 술 자시오. 오늘은 취합시다."

왕은 큰 옥잔에 공주가 따른 술을 마시고 나서 그 잔을 유신에게 주었다.

"상감마마 황송하오."

유신은 이마를 방바닥에 대었다.

"한불손. 우리 오늘은 군신간의 몫을 잊고 옛날 문노선생 문하에서 한솥밥을 먹고 한자리 잠을 자던 춘추와 유신으로 돌아갑니다."

• 대각손.

왕은 직접 고구려 자기 술병을 들어서 유신의 잔에 술이 넘치도록 부었다.

"황송하오. 그러하오나 군신지분은 군신지분이라 한 시각인들 잊을 수 있사오리까. 분수에 지나친 분부시오."

유신은 무릎을 꿇고 잔을 받아서 마셨다.

"한불손. 잔을 내게 돌리오."

왕은 쾌활하게 팔을 내밀었다. 유신은 엎드려서 술잔을 들어 왕에게 올렸다. 그리고 병을 들어 왕의 잔에 술을 부었다. 백설 같은 옥잔에 황금물 같은 술이었다. 왕은 단숨에 그 잔을 들이마셨다. 그리고 요석공주에게 잔을 주며 말했다.

"아가, 한불손께 술을 부어라."

왕은 요석공주를 유신에게 시집보낼 뜻을 품은 것이다. 유신은 그때 부인이 죽고 홀아비였다.

요석공주는 잠깐 주저하다가 부명이요 왕명이라 마지못해 잔을 유신에게 보냈다.

"외숙께 드리는 술잔이오."

요석공주는 분명하게 말했다.

왕은 그 말에 놀랐다. 왕은 이날 늦도록 술을 마시고 놀다가 유신이 취하면 요석궁에서 공주와 함께 자게 하려 했기 때문이다.

왕에게는 유신은 지극히 소중한 사람이었다. 왕은 이손 용춘 장군의 아들이다. 내물왕의 혈통을 이은 것은 사실이지만 반드시 왕위에 오를 혈통은 아니었다. 왕이 즉위하자 그 아버지 용춘을 문흥대왕으로 추봉했지만 그 아버지 용춘은 갈문왕*도 못 되는 것이다. 당나라에는 진덕여왕의 몇 촌 아우라고 말했으나 기실은 성골은 아니었다. 지나간 진덕(승만)여왕까지는 성골이었으나 춘추부터는 성골이라고 일컬을 수가 없었다.

그러므로 혈통을 소중하게 보는 신라에서 왕은 안심하기 어려운 지위였다. 오직 믿는 것이 무공으로 일국의 병권을 잡고 신뢰를 받는 유신과, 당나라 조정의 신임이었다. 또한 왕은 장차 백제와 고구려를 멸하여 심국을 통일하려는 야심을 가지고 있었다. 이 일은 오직 유신이 있어야만 가능했다. 왕위를 보존하는 데나 삼국을 통일하는 데나 유신이 필요하므로 그에게 딸을 주고 싶었다.

요석공주나 지조공주나 유신에게는 생질이다. 그러나 옛날에는 그것이 혼인에 거리낄 것은 아니었다. 이러한 뜻으로 왕은 요석공주를 시켜서 유신에게 술을 권케 한 것이었다. 그런데 요석공주의 태도는 분명히 거절하는 표시였다.

왕은 "아뿔싸!" 했으나 곧 그것은 잊어버린 듯이 풍악을 울리라 명했다.

처음에는 삼죽삼현(三竹三絃)과 큰북의 음률에 맞추어 두 사람이 춤을 추었다. 삼죽이란 대금, 중금, 소금의 세 관악기, 삼현이란 거문고,

---

* 왕의 혈연 중 가문의 대표에 해당하는 이에게 주어지던 지위.

가얏고, 비파의 세 현악기를 말한다.

첫 곡조는 거문고 명수 옥보고•가 작곡한 봄아침(春朝曲)이었다. 그것은 느리고 부드러운 춤이었다. 춤꾼은 뾜난 모자를 쓰고 소매 넓은 자주 옷을 입었다. 다음에는 신열춤(辛熱舞), 한기춤(韓岐舞)이 차례로 연주되었다. 곡조가 갈리는 데 따라서 악공과 춤꾼의 수효가 세 사람, 혹은 여섯 사람 하면서 달라졌다. 또 춤추는 이의 옷도 붉은 옷, 푸른 옷으로 모양이 달랐다.

금환춤이란 것은 금으로 만든 공을 놀리는 것이다. 그 공을 높이 혹은 낮게 오르내릴 때는 달도 같고 별도 같았다. 도금한 탈을 쓴 대면춤(大面)은 손에 산호 채찍을 들고 귀신을 쫓는 형용이요, 소두춤(束毒)은 봉두난발하고 남빛 탈을 쓰고 북을 둥둥 두드리며 추는 것이요, 사자춤은 털 빠진 늙은 사자가 머리를 흔들고 꼬리를 두르는 웅장한 춤이었다.

"그 어디 고구려 춤을 추어 보아라."

왕은 술이 거나하게 취했다.

고구려 악대가 나왔다. 붉은 깁모자에 새 깃을 꽂아 쓰고 소매 넓은 누른 옷에 통 넓은 바지, 붉은 갓신을 신었다.

네 사람이 오색치승무(五色緇繩舞)를 추는데 상투는 붉은 끈으로 졸라 뒤로 젖히고 이마에는 금장식을 붙였다. 그중 두 사람은 누른 저

• 신라의 거문고 연주자. 35대 경덕왕 때 인물로, 실제로는 이 시기에는 아직 탄생하지 않았다.

고리, 붉누른 바지, 다른 두 사람은 붉누른 저고리에 붉누른 바지를 입었는데 소매가 대단히 길고 검은 갓신을 신었다. 이 네 사람이 쌍쌍이 늘어서서 춤을 추는 것이다.

악기는 탄쟁 하나, 국쟁 하나, 와공후, 수공후 각각 하나씩, 비파 하나, 오현 하나, 의취적 하나, 생 하나, 횡적 하나, 소피리 하나, 대피리 하나, 도피피리 하나, 요고 하나, 재고 하나, 담고 하나, 구 하나, 이렇게 타고 뜯고 불고 치고 했다. 그 가락에 맞추어서 네 사람이 춤을 추는 것이다.

"참 좋다. 장하다."

왕은 무릎을 치며 찬탄했다. 비록 적국의 음악이지만 대단히 웅장했던 것이다. 고구려 음악은 한나라 때부터 중국 조정에서도 따로 연주단을 두었고 신라 조정에서도 우방악(右房樂)이라 부르며 높이 샀다.

"여보 한불손."

왕은 유신을 불렀다.

"네에."

"평양에서 고구려악을 볼 날이 있겠지?"

"네. 반드시 그날이 있으리라고 믿습니다. 고구려왕을 결박하여 계단 아래 꿇리고 반드시 그날에 오색치승무를 보시게 하오리다."

유신은 몸을 떨었다. 그 눈에서는 불이 이는 것 같았다. 왕도 입을 다물고 크게 한 번 숨을 내어 쉬었다.

"지조야. 너 유신 장군께 술 한 잔을 부어라."

왕은 호령했다.

"네."

지조공주는 금잔 가득 술을 부어서 유신에게 받들어 올렸다. 유신은 부복하여 왕에게 감사를 표하고 두 손을 들어 공주의 손에서 잔을 받았다. 유신이 잔을 받아 든 때에 악공은 웅장한 강천성곡(降天聲曲)을 울렸다. 모두 다 머리가 쭈뼛하도록 비장함을 느꼈다.

유신은 강천성곡이 끝날 때까지 술잔을 들고 있었다. 그러다가 곡이 끝나자 잔을 입에 대어 고개를 뒤로 젖히며 들이마셨다. 그의 반백이나 된 수염이 주인의 비장한 뜻을 아는 듯 흔들렸다.

"한 잔 더."

왕은 유신에게 다시 술을 권했다. 지조공주는 연하여 석 잔을 따랐다. 유신의 손에 잔이 들리는 대로 노인곡(老人曲), 오사식곡(吾沙息曲)이 울렸다. 유신은 연하여 석 잔을 받아 마시고, 다시 부복해서 잔을 왕께 올리며 아뢰었다.

"신이 비록 늙었사오나 백제나 고구려를 격멸하여 의자, 보장을 폐하께 묶어 바치기까지는 결코 죽지 않겠소."

"좋다. 장하다."

왕도 석 잔을 들이마셨다. 그리고 왕은 악공에게 가야 정벌을 찬송한 우륵의 가야금 곡 가라도(加羅都)를 연주하라 했다. 화랑 사다함이 열일곱 살에 대공을 세운 전쟁이다.

“이 몸이 검무를 추리다. 어떠하올지.”

유신이 왕의 뜻을 물었다.

“그러시오.”

왕은 희색이 만면했다. 당장이라도 의자왕, 보장왕이 결박을 받아서 계단 밑에 끌려올 것 같은 기분이었다.

유신은 일어나 칼을 빼었다. 오동나무 자루에 금으로 장식한 고구려 칼이었다. 칼은 고구려 칼이 좋았다.

삼죽(三竹)이 울었다. 유신은 칼을 들고 처음에는 무엇을 생각하는 듯했다. 그리곤 칼을 천천히 머리 위로 올렸다. 유신이 몸을 한번 꿈틀하자 칼이 허공을 한번 돌았다. 한 줄기 번개가 일었다. 첫소리는 평조로부터 황종조로 옮아갔다. 유신의 발은 점점 힘 있게 소리를 내고 칼은 점점 빠르게 움직였다. 음악이 이청조, 월조, 반섭조를 차차 지나쳐 출조를 거쳐 준조에 오르자 소리는 더욱 높고 격했다. 이것을 따라 칼은 마치 질풍과 번개처럼 유신의 몸을 싸서 온통 칼빛이 되었다.

음악은 격한 데서 점점 떨어져 다시 순탄한 평조로 돌아가는 듯 끊기고 말았다. 유신도 처음과 같이 조용한 자세로 돌아왔다. 고요하기가 폭풍우 지나간 뒤의 수풀과 같았다. 아무 일도 없는 듯했다.

전각은 고요했다. 풍경 소리가 바람결에 딸랑딸랑 울었다. 모란꽃 향기가 풍겨 들어왔다. 유신은 칼을 칼집에 꽂고 왕 앞에 한 번 절했다. 왕 이하로 다 눈물이 터질 듯한 슬픔에 잠겼다.

그중에서도 더욱 감동한 것은 지조공주였다. 유신은 사람이 아니요, 천신인 것 같았다.

유신은 본래는 신라 사람이 아니다. 그는 금관가야국 사람이다. 때는 진흥왕 23년 구월. 가야왕 구해가 신라에 대하여 반기를 들었다. 진흥왕은 병부령 이사부를 보내어서 가야를 쳤다. 이때 화랑 사다함이 낭도 5천 명을 거느리고 종군해서, 자원하여 선봉에 서서 가야의 전단문에 돌입하여 문 위에 백기를 달았다. 성중에 있는 가야국 장병들이 이 백기를 보고 어찌할 줄 모르는 동안 이사부가 대군을 끌고 무혈입성을 했다.

이 공로로 왕은 가야국왕 이하 포로 전부를 사다함에게 주었으나 사다함은 그들을 다 놓아 신라에 충성하게 했다. 그러한 지 약 백 년이 지났다.

구해는 유신에게는 증조였다. 구해의 아들 무력은 신주도행군총관이 되어 백제왕을 잡고 장수 넷과 군사 1만 명을 베어서 큰 공을 세웠다. 그 아버지 서현은 소판까지 올라서 대량주 도독이 되었다. 서현이 아직 젊었을 때 갈문왕 입종의 손녀 만명과 서로 사랑하여, 만명이 집에서 도망하여 만노군 태수인 남편을 따라가서 유신을 낳은 것이다.

유신은 열다섯 살에 문노의 문인으로 화랑이 되어서 '용화향도'라고 일컬었다. 용화(龍華)라 함은 다음에 오실 미륵불의 세계를 가리킨 것인데 이것은 유신이 미륵불을 원불로 삼는 까닭이지만 또한 삼국을 통일해서 미륵불의 세계와 같은 좋은 나라를 이루리라는 뜻도 있는 것이었다.

때는 마침 고구려와 백제, 말갈이 끊임없이 신라를 침노할 때라, 유신은 백제와 고구려와 말갈을 평정하여 신라를 빛내리라는 큰 뜻을 품고 열일곱 살에 중악석굴에 들어서 빌었다.

“적국이 무도하여 우리나라를 침노하여 편안한 날이 없사옵니다. 이 몸은 한낱 작은 신하이나 힘을 헤아리지 아니하고 이 환란을 맑게 하려 하오니, 하늘이여, 내려 보시어 이 몸에게 힘을 주소서.”

유신은 작은 놋쇠 솥에 쌀로 밥을 지어서 솥 채로 바위 위에 놓고 산신과 여러 불보살께 바쳤다.

유신은 밤이 깊어도 잠을 자지 않았다. 수풀 속에서는 호랑이 소리도 들리고 곰의 소리도 들렸다. 그러나 유신은 몇 번이고 몇 번이고 폭포에 목욕하고 일어나는 잡념을 떨구며 검님의 계시를 기다렸다. 굴에는 부정을 막는 왼새끼를 늘이고 종이를 오려서 막대기에 감아 너슬너슬하게 하여 달았다. 그리고 깨끗한 황토를 파다가 굴속에 깔고 솔가지를 문에 세웠다.

유신이 촛불을 켜고 가만히 앉았노라니 천정에서 선뜩선뜩 물방울도 떨어지고 촛불 그늘에는 여러 가지 모양으로 생긴 귀신이 보였다. 이틀이 지나고 사흘이 지났다.

“검님. 백제와 고구려를 멸할 힘을 얻기까지는 이 자리에서 아니 일어나리다.”

유신은 힘을 얻거나 그렇지 않으면 이대로 죽기로 결심했다.

나흘째, 해도 다 져갈 때에 난데없이 한 노인이 굴 앞에 나타났다. 칡베 옷을 입고 칡베 건을 썼다.

"여기는 독한 벌레도 있고 무서운 짐승도 있는 곳이오. 어떤 도령이온데 이렇게 혼자 있는고."

수염과 눈썹이 눈과 같이 흰 노인이 말했다. 이에 유신이 공손히 노인에게 물었다.

"어르신은 어디에서 오시며 존함은 누구시옵니까."

"나는 집이 없는 사람이야. 인연 따라서 가기도 하고 머물기도 하지. 내 이름은 난승(難勝)이라 하네."

난승이란 보살이 부처가 되기 위해 거치는 열 가지 경지의 다섯 번째 경지다. 업장은 다 벗고 알 것은 다 알고 난 후이며, 이 경계에서부터 법을 설하여 중생을 이롭게 한다. 항상 행하기를 널리 베풀고, 사랑의 말을 하며, 남을 이롭게 하고, 중생과 함께한다. 유신은 이 노인이 난승지의 보살인 것을 알자 곧 두 번 절하고 간청했다.

"이 몸은 신라 사람인데 나라의 원수를 보니 마음이 아파서 하늘과 신령님의 도움을 기다리고 있었습니다. 엎드려 비옵나니 이 몸의 정성을 어여삐 여기사와 무슨 방술을 주시옵소서."

그래도 노인은 잠자코 있었다. 유신은 눈물을 흘리며 또 두 번 절하고 또 한 번 같은 말을 했다. 그래도 노인은 말이 없었다. 유신이 또 절하고 또 빌기를 일곱 번 하자, 그제야 노인이 입을 열었다.

"오. 나이 어린 사람이 삼국을 병합할 뜻을 품으니 장하다."

노인은 유신에게 비법을 전한 뒤에 말했다.

"함부로 이 비법을 전하지 말렷다. 만일 불의한 일에 이 비법을 쓰면 도리어 재앙이 제 몸에 돌아올 것이다."

말을 마치고 노인은 가버렸다. 유신은 노인의 뒤를 따라 2리쯤 갔으나, 노인은 간 데 없고 오직 산상에 환한 빛이 있을 뿐이었다.

유신은 그 다음해 백제가 자주 처들어오는 것을 보고 더욱 격분해서, 연박산에 들어가 깊은 골짜기 속에 제단을 꾸미고 보검을 빼어 제단에 놓고, 오순향을 피우고 지난해 중악에서처럼 간절하게 빌었다.

"이 칼에 하늘빛과 신령을 내리시옵소서."

사흘이 끝나는 밤이 거의 다한 때에 허성(虛星)과 각성(角星) 두 별빛이 칼 위에 내려 칼이 스스로 움직이고 스스릉 하고 울었다.

이 칼을 가지고 하루도 쉼 없이 병사와 전술을 익히길 17년, 유신은 용춘 장군의 군대에 소판 서현과 같이 출전했다. 때는 8월. 오랫동안 신라와 고구려 양군이 일승일패로 낭비성 쟁탈전을 하던 끝이었다. 신라가 일단 우세였으나 어스름한 달밤에 고구려군이 대거 역습하여 신라병이 수없이 전사하고 마침내 총 퇴각을 해야만 할 형세였다. 유신은 아버지 앞에 나아가 투구를 벗고 아뢰었다.

"이제 우리 군사가 패배하였는데, 소자가 평생을 충효로써 스스로 기약했사오니 싸움에 임하여 용기를 내지 않을 수 없습니다. 듣건대 깃을 떨면 옷이 바로 서고 벼리를 들면 그물이 펴진다 하오니 이 몸이 깃이 되고 벼리가 되려 하나이다."

그리고 말에 올라 칼을 들고 적진으로 들어가 적장의 목을 베어 들고 돌아왔다. 감격한 신라 군사들이 모두 분투하여 적병 5천 명을 베고 천 명을 사로잡았다.

유신은 이 공으로 압량주 군주가 되었다. 압량주는 원효의 고향이었다. 인재를 구하기가 간절했던 유신은 소년 화랑 원효를 장래가 있는 사람으로 알고 선덕여왕께 추천했다. 그러나 원효는 정치가나 군인이 되기를 바란 유신의 생각과는 달리 중이 되었다.

그다음 선덕왕 1년, 백제군이 대량주에 쳐들어왔다. 춘추의 딸 고조다의 남편 품석이 전쟁 중 사망하고 고조다는 백제에 잡혀가서 옥중에서 자살했다. 이에 춘추는 고구려에 청병하여 원수를 갚자 하고 왕께 자청하여 고구려로 가게 되었다. 길을 떠나기 전, 춘추는 유신을 만났다.

"공과 나는 서로 나라에 없어선 안 될 신하로 한몸 같은 사이가 되었소. 만일 고구려에 들어가 돌아오지 못한다면 공께서도 무심하시지는 않겠지요."

이 말에 유신이 맹약했다.

"공이 만일 고구려에 갔다가 돌아오지 않으면, 내 발굽이 반드시 고구려와 백제의 왕궁을 밟을 것이오. 그렇지 못하면 내가 무슨 면목으로 국민을 대하겠소."

춘추는 이 말에 감격하여 유신과 더불어 손가락을 씹어서 피를 내고 서로 나눠 마시며 말했다.

"내 두 달 만에 꼭 돌아올 테니 만일 두 달이 넘어도 내가 돌아오지 않거든 다시 못 만날 줄 아시오."

그러나 고구려왕은 춘추의 기상이 비범한 것을 보고 죽일 마음을 먹었다. 그는 조건을 걸고 춘추를 감금했다.

"삼나무고개, 죽령 이북은 본래 고구려 땅이다. 그것을 돌려준다면 너를 놓아 보내려니와 그렇지 않으면 돌아가지 못하리라."

두 달이 되어도 춘추가 돌아오지 않자 유신은 전국에서 결사의 용사 3천 명을 뽑았다. 유신은 용사들을 나을신궁• 앞에 모아놓고 이렇게 말했다.

"위태한 것을 보면 목숨을 바치고 어려운 일에 임하여 몸을 잊는 것은 우리네 화랑도의 뜻이오. 한 사람이 죽으면 백 사람을 당하고, 백 사람이 죽으면 만 사람을 당하는 것이니, 우리 3천 명이 죽기를 약속하면 고구려를 거리낌 없이 헤집고 다니는 건 쉬운 일이오. 우리나라의 어진 재상이 타국에 잡혔으니, 우리가 죽기로 구하지 않을 수 있겠소? 다들 뜻이 어떻소?"

"죽더라도 장군의 명을 들으리다."

3천 용사는 일제히 무릎을 꿇고 손을 들어 맹세했다.

유신이 3천 명 용사를 끌고 고구려로 쳐들어온다는 소식을 고구려

• 奈乙神宮. 신라의 시조 박혁거세가 탄생한 닭의 숲(鷄林)에 모신 신궁 이다.

간첩 덕쟁이라는 중이 고구려 왕정에 보고했다. 고구려 보장왕은 이 첩보를 듣고 놀라 춘추를 예로써 후대하여 돌려보내었다.

춘추가 유신의 3천 명 결사대를 만난 것은 바로 한산주(지금의 서울)에서였다. 춘추는 유신의 신의를 뼈에 새기며 고맙게 생각했다. 이리하여 춘추는 더욱 유신을 믿었다. 유신은 이후에도 백제군의 침입을 여러 번 막아서 대공을 세웠다. 지금은 유신이 선대에 가야국 사람이라 해서 그 충성을 의심하는 사람은 하나도 없었다.

"장군은 아직 안 늙었소."

검무가 끝나자 왕은 유신의 호쾌한 열정을 칭찬했다.

석양이 지고 있었다. 술도 취하고 흥도 겨웠다. 주연이 파하고 왕은 유신과 나란히 요석궁 정원을 거닐었다. 요석공주의 말과 같이 모란은 늙고 녹음은 무르익었다. 연못가의 늙은 실버들 가지가 석양 바람에 수면에서 그림자로 노를 저었다. 풀 속의 개구리가 왕의 발자국에 놀라서 못 속으로 뛰어들었다. 텀벙 하는 소리가 왕과 유신의 눈을 못 위로 끌었다. 실물결이 둥글게 수없이 일어났다.

"당나라 군사가 또 안시성에서 패했다니 이를 어찌하오?"

왕은 걱정했다.

"상감마마. 차라리 고구려와 백제와 합하여 당을 쳐버리면 어떠하올지."

유신이 말했다. 왕은 놀라 걸음을 멈추고 유신을 돌아보았다. 왕과 유신의 눈이 마주쳤다. 이윽히 마주 볼 뿐 말이 없었다.

이때 요석공주는 자신이 거처하는 승만당으로 왕후와 지조를 인도해 왔다. 반년 동안이나 그리던 어머니와 동생과 쌓인 정담을 하려는 것이다. 왕후도 오래간만에 가족이 모인 것을 기뻐했다.

"예전 너희가 어려서 서영산 밑 집에 있을 때처럼 어미와 딸로 한 시각을 보내자."

문명왕후는 두 딸을 보고 말했다. 한 나라의 어머니 입장이 되니 내 자식만을 자식으로 사랑하기가 어려웠다.

"아바마마도 이리로 모시리까."

요석은 모후에게 물었다.

"그러자. 상감마마께오서도 너희들을 몽매에 못 잊으시지만 나라와 군사의 모든 일을 몸소 결정하는 몸이 되시니, 어디 처자와 정담인들 하실 사이가 있느냐. 그러면 아유다, 술을 한잔 따뜻하게 마련하고 차나 달이고 상감마마께 여쭈어라. 상감께서 아마 네가 여쭙기를 기다리실 것이다."

요석은 기뻐서 곧 시녀에게 주안을 마련하라 분부하고 손수 차를 달이기 시작했다.

"당나라 차로 하오리까, 지리산 향차로 하오리까."

요석은 찻장을 열고 모후에게 물었다.

"향차를 달여라. 당나라 차는 언제나 잡수시지 않느냐. 지리산 작설을 좀 진하게 달여라."

"네. 지리산 작설."

요석공주는 고구려 자기로 된 다합을 내어서 뚜껑을 열었다. 다합은 버들과 구름, 학 무늬를 아로새긴 청자였다. 이름은 합이라 하나 항아리였다. 철 화로에 태백산 백탄숯이 빨갛게 피었다. 백제 차 가마가 그 위에 놓여서 뽀뽀뽀뽀 김을 내고 물이 끓었다.

요석은 작은 절구에 파르스름한 작설을 넣고 사기 공이로 갈았다. 차는 바스락바스락 소리를 내면서 갈렸다.

"언니, 내가 갈까?"

지조가 옆에서 말했다.

"아냐, 내가 갈게. 너는 술 데워지는 것을 봐. 네나 내나 딸이 되어 부모님께 효도할 기회가 적다. 이런 때나 우리 정성껏 해보자."

요석은 지조에게 당부했다.

왕은 유신과 함께 승만당으로 왔다. 딸 요석이 어떠한 생활을 하고 있나 하고 왕이 궁금하게 생각한 것은 물론이다. 역시 뜰은 정하게 쓸어 놓았고 섬돌에는 물을 뿌렸다. 마루에는 분합이 걷어 올려져 있고 버들 무늬가 놓인 주렴이 달려 있었다. 계단 밑의 모란은 벌써 반쯤 지고 있었다.

시녀가 주렴을 들자 왕은 마루로 올랐다. 정면에 커다란 청동거울이 화류대 위에 서고 청자 향로에서는 지리산 백단향이 피어올랐다. 왕은 잠시 거울을 바라보시고 나을신궁을 염했다. 유신도 왕의 뒤를 따랐다. 왕은 요석공주의 인도로 서쪽 방에 드셔서 아랫목에 좌정하시고 유신은 목을 꺾어 동향하여 앉았다.

은병, 금잔에 술이 나왔다. 이번에는 요석이 손수 술을 부었다. 안주는 밤과 감과 대추였다.

왕은 나라일을 다 잊어버리고 딸 요석을 생각했다. 왕은 먼저 방을 돌아보았다. 북쪽 벽에 걸린 솔거의 노송고작도(老松孤聽圖)가 눈에 띄었다. 솔거의 황룡사 벽화의 소나무에는 새들이 산 소나무로 알고 와서 앉으려다가 미끄러진다 하거니와 이 노송고작도도 참으로 실제와 같았다. 우무러진 늙은 소나무에 까치 한 마리가 금방 날아가려는 듯 앉은 그림이었다. 왕은 솔가지에 앉은 외로운 까치가 요석공주인 듯 싶어 슬펐다. 그래서 눈을 돌렸다. 다음에 보인 것은 벽에 걸린 가얏고였다. 가얏고를 보면 가야국을 생각하지 아니할 수 없고 가야국을 생각하면 유신을 아니 돌아볼 수 없었다. 서쪽에는 관음상을 모셨다. 그리고는 방에는 침향목 책상이 있고 자개 반짇고리가 있었다.

그런 것이 왕의 눈에는 모두 청승스럽고 가없게 보였다. 왕도 불교의 수련이 없는 것은 아니나 역시 중생은 쌍쌍으로 즐겨야 생생하게 사는 것이라고 생각했다.

"아가."

왕은 요석이 받들어 올리는 찻잔을 받아 한 모금 마시고 손에 드신 채로 요석을 불렀다.

"무슨 처분이시온지."

요석은 두 손으로 왼편 무릎을 안고 고개를 들어서 부왕의 반백 된 수염을 쳐다보았다.

"너 지금 소원이 무엇이냐?"

왕은 말했다.

"별 소원이 없사옵고, 오직 하나 소원은 상감마마께오서 만세 만세하심이옵니다."

요석이 아뢰었다.

"아니다. 네 효성은 이 몸이 안다마는 네 몸의 소원이 또 있을 것인즉 거리낌 없이 말해라. 아비가 임금이 되었으니 네 소원 하나를 못 들어주랴? 무엇이나 네가 원하는 바를 말하여 보아라."

"이뤄질 소원도 아니옵니다."

요석은 고개를 수그렸다.

"세상에 이 아비를 두고 이루지 못할 소원이 어디 있단 말이냐? 하늘에 올라가서 별을 따오라 하면 그것은 못 이룰지 모르거니와."

"이 몸의 소원은 하늘에 올라가 별을 따기보다도 더 어려운 소원이옵니다."

왕은 차를 마시고 찻종을 요석에게 내어주며 말했다.

"어디 네 소원 들어 보자. 이 아비가 못 이루어 줄 소원이 어디 있겠느냐?"

왕은 자신의 힘으로 될 수 없는 일이 있다는 것이 견딜 수 없는 욕인 것 같았다. 일종의 분노까지도 느꼈다.

요석은 말없이 차를 만들고 있었다.

"바로 아뢰어라."

왕후도 옆에서 재촉했다. 요석은 차를 만들던 손을 쉬고 아뢰었다.

"이 몸의 소원은 천하에 으뜸가는 남자와 배필을 지어서 상감마마 다음에 으뜸가는 아들을 낳아서 나라에 바치는 것입니다."

왕은 처음에는 귀를 의심하는 듯이 눈을 크게 뜨더니, 곧 얼굴 가득 웃음을 띠었다.

"좋다. 네 뜻이 좋다. 그러면 네 마음에 둔 사람이 있느냐? 네 소원대로 이뤄줄 터이니 말해 보아라."

왕은 왕후와 유신을 돌아보았다. 왕후도 웃고 유신도 웃었다. 요석공주는 잠깐 낯을 붉혔다.

"있기는 하오나 하늘의 별과 같아서 손이 닿지 않는 사람입니다."

왕은 웃음을 거두더니 위엄 있게 말했다.

"웬 말이냐. 이 나라 안에 있는 사람으로서 네 배필이 되라면 마다할 사람이 어디 있단 말이냐? 부끄러워 말고 바로 말해 보아라."

요석은 새로 만든 차를 왕께 올리며 저도 모르게 한숨을 쉬었다.

"그 사람은 하늘의 별이오니 혼자 생각만 하고 일생을 보낼까 하옵니다."

"그 사람이 누군데 그렇게 고고하단 말이냐? 이 나라에서 내 말을 거역할 사람이 어디 있단 말이냐. 설사 백제나 고구려라 하더라도 네가 원하면 군사를 보내어 싸워서라도 네 원을 이루어 줄 터이니 네 바로 말하여라."

왕의 기색에는 분노한 빛까지 있었다. 요석은 차를 다 올리고 제자리에 물러와 앉으며 말했다.

"이 몸이 일념에 먹은 사람은 원효대사입니다."

"원효대사?"

왕도 놀라지 않을 수 없었다.

왕은 원효와 친교는 없었다. 그러나 유신에게서 이야기를 들었고, 또 원효가 비녕자와 요석의 남편 거진의 시체와 그 종 합절의 시체까지도 적진에 들어가서 가져왔단 말을 듣고 한번 치사한 일이 있었다. 왕도 원효대사가 비범한 인물인 줄은 알고 있었다.

"그래. 원효대사가 네가 원하는 사람이란 말이지?"

왕은 그것이 될 일일까 하고 약간 불안을 품으면서 물었다.

"네."

요석은 옷깃을 여미며 대답했다.

"어떻겠소? 원효대사가 말을 들을 것 같소?"

왕은 유신에게 물었다. 유신은 잠깐 생각하는 모양으로 고개를 숙이더니, 번쩍 들며 아뢰었다.

"글세, 원효대사는 계율을 고집하는 사람이 아니라 술을 주면 술을 마시고 고기를 주면 고기도 먹는 것은 보았소만, 혼인에 이르러서는 어떠하올지."

"그, 어디 말해 보시오. 한불손은 예로부터 원효대사와 친교가 있지 않소? 요석이 다시 혼인을 한다는 것이 경사가 아니오?"

왕은 말하면서 요석을 본다. 왕후도 간청하는 눈으로 유신을 본다.

"분부대로 원효대사를 만나서 말씀은 하오리다마는 되고 안 되는 것은 장담할 수 없소. 원효란 제 마음이 나면 무슨 일이라도 하겠지만 제 마음에 없는 일은 하늘이 명하셔도 안 들을 위인이오."

"그렇게 강직하오?"

왕은 찬탄한다.

"아직 젊은 중이지만 아마 천추에 이름을 전할 명승이리다."

"그런 사람이 우리나라에 좀 많이 났으면 좋겠소. 그저 사람이야, 사람의 힘이야."

왕은 잠깐 말을 끊고 하늘이 이 나라에 큰 사람을 많이 내리시기를 염한 뒤에 유신에게 말했다.

"한불손이 한번 원효대사를 만나 보시오. 그래서 안 되면 다른 수를 쓸 테니."

이러한 일이 있어서 왕은 문수사에 원효가 쓸 물건을 보낸 것이었다.

왕은 딸 요석공주의 원도 풀 겸 원효를 시험도 할 겸 이 일에 대해 많은 흥미를 가지게 되었다. 왕은 원효가 자신과 일종의 씨름을 하는 것 같이 생각했다.

원효는 왕이 보낸 물건을 받고 혼자 빙그레 웃었다. 자기 몸에 장차 큰 시험이 올 것을 예감했던 것이다.

파계

원효는 왕이 보낸 물건이 너무 많고 화려함이 두려웠다. 절 안 사람들이 부러워하고, 또 심상이 기뻐하는 것을 보고 원효는 붓을 들어 글을 써 내렸다.

도 닦는 사람이 탐욕을 부리는 것은
수행하는 사람으로서 수치요,
출가한 사람이 부유한 것은
군자가 비웃을 일이로다.

원효는 물건을 절 안에 골고루 나누어 주고 나서 가는 베옷 한 벌과, 증과, 다식 등 먹을 것을 싸 가지고 나섰다.

"스님, 어디 가십니까."

심상이 물었다.

"대안스님헌테 간다."

"그걸 다 대안스님을 갖다 드립니까."

심상은 아까워하는 모양이었다.

"인색한 마음을 버려라."

"인색한 마음이 아닙니다. 대안스님이 그것을 받으시면 대안스님이 인색한 마음을 발하신 것이 되겠습니다."

심상은 변명하면서 장삼을 떼어 입었다.

"너는 어디로 가느냐."

"노스님 모시고 갑니다."

"너는 올 것 없다. 내 혼자 다녀오마."

원효는 심상이 따라오는 것을 원치 않았다.

"왜 그러십니까. 어디를 가시나 데리고 가셨는데, 오늘따라 소승을 떼고 가십니까."

심상의 말에는 슬픈 빛이 있었다. 심상은 스승을 사모하는 정이 간절했다. 십 년을 하루같이 스승으로 모신 정도 깊었다.

"가자. 너도 가자."

원효는 마침내 심상을 데리고 나섰다.

날은 더웠다. 지난 며칠 비에 불은 시냇물 소리가 골짜기에 가득 찼다. 나뭇잎들은 오월 볕에 빛났다. 새소리가 끊일 새가 없었다.

한창 푸른 녹음 속에 나을신궁을 바라보였다. 나을신궁의 정전은 7백여 년이 된 건물이었다. 신라 제2대 왕 남해차차웅이 건국 시조인 박혁거세를 제사하기 위해서 짓고 그 누이 아로를 두어 제사를 주장해서 행하게 했다. 이 건물은 옛날 그대로 초가집이어서 해마다 봄이면 이엉을 갈았다.

제22대 왕 지증마립간이 이 자리에 신궁을 짓고 역대 왕과 검님과 하늘의 신령과 땅의 신령를 제사했다.

신궁에는 공주 한 분이 제사를 주장하고 6부에서 각각 한 사람씩 인물 좋은 처녀를 골라서 신관을 삼고 그밖에 거문고꾼 한 쌍, 가얏고꾼 한 쌍, 주라꾼 한 쌍, 춤꾼 네 쌍, 노래꾼 네 쌍이 있었다.

봄 이월, 가을 팔월에 큰 제사가 있고 그밖에 나라에 무슨 일이 있을 때면 임시로 제사를 드리고 또 제주를 통하여 신탁을 받았다. 이월의 제사에는 남자의 경기가 있고 팔월의 제사에는 여자의 길쌈 내기가 있다. 남자 경기에는 활쏘기, 말타기, 칼쓰기, 노래 부르기 같은 것이 있었고 또 그림이나 음악이나 잘하는 것은 모두 신궁에 바쳤다. 솔거의 말 그림도 있었고, 옥보고며 우륵의 금곡 중에도 신께 바치는 것이 많았다.

불교가 성하게 되면서부터 신궁에 대한 정성이 약간 쇠했으나 그래도 늙은 사람들과 또 특별히 신궁을 존중하는 사람들의 정성은 여전했다. 원효도 열여섯 살에 신궁 대제의 무술경기에 참여해서 상을 받았다.

불현듯 어릴 적 생각이 나서 원효는 발을 신궁 쪽으로 향했다. 수백 년 묵은 늙은 느티나무와 소나무와 잣나무와 느릅나무들은 그 썩고 우므러진 모양이 대단히 늙은 사람과 같아서 신기했다. 그늘진 길에는 파란 이끼가 돋았다. 더할 수 없이 고요한 경계다. 아무 소리도 없다.

이 신궁에 처음 온 것은 열두 살 적 조부 적대공을 따라서였다. 문노 문하에서 국선도를 배우려고 서라벌에 처음 왔을 때였다.

조부는 원효를 위하여 마지(馬紙)를 신궁에 올렸다. 신께 말을 바친다는 뜻이다. 고향인 압량군에서 원효가 처음으로 활을 쏘아 잡은 사슴으로 만든 포와, 꿀을 넣은 시루떡과 술과 밤과 대추와 감 등 이러한 제물을 바치고 신녀(神女)들이 음악을 아뢰고 춤을 추고 빌어 주었다. 대단히 큰 북을 울리던 것과 신녀들이 오색 옷을 입고 춤추던 아름다움이 지금도 생생하다.

신궁 경내에는 문이나 벽에 수없이 마지가 붙어 있었다. 원효가 바친 마지는 신전 안에 아직도 걸려 있을는지도 모른다.

세 신을 모신 삼신전이 맨 뒤에 있고 다음에 박혁거세를 모신 시조묘, 그 다음에 역대 왕의 영을 모신 종묘가 있고 그 밖에도 산신, 수신 등 각색 귀신을 제사하는 신당이 여러 채가 있었다. 모두 고요하다. 남산 꼭대기에는 선왕당(仙王堂)이 있었다. 화랑들은 신궁에 참배하고는 선왕당에 참배했다. 기도는 선왕당에서 올렸다. 선왕당에는 수염 허연 노인이 학과 범을 옆에 거느린 족자그림을 모셨다. 고구려와 백제도 마찬가지였다.

"마하반야바라밀."

원효는 신전을 향하여 합장했다.

늙은 신녀가 누른 옷에 붉은 띠를 띠고 신전에서 나왔다. 얼굴에 주름이 많이 잡히고 하얀 머리에는 검은 붙임머리를 덧대어서 뒤에 늘였다. 빙그레 웃는 화평한 얼굴이었다. 그는 열댓 살부터 이 신궁에서 늙은 사람이었다. 아침마다 목욕재계하고 신을 모시는 일로 일생을 바친 이였다.

이 늙은이 뒤에 젊은 신녀 둘이 방울 달린 큰 부채로 반쯤 얼굴을 가리고 따랐다. 눈을 푹 내리깔고 하얀 버선 신을 신은 그들은 잠깐 눈을 들어서 원효를 보았으나 곧 발걸음 소리도 없이 저쪽 복도로 사라졌다. 그리고는 다시 조용했다.

원효는 돌아가신 조부와 아버지 담나나마와 어머니 사라부인을 생각했다.

조부는 키가 훌쩍 크고 머리털이 붉었다. 그래서 흔히 적대공이라고 불리웠으나 잉피공이라고도 불리웠다. 아버지 담나나마는 벼슬에 올랐으나 인물로는 적대공이 더욱 유명했다.

원효의 어머니는 별이 날아 품에 들어오는 꿈을 꾸고 원효를 잉태했다고 한다. 원효의 어머니는 만삭이 되어서 그 남편과 함께 선왕께 기도를 드리고 돌아오다가 불들촌 왕밤나무 밑에 이르러 배가 아팠다. 급하게 남편의 옷을 나뭇가지에 걸어서 장막을 삼고 그 속에서 원효를 낳으니 아직 해뜨기 전이었다.

"좋은 아기를 순산하여지라. 그 아기가 오래오래 살고 큰 사람 되어지라."

어머니는 산 위에 있는 선왕당에 새벽기도를 했다. 그리고는 어머니는 죽었다. 때는 진평왕 39년 정축이었다.

원효는 어려서 쇠털이라고 불렸다. 그 머리카락과 솜털이 조부를 반쯤 닮아서 누르스름한 까닭이었다. 자란 뒤에 원효라고 한 것도 첫 새벽에 낳았다는 뜻이다. 원효가 난 지 얼마 아니하여 그 아버지 담나나마는 낭비성에서 싸우다가 죽었다. 그리고 그 조부 적대공의 손에 길러진 것이었다.

평생에 대면도 못 한 어머니를 어린 원효는 무척 그리워하고 슬퍼했다.

'어머니가 어디로 가셨나? 지금 어디 계신가.'

그래서 알고 싶었다. 전생 인연도 인연이지만 원효가 불교에 들어간 동기가 여기서 시작된 것이었다.

그러다가 아버지가 전몰하고, 또 원효가 17세 되던 해에 조부도 병으로 세상을 뜨자 원효는 곧 출가하기로 결심했다. 살던 집을 절로 만들어 초개사라 하고, 또 그 어머니가 원효를 낳고 돌아가고 무덤이 있는 왕밤나무 곁에 절을 지어서 사라사라 했다. 다 그 부모의 명복을 빌고자 함이었다. 특히 첫아들을 낳고 젖도 못 물려 보고 돌아간 어머니의 명복을 간절하게 빌었다.

원효의 눈앞에는 33년의 지나간 일생이 떠올랐다. 고요하고 옛 빛이 농후한 신궁 경내가 추억을 자아내는 것 같았다.

모든 부처님과 부처님들이 적멸궁에 장엄하게 계시는 것은
많은 겁해에 욕심을 버리고 고행하신 결과이고
중생이 불타는 집에 윤회하는 것은
끝없는 세상에 탐욕을 버리지 못한 탓이다.

원효는 불도를 닦는 것으로 큰 원을 삼았다. 화엄경을 읽으면서 원효는 환희심을 얻었다. 더구나 십지품의 십대원은 곧 원효 자신의 원이었다. 이 십대원이야말로 그리운 어머니를 만나는 길이었다.

일, 모든 부처님네를 다 모시고 공양하리라는 대원,
이, 모든 부처님네가 설하신 법을 다 받아 순종하고 지키리라 하는 대원,
삼, 모든 부처님네가 도를 이루시어 대법륜을 전하실 때 으뜸으로 그 법을 받는 자가 되리라 하는 대원,
사, 모든 보살들이 행하여 얻은 법을 다 행하여 얻어서 모든 중생을 교화하리라 하는 대원,

오, 삼계육도의 일체 중생을 불도에 들게 하리라는 대원,
육, 시방에 있는 무소무량한 일체 세계의 생김생김을 눈앞에 보아 알리라 하는 대원,
칠, 모든 불토는 한 불토에 들고 한 불토는 모든 불토에 청정구족하게 하리라 하는 대원,
팔, 일체 보살이 동심동학하여 보살행을 구족케 하리라 하는 대원,
구, 나를 보는 자는 반드시 불법을 열게 하리라 하는 대원,
십, 일체 세계에서 성불하여 일체 중생을 제도하리라 하는 대원.

이 대목에 이르러서 원효는 소리를 치고 춤을 추며 노래를 불렀다.

이렇게 큰 원을 발하노니 광대하기가 법계와 같고
오는 세월이 끝나도록 모든 겁 동안 쉬지 않으며
부처님의 도를 얻는 일과 큰 지혜를 구하는 일
큰 신통을 얻는 일에 쉬지 않으리라.
중생이 다함 없네. 중생이 다하면 내 원도 다하리라.
중생이 다함 없네. 중생이 다하지 않으면 내 원도 다하지 않으리라 .

원효는 이 대원을 원으로 하고 오늘까지 살아 왔고, 이 법을 가르치는 화엄경을 세상 사람에게 널리 알리려고 화엄경소를 써왔다. 그러나 화엄경을 끝내는 때 승만왕이 승하했다. 이제야말로 원효가 가

장 많이 감동을 받은 십지품에 들어갈 차례였지만 원효는 승만왕의 사십구일재가 가까워오도록 아직 붓을 들 생각이 없이 오늘까지 왔다. 심상이 원효가 웬일인가 하고 근심하는 것도 이 때문이었다.

'뜻이 변한 것이 아니나 힘이 없다.'

원효는 이러한 한탄을 수없이 했다.

'승만왕을 건지지 못했다.'

이 자책이 가슴에 못이 된 것이었다.

'신력의 가피.'

원효는 아직 그러한 신비한 것에 대하여 신심이 부족했다.

모든 부처님의 지혜는 매우 깊고 한이 없느니라.

그 지혜의 문은 이해하기 어렵고 들어가기도 어려우니라.

"부처님과 부처님만이 모든 법의 참다운 모습으로 깨달아 알기 때문이니라."

"이 법은 생각이나 분별로는 능히 풀이할 수 있는 것이 아니니라."•

이러한 구절을 생각하면서도 원효는 결국 사량 분별을 가지고 불법을 알고 불법을 설하려 하는 것이었다. 화엄경소라는 것도 결국 사량 분별, 즉 이치를 따지는 것이 아니냐. 큰 바다의 물을 됫박으로

• 이상 법화경 〈방편품〉.

재려는 것이 아니냐.

이 법은 보일수도 없고 말로 형용할 수도 없나니
모든 법의 적멸한 모양 말로 다할 수 없나니*

그러할진대 화엄경 자신도 결국은 말이 아니냐. 말로 설명 못 할 법을 또 말로 해석하려는 것이 부질없는 것 같았다.

부처님의 도를 위하는 믿음이 공덕의 근본이니.
모든 보살의 무리들 믿음이 견고한 자들이니.

오직 신력으로만 들어갈 수 있는 것이다.
'그런데 신력이란 무엇인가.'

불자여, 어떤 중생이
선의 뿌리를 깊이 심고,
모든 행을 잘 닦고,
도를 돕는 법을 잘 모으고,
여러 부처님께 잘 공양하고,

* 이상 《법화경》.

청정한 법을 잘 쌓고,
선한 지식을 잘 거두고,
깊고 넓은 마음으로 들어가고
큰 법을 즐거이 믿고,
마음을 자비로 향하고,
부처님의 지혜를 구하기 좋아하는
그런 중생이 있다면 곧 능히 아뇩다라삼먁보리심이 발하게 되리라.•

원효는 문득 이 대목을 생각하다 눈을 번쩍 떴다.

'깊고 넓은 마음, 깊고 넓은 마음! 이 마음을 얻어야 불도를 아는 것이다. 그런데 이 마음은 책을 보아서 얻을 수 있는 것이 아니요, 생각해서 얻을 것이 아니다. 선근, 선행, 공양제불, 선지식. 행! 행(行)이다.'

행이라는 생각에 새로운 광명을 얻는 듯했으나 또한 지금까지 걸어온 길이 헛길인 듯도 싶어 앞이 막막했다.

원효는 대안을 생각했다.

"가자."

원효는 심상을 재촉하여 신궁에서 나왔다. 신궁 문을 나섰다가 이만한 깨달음을 얻은 것이 삼신의 가피인 듯도 싶어 다시 돌아가 감사하는 절을 했다.

• 《화엄경 십지품》.

전에 대안대사를 만났던 굴에 가 보았으나 거기는 사람이 거처한 아무런 흔적도 없었다.

"윗굴에 가 보자."

"윗굴이 어디입니까?"

"너구리가 와서 들었다는 그 굴 말이다."

"그 굴이 어디인지 아십니까?"

"모르지만 이 근처에 있겠지. 어디 찾아보자."

원효와 심상은 풀을 헤치고 굴을 찾아다녔다. 풀에는 아직도 이슬이 있고 향기를 발했다. 지나간 비에 땅이 무르고 여기저기 샘이 솟았다.

"어딘가."

이 모양으로 산속으로 헤맬 적에 어디선지 사람의 소리가 들렸다.

"대안대사 음성 아닙니까?"

심상도 귀를 기울였다.

"오, 울지 마라, 울지 마라. 아가 울지 마라."

아기를 달래는 소리가 들렸다.

"웬일일까."

원효는 소리 나는 곳을 찾아갔다.

대안대사는 굴 앞 풀 위에 너구리 새끼 아홉 마리를 놓고 아기 달래는 소리를 하면서 칡뿌리를 먹이느라 애를 쓰고 있었다. 아직 눈도 뜨지 못한 너구리 새끼들이 주둥이를 내두르며 갱갱 하고 울었다. 얼른 보아도 젖을 찾는 모양이었다.

원효는 합장하고 허리를 굽혀 인사한 뒤에 물었다.

"스님, 이게 웬일이십니까."

대안은 "대안, 대안." 하고 웃을 경황도 없었다.

"이것들이 어미를 잃고 배가 고파 이 모양이오. 칡뿌리를 먹이려니 아직도 먹을 줄 모르고 이렇게 울기만 해."

대안은 뿌리를 씹어서는 새끼의 입에 넣어주었으나 입을 오물오물할 뿐 받아먹는 것 같지 않았다.

"어미 아비도 어디 갔습니까?"

원효는 굴을 들여다보면서 물었다.

"새끼 먹일 것을 찾느라고 나갔다가 무엇한테 잡혀서 죽은 모양이오. 그저께 밤에 하도 비가 많이 쏟아지길래 여기를 왔더니 이렇게 새끼들만 있단 말요. 아무리 기다려도 어미 아비는 아니 돌아온단 말야. 필시 여우한테 먹혔거나 사람한테 잡힌 모양이야. 그러니 먹일 것이 있어야지. 칡뿌리를 씹어 주는데 잘 안 먹어. 젖을 먹을 때가 아니오? 아직 눈도 안 떴어."

새끼들은 주둥이로 서로서로의 가슴 밑을 찾았다.

"스님, 마침 잘 오셨소. 이 애들을 좀 지켜 주시오. 소승이 가서 젖을 얻어 오리다."

대안은 방울과 지팡이를 들고 나섰다.

"소승도 가서 젖을 얻어오리까?

심상이 원효에게 물었다.

"그래라. 남는 젖을 얻어오너라."

원효는 혼자서 너구리 새끼 아홉 마리를 지키고 있었다.

어미를 잃고 이틀이나 굶주린 어린 너구리들은 기운이 없었다. 그중에도 한두 놈은 몸을 추스르지 못하고 있었다. 졸리는 것처럼 고개가 자꾸 숙어졌다. 그러면 애써서 그 고개를 들려고 했다. 다른 새끼가 제 몸을 타고 넘어도 아무 저항이 없었다.

원효는 그 두 마리를 손에 들었다. 몸은 따뜻하나 전신이 파르르 떨렸다.

"죽으려나 보다."

원효는 중얼거렸다.

"세상에 나는 듯 마는 듯 굶어 죽는구나."

원효는 그중에도 기력이 심하게 떨어진 너구리 새끼를 안고 물을 찾아서 손에 물을 떠서 입에 대어 주었다. 두어 번 니얌니얌 입을 움직이고는 고만 죽고 말았다.

원효는 작은 시체를 가지고 굴로 돌아왔다. 다른 새끼들은 아직도 주둥이를 서로서로의 몸에 대고 비비고 있었다. 원효는 나뭇잎을 따서 깔고 그 위에 작은 시체를 놓고 그리고는 또 나뭇잎으로 그것을 덮었다. 대안대사가 돌아오기를 기다리자는 것이다.

원효는 시체 앞에 합장하고 아미타불을 염했다. 업보인 육체를 떠난 생명은 다 같은 마음 하나다. 이 불쌍한 너구리 새끼는 벌써 또 한 내생의 윤회에 든 것이다.

"나무아미타불."

원효는 이 염불 공덕을 죽은 너구리에게 회향했다. 만일 원효가 지금까지 쌓은 모든 공덕을 다 회향하여 건져 낼 수만 있다고 하면 원효는 그것을 아깝게 생각지 않았을 것이다. 그러나 원효는 승만왕 때에 이미 자신은 공덕이 부족함을 알았다.

한 중생의 업보를 다른 중생이 가로막을 수는 없는 것이다. "심은 자가 거두어라." 하는 것이 법계의 인과다. 업보의 줄을 끊을 수 있는 것은 오직 불보살의 대원력만이 가능하다. 그러나 중생이 마음 문을 열고 불보살의 대원력을 받아들이지 않으면 불보살도 어찌하지 못하는 것이다.

"둔한 무리가 작은 것을 좋아하여 나고 죽는 일을 좋아라 하여 무량하신 부처님네 만나도 깊고 묘한 도를 알려 하지 않는다."

이 때문에 중생이 끝없이 생사에 윤회하는 것이다. 이제 여기 죽은 너구리 새끼도 나고 죽는 작은 법을 탐하여 이렇게 나고 죽는 것이다. 누가 그렇게 시키는 것이 아니다.

원효는 죽은 너구리에게 들려주느라고 법화경 방편품을 소리 높이 읽었다.

내 알기로 중생들이 일찍이 선한 근본을 닦지 않고
오욕에만 애착하여 어리석고 성 잘 내고,

탐욕에만 속박되어 삼악도에 떨어지며,
여섯 갈래 헤매면서 모든 고통 두루 겪네.
태 속에서 받은 몸 생사가 끝없으며
덕도 없고 복도 없어 뭇 고통에 시달리며
허망한 법 고집하여 버릴 줄을 모르나니,
아만과 자존심 높아 마음 굽어 부실하여,
천만억겁 지내어도 부처님 이름 못 듣고
법 또한 듣지 못해 제도하기 어려우니,
사리불아, 이런 사람 방편법을 베풀어서
고통 끊는 길을 말해 열반법을 보여주며,
열반이라 말했으나 참된 열반 아니니
모든 법은 본래부터 항상 고요한 것이니
불자들이 이런 도를 행하면 오는 세상 부처가 될 것이요,
나무불 한번만 불러도 모두 성불하리라.

큰 소리로 외우고 있을 때 대안이 왔다.

"스님 경 읽으시오?"

대안은 병에 젖을 얻어 가지고 왔다.

"새끼 너구리 한 마리가 그 동안에 죽었습니다."

"너구리가 법화경을 알아듣겠소?"

대안은 빙그레 웃었다.

"그럼 너구리는 무슨 경을 알아듣습니까?"

원효가 대안에게 말했다.

"내 너구리 새끼가 알아들을 경을 읽을 테니, 스님 들어 보시오."

대안은 바리에 젖을 따르더니 너구리 한 마리를 들어 안았다.

"오 그렇지, 아가 젖 먹어라. 자, 네 어미 젖만 못하겠지만, 자 머."

새끼 너구리는 짭짭짭짭 젖을 빨아들였다. 젖꼭지가 아니라서 먹기가 힘들어 보였으나 그래도 먹었다.

"오, 너는 인제 그만 먹고, 네 동생들도 먹어야지."

대안은 젖 먹은 새끼를 풀 위에 따로 놓고 다음에는 또 한 마리를 들어 젖을 먹였다. 새끼 너구리가 젖 먹는 것을 보며 대안은 벙글벙글 얼굴이 온통 웃음이 되었다.

"아가, 머. 더 먹자."

중얼거리면서 젖을 먹여서는 차례차례 풀 위에 내려놓았다. 젖을 먹은 새끼들은 더 먹고 싶은 듯이 입을 냠냠 하다가 만족한 듯이 잠이 들었다.

이 모양으로 일곱 마리는 젖을 먹었으나 한 마리는 젖을 입에 대어주어도 먹지 못했다. 너무 굶주려서 먹을 기운도 없어진 것이다.

대안의 얼굴에서 웃음이 스러지고 슬픈 빛이 돌았다. 그리고는 젖 한 모금을 제 입에 머금어서 새끼 너구리의 입을 벌리고 흘려 넣어 주었다. 그래도 그 젖은 주르르 입에서 흘러나올 뿐이었다.

"나무아미타불."

대안은 그 새끼를 먼저 죽은 제 동생의 곁에 놓았다. 그리고는 병에 남았던 젖을 다른 그릇에 조금 따라서 두 시체 앞에 놓았다. 그리고는 두 시체를 한번 만져 보았다.

일곱은 잠이 들고 둘은 죽었다.

대안은 두 시체의 앞에 젖을 따라놓고 굵은 눈물을 떨어뜨렸다. 원효는 놀랐다. 대안의 눈에도 눈물이 남았는가. 그러나 대안의 눈물은 무연(無緣)의 눈물이었다. 제게 인연 있는 이만을 위하여 흘리는 중생의 눈물과는 달랐다. 원효는 '대자대비'에서 '대비(大悲)'라는 말의 뜻을 비로소 알 것 같았다. 큰 슬픔의 마음. 부처의 눈으로 세간을 바라볼 때 눈물이 비 오듯 아니할 수 있으랴.

"스님."

대안은 눈물을 거두고 풀 위에 앉았다.

"스님. 내 송경은 이러하오."

그리고 하핫하핫 웃었다.

"스님의 송경은 너구리 새끼가 알아들었겠습니까?"

원효는 물었다.

"배고플 때 먹여주는 걸 몰라?"

대안은 버럭 소리를 질렀다.

"배고플 때 먹여주는 것으로 무슨 법을 설하셨습니까?"

"자비."

대안은 원효를 노려보았다. 익살스러운 중은 온데간데 없고 위엄이 느껴졌다.

"시체 앞에 저렇게 젖을 따라 놓으면 무슨 소용이 있습니까?"

"먹이고 싶은 마음."

대안의 얼굴은 다소 부드럽게 변했다.

"그렇습니다. 스님은 지금 자비 법문을 설하셨습니다."

"여시여시(如是如是, 그렇다). 그러나 동냥중 대안이 설했다고 하지 마오. 비로자나불이 설하신 것이오."

"대일여래(大日如來, 태양)는 무엇을 지금 설하십니까?"

원효가 물었다.

대안은 푸른 하늘에 높이 솟은 해를 바라보고 합장한 뒤에 말했다.

"모든 부처와 세존이 설하시는 셀 수 없는 법문이 모두 자비 한 가지만을 말하거니와, 대일여래는 평등하게 베풀라는 법문을 설하시나 보오. 스님도 빛을 받고 소승도 빛을 받고 이 너구리 새끼들도 빛을 받고 저 풀과 나무들도 같은 빛을 받지 않소. 이것을 일러서 평등보시 법문이라고 하오. 법계가 온통 대일여래의 자비를 내보여 증명하고 있단 말요."

이 말에 원효도 답했다.

"여시여시."

이윽고 원효는 다시 대안을 바라보며 말했다.

"그러나 제불보살의 자비도 다 부질없는 것이 아닙니까."

"우리가 새끼 너구리를 위하여 젖 얻어 먹이는 것과 같지요. 하핫하핫.”

대안은 오늘 처음으로 소리를 내어서 웃었다.

큰 솔개미 두 마리가 하늘에 퉁퉁 떠돌았다. 풀 위에 자고 있는 너구리 새끼들을 본 모양이었다. 대안은 깜짝 놀란 듯이 새끼 일곱 마리를 굴속에 집어넣고 시체 둘만을 남겨 놓았다.

“스님. 상두꾼(상여꾼)이 왔으니 우리는 비킵시다.”

대안은 원효의 소매를 끌었다. 원효는 대안이 끄는 대로 수십 보나 걸어가서 나무 그늘에 몸을 감추고 섰다.

솔개미 두 마리는 오르락내리락 한동안 떠돌았다. 그러다가 그중 한 마리가 공중에서 돌 떨어지듯이 내려와서 날갯죽지로 땅을 딱 때리는 소리가 나더니 시체 하나를 물고 올라갔다.

다른 한 마리는 거기 놀란 것처럼 잠깐 날개를 놀려 높이 뜨더니 아까 놈보다 더한 속도로 내려와서 다른 시체를 물고 올라갔다. 실로 질풍이요, 맹렬했다.

두 솔개미가 날아간 뒤에는 다시 천지가 고요했다

대안은 원효를 바라보고 빙그레 웃었다. 그리고 문득 “나무아미타불.” 하고 염불했다. 원효도 따라서 염불을 하고 싶었으나 입에서 소리가 나오지 않았다. 도리어 전에 못 보던 일을 너무 많이 본 것과 같아서 머리가 어수선하고 졸리는 것 같았다.

오월이 다 가고 유월이 되었다.

대안이 기르던 너구리들도 저희끼리 나가 돌아다니게 되었다. 처음 얼마 동안은 저녁이면 반드시 돌아와서 대안의 무릎에도 기어오르고 누워 있으면 가슴에도 기어올랐다. 그러다 차차 하나 둘 나가더니 돌아오지 않는 놈이 생겼다. 그중 두 놈만이 오래도록 밤이면 대안의 굴을 찾아와서 잤다.

"어, 너희들은 왜 안 가느냐."

대안은 너구리와 가댁질을 했다.

"오, 날더러 나가라는 말이로구나. 너희가 이 집을 차지하겠단 말이지. 그래라. 잘들 살아라."

대안은 깔았던 거적을 너구리에게 주어 버리고 굴을 떠났다.

대안이 나을신궁 앞에 다다랐을 때에 원효가 문수사에서 내려오다 서로 만났다.

"원효스님. 대안 대안."

"스님, 다 저문 때에 어디를 가시오."

원효가 물었다.

"집은 애들한테 주었소. 늙은것이 있으면 무엇이든 불편할 게야. 그래서 저희들끼리 잘 살라고 나왔소이다. 하핫하핫."

대안은 유쾌하게 웃었다.

"그러면 대안스님은 어디로 가시오?"

원효가 물었다.

"으하하하. 끝없는 이 세상이 다 내 집이 아니오? 원효스님이야말로 다 저물어서 어디로 가시는 길이오?"

"소승은 스님을 찾아가는 길입니다."

"그러시오? 그럼 우리 놀러갑시다."

대안은 좋은 동무를 만난 장난꾼 모양으로 벙글벙글했다.

"어디로 갑니까."

"오늘 저녁은 나만 따라오시오. 좋은 것을 보여드리리다. 스님께서 부처님 세상에만 계셨으니 삼악도(三惡道) 구경도 좀 해보시오."

"삼악도라니, 어딥니까."

원효는 우습기보다도 놀랐다. 대안의 태도가 하도 엄숙했기 때문이었다.

"삼악도는 스님이 모르시리다. 밤낮에 미워하고 성내고 슬퍼하고 원망하니 가슴에 기름 가마 끓는 데가 지옥이라는 데요. 목구멍은 바늘귀만 하고 배는 장독만 해서 먹어도 먹어도 배가 고프고 마셔도 마셔도 목이 마르니 이것을 일러 아귀의 세계라고 하지 않습니까. 그리고 정신은 몽롱하여 인과를 보지 못하고 먹을 것과 색과 부귀와 명예, 잠의 다섯 가지 욕망만 따라 서로 으르고 물고 할퀴니 축생 세계라 하는 데가 아니오?

우리네 인간이 육도의 중간에 있으니 선도와 악도의 갈래길에 서서 천상계 축생계 사이를 오르락내리락하는 것이 육도윤회가 아니오?"

대안은 걸어가면서 지껄였다.

"글쎄, 육도가 그런 것인 줄은 압니다마는 지금 삼악도로 가신다니 어디냔 말입니다."

원효는 가볍게 흔들리는 대안의 뒷덜미 백발을 보면서 말했다.

"그야 우리 있는 곳이 곧 거기겠지요. 나만 따라오시오. 하하핫."

절에서 저녁 쇠북 소리가 울렸다. 대안과 원효는 잠깐 걸음을 멈추어 합장했다. 쇠북 소리가 위로는 18천의 가장 위에 있는 아가니타천, 아래로는 8대 지옥 중 가장 아래에 있다는 아비지옥에까지 울려서 중생의 수고와 번뇌가 끊어지기를 염하는 것이었다.

28절 저녁 쇠북 소리에 유월 실눈썹만 한 초승달이 서형산 위에 걸렸다.

"원컨대 중생의 마음속 보리심도 저 새 달과 같이 자라서 고해를 벗어나게 하소서."

대안은 중얼거리고 나서 다시 웃었다.

"그런데 원효스님, 저 쇠북 소리가 번뇌를 끊으라는 소린데 도리어 저 쇠북 소리 나기를 기다려서 번뇌를 말하는 중생도 많단 말요. 우리도 오늘 밤은 그러한 중생이 된단 말요. 언제는 안 그랬으랴마는 하핫하핫."

대안은 원효를 끌고 흥륜사 모퉁이를 돌아 느릅다리를 건너 서쪽으로 서쪽으로 갔다.

아리냇가에는 서늘한 저녁 바람을 쏘이는 사람들이 왕래하고 그 중에는 술에 취하여 제 세상처럼 함부로 날뛰는 사람도 있었다. 큰 길이 좁아라 우르르 몰려가는가 하면 어떤 이는 몸을 비틀거렸다. 누군가에게 "이놈, 이놈!" 하면서 호령하는가 하면 어떤 이는 엉엉 우는 소리로 원망했다.

요석궁 앞을 지나서 서쪽으로 가다가 다시 서남쪽으로 꺾으면 거기에는 저자가 있었다. 백제, 고구려는 말할 것도 없고 일본, 당나라의 물건을 파는 주비전이 늘어서 있었다. 이 저자에서 좀 더 서남으로 가면 두버들이라는 골목이다. 이곳에는 술집과 창관과 노름판이 있다. 시골서 올라온 장사치며, 다른 나라 장사치이며, 이곳 활량들이 와서 논다.

"징동당동 닐니리."

풍악 소리와 노래소리가 길에 가득 찼다. 술집에는 높다란 장대에 길다란 파란 등을 달고 창관에는 붉은 등을 달았다. 어둠 속에서 푸른 등 붉은 등이 흔들리고 "니누니누" 소리가 흘러나오는 것이 사람의 마음을 풀어지게 했다. 어깨를 비기고 오고 가는 사람들은 다 취해서 관을 비뚜름히 쓰고 옷자락은 풀어진 상태다.

대안은 으쓱으쓱 우쭐우쭐 어깨춤을 추면서 원효의 소매를 잡아끈다.

"스님도 좀 어울리시오."

그러나 지금까지 근엄한 생활을 해 온 원효는 이러한 곳에 발을 들여놓은 것만 해도 마음이 놓이지 않았다.

지나가면서 대안은 기웃기웃 이 집 저 집을 들여다보았다. 등불을 단 대문을 쓰윽 들어서면 뜰이 있고 뜰을 들어서면 조그마한 연못과 석가산과 화초가 있고 하얗게 회를 바른 담에는 그림을 그린 것이 촛불에 어른어른했다. 방마다 발을 늘였으나 그 속에서 먹고 마시고 노는 양이 보였다.

"저들이 어떤 사람인지 아시오?"

원효를 향해 대안이 물었다.

"모릅니다."

"다 우리하고 똑같은 사람들이오. 스님도 한번 저렇게 놀아 보고 싶지 않소?"

대안이 싱긋 웃었다.

"소승은 절로 돌아가고 싶습니다."

원효는 지금의 상황이 못마땅한 듯했다.

"허. 원효스님이 아직 터지지를 못했군. 관세음보살님이 어떻다고 하셨소? 중생 구제를 위해서라면 지옥이든 어디든, 아귀나 축생을 위해서라도 나타나지 않는 곳이 없다 하지 않으셨소? 스님은 보살만을 제도하시려오? 지금 우리가 보는 바가 아까 말한 삼악도요. 우리도 잠시 아귀 축생이 되어 봅시다. 이리 오시오."

대안은 또 다른 집으로 간다. 거기에는 푸른 등과 붉은 등을 대문

좌우에 달아 놓았다. 술과 기생이 다 있다는 뜻이다.

"자 들어갑시다."

대안이 원효의 소매를 끌었다.

"소승은 아직 그만한 도력이 없습니다."

원효는 소매를 뿌리쳤다.

"무슨 도력이 없으시오?"

"인간 세상과 삼악도를 자유자재로 다닐 만한 신통력을 얻지 못했습니다. 물에 들어가도 물에 젖지 않고 불에 들어가도 불이 붙지 않는 그러한 도력이 없습니다."

"아난존자와 마찬가지로군, 하핫하핫."

대안은 하늘을 우러러서 크게 웃었다. 능엄경에는 천한 신분인 마등가의 여인이 부처님의 제자 아난에게 술법을 걸어 유혹에 빠뜨리는 이야기가 나온다. 대안은 이를 빗댄 것이다.

대안이 웃는 소리에 발이 들리면서 분홍 옷을 입은 젊은 기생 하나가 내다본다.

"누구시오?"

은방울을 굴리는 듯한 소리다.

"지나가던 중이오니 하룻밤 놀고 가려고 들어왔소."

대안이 문 앞으로 가까이 가며 말했다.

"아따, 누구시라고. 대안스님 아니시오?"

기생은 반가운 듯이 발을 높이 들었다.

"대안스님은 대안스님이오만 한 분 모시고 왔소."

대안이 돌아서서 원효를 가리키니 기생이 한 손을 들어서 불빛을 가리고 뜰을 바라본다. 검은 머리, 흰 얼굴, 날씬한 몸매, 분홍 옷, 자주 깃, 주홍 띠, 그리고 고개를 기울이고 불을 등지고 선 모양이 퍽 고혹적이었다.

"아이, 들어오십시오."

여인이 원효를 향하여 인사를 건넨다.

"왜 거기 그렇게 장승처럼 서 계시오? 좀 들어오셔요. 기생의 집이라고 꺼리시는 듯싶습니다마는 자비는 평등이 아닙니까. 이런 계집도 제도를 하셔야 않겠어요."

여인은 신발을 신고 내려와 원효의 소매를 붙들었다.

"아이, 왜 자꾸만 외면을 하십니까. 서라벌 장안에 원효스님 모르는 사람이 어디 있습니까. 승만마마께서 그처럼 사모하셔도 까딱없으셨다는 원효스님! 천하의 미인이라는 요석 공주마마께서 일편단심 정성을 들여 지어 보내신 스무 새 베옷을 보신 체, 못 보신 체 상좌에게 내어주셨다는 소문을 안 들은 사람이 어디 있어요?

보살은 애욕에서 벗어난 몸이면서도 중생을 건지려는 자비심으로 일부러 탐욕을 부려서 세상에 태어난다고 하지 않습니까? 이 몸 같이 죄 많은 중생을 건져 주시는 것이 보살행 아닙니까? 중생에게 항상 따뜻한 얼굴로 대하고 부드러운 말을 하는 일이 중생을 제도하는 일이라지 않아요.

자, 들어오셔요. 얘, 차 달여라. 우리 집에 귀한 손님이 오셨다. 상감마마께오서 금옥으로 꾸민 자단수레로 모셔도 안 오실 원효스님이 오셨구나. 어서 차 달이고 다담상 차려라.

그렇게 외면만 마셔요. 물에 드셔도 젖지 않고 불에 드셔도 타지 않는 보살님이 아니십니까. 이 몸이 설사 마등가라 하더라도 아난존자께서 이미 한번 치르신 일이시니 스님이 다시 빠지실 리야 있습니까. 아이 이를 어찌하나. 원효대사께서 내 문전에 왕림하시다니."

여인이 원효의 허리를 두 팔로 안아서 방으로 끌어들인다. 원효는 평생 처음 당하는 일이라 어찌할 바를 몰랐다. 악마가 대안으로 변신하여 자기를 마굴로 끌어들이는 것이 아닌가 했다. 원효는 여인에게 밀려 방으로 들어가면서 대안을 돌아보았다. 대안은 따라 들어오며 싱글벙글하고 있었다.

여인의 머리와 몸에서는 향내가 났다. 촛불 빛에 보니 여인은 더욱 아름다웠다.

원효는 여인이 권하는 자리에 앉았다. 백제 화문석에 당나라 모란무늬 보료를 깔았다. 명필 왕희지의 난정 족자가 걸린 것도 놀랍거니와 흑단 책상 위에 도학자 남화경과 도연명의 시집이 놓인 것이 더욱 놀라웠다.

원효는 의상과 함께 당나라에 갈 때 호구에서 선묘라는 여자의 방에 들어갔던 것을 생각했다. 선묘는 불교 신자 서문경의 딸로 글을 잘 알고 불교를 잘 믿는 처녀였다. 그 아버지는 일찍 죽고 어머니를 모시고 조용하게 수도하는 생활을 하고 있었다. 원효와 의상은 그 집에서 사나흘 환대를 받았다. 그 선묘의 방에 비길 만하게 이 여인의 방은 화려한 중에 높은 취미를 보였다. 어디를 보아도 창녀의 음탕한 빛은 보이지 않았다.

여인이 고구려 청자 향로에 백단향을 피웠다. 연기가 오를 때 여인은 기생이 아니라 마치 모든 번뇌를 다 해탈한 이와 같이 맑게 보였다. 원효는 다소 안심이 되었다.

다담상이 나왔다. 상을 들고 나온 계집종도 상전과 다름없는 깨끗한 차림을 했고 그 몸가짐이 모두 법도에 맞았다. 종은 상을 놓고는 대안과 원효의 앞에 오체투지의 예를 하고 나갔다.

여인은 차를 따라서 대안과 원효에게 권하고 나서야 새삼스럽게 원효에게 절을 했다.

"높으신 법사께서 누추한 곳에 이렇게 왕림하시니 영광입니다. 한 번 자리를 함께하는 것도 여러 생의 연이라 하였사오니, 이 몸 같은 계집도 전생 어느 생에는 두 분 법사님을 모신 적이 있는가 하옵니다."

여인은 두 사람에게 온전하게 인사한다.

"스님은 모르시리다."

대안이 차를 마시고 나서 원효에게 설명했다.

"주인은 삼모라고 하는데, 당대 해동에 으뜸이오. 유신공이 불러도 안 듣고, 상감께서 춘추공이라고 일컬으실 시절에 여러 번 불러도 아니 움직였다오.

옛날 진흥대왕 시절에 이모, 준정이라는 두 미인이 있지 않았소? 당대 풍류랑 호걸 남자가 모두 이 두 미인에 반해서 하핫하핫. 둘 중에서도 이모가 으뜸이라 준정이 질투해서 이모를 죽였더랬지. 그런데 이 주인은 삼모라고. 일약 춘추공, 유신공으로도 범접을 못한단 말요. 이번에는 화엄종주 원효와 동냥중 대안이 삼모 낭자를 사모해서 질투로 피를 흘린다면 한번 볼만한 일이야, 하하핫."

대안은 집이 떠나가라 웃는다. 원효도 실소했다.

"술을 내오리까."

삼모가 대안을 보았다.

"술을 내와야지. 오늘은 원효스님께 삼악도 구경을 시켜 드리는 날이니 삼악도에는 술을 타고야 들어가는 거야. 안 그런가, 삼모. 술이 취해야만 불보살의 가피력이 몸에서 떨어져서 몸이 저절로 지옥으로 데굴데굴 굴러 들어가는 것이거든. 말짱한 정신으로는 아무도 삼악도에 못 들어가는 것이야. 그러니 세존께서 부질없이 '술 먹지 말아라' 하는 계를 내리신 것이거든, 하핫하핫."

술이 나왔다. 고기 안주도 나왔다. 원효는 고기를 안 먹었다. 삼모는 고기 한 점을 집어서 원효에게 권했다.

"고기도 한 점 잡수시오."

"아직도 고기가 고기로 보이니 안 먹겠소."

"그러면 고기가 나무껍질로 보일 때까지 술을 잡수시오. 도인이 술이 취하신 양이 보고 싶소."

삼모는 술을 권했다.

"삼모."

대안이 싱글싱글 웃으며 말했다.

"왜 부르십니까."

"어디, 오늘 원효스님을 파계시켜 보라."

"파계는 벌써 하신 것을."

"무슨 파계?"

"술을 잡수셨으니."

"아니, 비구 250계를 몽땅 깨뜨리게 해보라 말이야."

"계라는 것은 가락지와 같다 들었습니다. 둥근 것이 한 끝이 깨어지면 다 깨어진 것인가 하오."

삼모가 말했다. 대안은 눈을 크게 뜨며 원효를 바라본다.

"원효스님. 자 어떻소?"

원효도 술잔을 든 채로 놀란 표정을 했다.

"스님, 어서 그 술 잡숫고 이 몸에게도 손수 한 잔 따라 주시오."

삼모는 원효의 소매를 당겼다. 원효는 잔을 들어 마시고 삼모의 말대로 한 잔을 건넸다. 삼모는 잔을 받아들면서 원효를 바라보았다.

"스님. 어찌하시려오? 손을 들어서 술집만 가리켜도 그 죄를 받아서 손 없는 중생으로 500번을 환생해야 한다는데, 하물며 법사의 몸으로 젊은 기생에게 술을 따라 주시면 그 업보를 어찌하시려오?"

원효는 비로소 껄껄 웃었다.

"미인에게 술을 권했으면 그만한 업보는 당연하지."

삼모는 술잔을 놓고 고개를 숙였다. 이윽고 삼모가 잔을 비우고 원효에게 그 잔을 올리며 물었다.

"만일 이 몸이 스님을 못 잊어 하면 스님은 어찌하시렵니까?"

말하면서 삼모는 원효에게 몸을 기대었다.

"달아나지."

원효는 또 웃었다.

"어디로?"

"남산으로."

"그래도 따라가면?"

"돌아오지."

"어디로?"

"삼모의 집으로"

"정말이오?"

"사문이 거짓말 있나."

"그러면 달아나시지도 말고 돌아오시지도 말고 오늘 밤 여기서 주무셔요."

삼모는 간절한 정을 보였다.

"그러지."

원효는 선선히 대답했다. 삼모는 대안에게 확인하듯 물었다.

"노스님도 들으셨습니다. 지금 원효스님이 이 몸에게 주신 약속을."

"듣고말고. 여러 부처님 보살님이 모두 증명이 되신걸."

다시 술이 나오고 삼모의 노래와 춤이 나왔다. 대안도 춤을 추고 원효도 춤을 추었다.

"천궁에 우리가 너무 오래 머물렀소. 스님, 이제 술도 어지간히 취했으니 삼악도로 갑시다."

문득 대안이 말을 내었다. 원효도 일어나려 했다. 삼모는 원효의 장삼 소매를 부여잡았다.

"사문도 거짓말을 하시오? 오늘 밤을 여기서 지내신다고 하지 않으셨소? 못 가시오. 대안스님 혼자 가시오. 원효스님은 오늘 밤은 내 것이오. 대안스님도 아기 어머니한테로 가시면서, 누가 모르는 줄 아시오? 아기를 낳으시고는 젖이 없어서 젖을 얻으러 다니신단 말을 누가 모르는 사람이 있는 줄 아시오. 나도 아기를 낳으면 원효스님이 돌아다니면서 젖을 벌어다가 먹여주실 텐데 어디를 가시오. 못 가시리다."

삼모는 화끈화끈하는 얼굴을 원효의 가슴에 대고 부볐다.

"하핫하핫. 원효스님 큰일 났소."

대안은 뜰에 내려서서 웃었다.

"삼모. 우리가 벌써 몇 아승지겁을 같이 살지 않았소."

원효는 삼모에게 말했다.

"언제, 언제?"

삼모는 대들었다.

"지금까지. 이 찰나까지. 인제는 서로 떠날 때야. 만난 자는 떠나오."

이 말에 삼모는 부여잡았던 소매를 놓고 물러섰다.

밤거리를 걸으며 대안은 원효에게 물었다.

"어떠시오? 삼모를 보고 마음이 좀 동하셨소?"

"별로 동하는 줄 몰랐습니다."

"그러면 스님은 아직 삼악도에 들어가기에 멀었소, 하핫하핫. 그렇지만 곁에 내가 없고 젊으신네 단둘이만 있으면 또 좀 다르지. 아난 존자도 누구 하나 데리고 둘이 갔다면 마등가에게 그 봉변은 아니 당했을 것이오. 그런고로 밥 동냥을 다녀도 혼자는 다니지 말라는 거야, 하핫하핫."

대안은 혼자 떠들고 혼자 웃었다.

길에는 취태와 추태도 많았다. 원효와 대안에게 덤비어들어서 시비를 거는 주정꾼도 있었다. 그러나 대안이 "앗핫핫하, 앗핫핫하." 하고 웃으면 시비를 걸던 자도 멀거니 바라보다가는 같이 소리를 내어서 웃고 지나가 버렸다.

끄덩이를 마주 잡고 씨근씨근 싸우는 양도 보고, 술 취한 여편네가 "이놈아 죽여라 죽여, 동네방네 다 듣소. 이놈이, 이놈이." 하고 매무새가 흘러내리는 줄도 모르고 사내에게 머리를 꺼들려서 얻어맞는 꼴도 보았다.

대안이 옆에 가서 불쑥 말했다.

"아, 큰일 났군. 이 부인네 오늘 밤을 못 넘기겠군."

그 말에 때리던 사내가 깜짝 놀라서 머리채를 놓았다.

"아핫핫하. 잘 살지, 잘 살아. 있다가 죽을 것을 아핫하."

대안이 웃으니 싸우던 사람들도 잠잠해 버렸다.

"띄잉 띄잉 띄잉……."

자정의 열두 소리가 울렸다. 대안은 멈칫 서서 합장한 뒤에 하늘을 쳐다보았다.

"스님, 어디로 가시려오? 인제는 나와 놀던 귀신들도 제 굴로 돌아갈 때가 되었는데."

하늘에는 별이 총총했다.

"대안스님은 어디로 가시려오?"

원효는 문수사가 먼 것을 생각했다.

"이 몸이야 아무데서나 눈만 감으면 자지요만 스님은 그러실 수 없지 않소? 오늘은 비도 안 올 것 같으니, 이 몸은 뒷산에라도 올라가서 잘라오."

말하고서 대안은 어두운 골목으로 스러지고 말았다.

원효는 대안이 사라진 방향을 이윽히 바라보았으나 아무 소식도 없었다. 오직 서형산의 민듯한 산 모양이 밤빛에 어렴풋이 바라보일 뿐이었다. 원효는 대안이 인가 없는 곳으로 가서 아마 무덤 틈바구니에 누워 잘 모양을 상상하고 원효 자신에게는 그러한 자유가 없음을 느꼈다.

원효는 혼자서 느릅다리를 향해 걸었다. 밤중 거리를 혼자 걸으니 불현듯 적적함을 느꼈다. 삼모의 집 광경이 눈앞에 나올 때 문득 삼모의 아나한 모습이 그리운 듯도 했다.

"어, 술이 취했군."

원효는 스스로 변명하는 모양으로 이렇게 중얼거렸다. 대안의 말과 같이 둘이 있을 때와 혼자 있을 때가 달랐다.

"아마 대안대사의 법력인가보다."

원효는 픽 웃었다. 대안과 같이 있을 때는 삼모가 몸에 기대어도 까딱없더니, 어두운 길에 혼자되니 삼모의 모양이 이상한 힘을 가지고 원효의 마음을 설레게 하는 것이었다.

"응, 내가 취했어, 취했는걸."

원효는 정신을 바짝 차리느라고 눈을 크게 뜨고 하늘을 바라보았다. 큰 별, 잔별들이 대단히 빛을 발했다.

"다리가 허둥허둥하는걸."

원효는 아리내에 다다랐다. 냇가에 버드나무들이 거뭇거뭇한 모양을 보였다. 소리 없이 흐르는 물에 별 그림자가 비치어 흔들렸다.

원효는 다리를 반이나 건너서 난간에 기대어서 섰다. 서늘한 바람이 불어왔다.

원효는 대안이 잠들고 있으리라고 생각하는 서형산 쪽을 바라보았다. 대안이 덩실덩실 춤을 추던 양을 생각했다. 그는 전혀 아무 거리낌이 없는 듯 춤을 추었다. 삼모의 거문고에 맞추어서 아주 익숙하고 수월하게 추었다. 삼모의 거문고 소리가 귀에 쟁쟁했다. 그 소리는 다리 밑에 부딪치는 물소리와 하나가 되고 말았다.

문득 불빛 하나가 원효의 눈에 띄었다.

"요석궁이다."

원효는 불빛 새는 데로 눈을 돌렸다. 요석궁에 혼자 잠 못 이루고 앉아있는 요석공주가 보이는 듯했다. 또 승만여왕을 모시고 있는 아유다로도 보였다.

"어, 내가 취했군."

원효는 또 한 번 고개를 흔들고는 걸음을 걸었다. 그러나 몸은 허공에 뜬 것 같아서 정신이 진정되지를 않았다. 마치 어디로 갈 바를 모르는 혼과 같았다.

이때 뒤에서 누가 외쳤다.

"거 누구요?"

"사문 원효."

원효는 돌아서며 힘 있게 대답했다.

"원효 님이시오?"

합장하고 고개를 숙이는 것은 어떤 관인이었다. 원효는 의아해하면서 물었다.

"누구시오?"

관인은 공손히 말했다.

"이 몸은 요석궁 대사이옵니다. 칙명 받자와 여기 대령했소. 상감마마께서 초저녁에 대사님이 느릅다리 건너셨다는 말씀을 들으시고, 이 몸으로 하여금 이곳에 대령했다가 대사님 돌아가시는 길에 요석궁으로 모시라 분부하셨소. 이 몸이 이경(二更)부터 다릿목에서 넌지시 기다렸는데, 대사님 이리 오시는 것을 뵙고도 누구신지 확실히 몰라서 대사님 하시는 양을 그냥 보고 있었소. 여기 타실 것을 미리 준비하고 기다렸으니 오르시오."

말이 떨어지자 가마가 원효의 앞에 놓였다.

"말이 안 되는 소리요."

원효는 짐짓 더욱 취태를 보이며 말했다.

"상감마마께오서 나라를 살피시기에도 바쁘셔서 휜옷을 입고 찬 음식을 드시는데 이 몸 같은 주정뱅이 사문을 무슨 일이 있어 부르신단 말요. 또 설사 부르실 일이 있기로 아닌 밤중에 길목을 지켜서 부르실 리가 있소. 괜스레 술 취한 사람을 놀리지 마시오."

원효는 돌아서서 하늘을 바라보며 짐짓 말했다.

"어, 금년에 또 병란이 있을 모양이로군. 심성•이 유난히 붉은데다가 또 화성이 심성에 가까웁다. 어, 취하는군."

원효는 걸음을 옮기며 헛트림을 하고 비틀거렸다. 그러자 관인은 재빨리 걸어와 원효 앞을 가로막으며 합장했다.

"대사님, 못 가십니다."

"어째서 못 간단 말이오. 우리 임금님의 길을 내 발로 걸어가는데

• 心星. 28별자리의 다섯째 별자리이며 불을 관장한다. 심성과 화성이 근접하는 것을 불길한 징조로 여겼다.

막기는 누가 막는단 말이오?"

"어서 이리 오르십시오."

관인은 또 가마를 원효의 앞에 옮겨 놓으며 재촉했다.

"어, 안 탄다니까? 성한 내 발로 마음대로 걷지 않고 타기는 왜 탄단 말요. 어서 이녁네는 이녁네 갈 길을 가시오. 이 중은 저 갈 길을 가겠소."

"못 가시오. 위로서 분부 지엄하시어 아무리 해서라도 원효 님을 오늘 밤 요석궁으로 모시라 하시었소. 사정을 말씀하오면 오늘 아침 한불손 유신공께서 대사님을 찾아 문수사에 가셨다가, 대사님이 대안대사를 찾아 행차하셨다 하므로 남산을 두루 찾았으나 못 찾으셨소. 해진 뒤에야 대사님께서 대안대사와 이 다리를 건너신 것을 알고 여기서 기다리고 있었으니 아무리 해서라도 모셔 가겠소. 만일 대사님을 놓치면 이 몸, 내일 이맘때까지 목이 붙어 있을까 싶지 않소."

"아무리 해서라도 나를 데려간다?"

"그러하오, 아무리 해서라도."

"목이 붙어 있기가 어렵다?"

"그러하오. 이 목이."

관인은 손으로 목을 가리키며 웃는 양하여 이가 희끗 드러났다.

원효는 크게 소리를 내어 웃었다.

"하핫하핫. 그 목이 떨어지는 양이 우스울 거야. 내일 어느 시각에 떨어지는지 시각을 좀 알려 주오. 나 구경 좀 하게."

"큰일 날 말씀 마시오. 이 모가지가 이래보여도 어떻게나 소중한 모가진데 그러시오. 소중하신 요석공주를 모시고 요석궁을 지키는 모가지요."

관인은 다시 목덜미를 만졌다.

"어디 그 소중한 모가지 좀 만져 봅시다. 잘 떨어지겠나, 안 떨어지겠나."

원효가 손을 내밀어 관인의 목을 꼭 눌렀다.

"아이고."

관인은 털썩 주저앉았다. 원효는 장사였다.

"그 어디 모가지 떨어질 겨를 있겠소?"

원효는 관인의 목을 잡아 일으키며 말했다.

"그 기운 가지고 나를 붙들어 가겠소? 어디 나하고 내기라도 해봅시다. 내가 지면 붙들려 가고 내가 이기면 안 붙들려 가겠소. 자, 다들 덤벼."

원효는 빈주먹으로 버티고 섰다. 원효대사가 화랑 시절에 나을신궁에서 칼 재주를 겨루어 장원을 했다는 것을 아는 이는 안다.

관인과 부하 예닐곱 명은 물론 칼과 창을 가지고 있었다.

"빈주먹으로 말씀이요? 무기로 말씀이요?"

그중에 건장한 군사 하나가 나섰다. 그도 원효의 행사가 괘씸도 하거니와 또 심심풀이도 되리라고 생각한 까닭이었다.

"무엇으로나. 하나씩 하나씩도 좋고 여럿이 한꺼번에 덤벼도 좋고,

출가한 사람이라 살생은 하지 않을 터이니 그걸랑 염려 말고."

원효는 선선하게 말했다. 어째선지 유쾌했다.

"대사님은 칼이 없으시니 우리가 피를 흘릴 염려는 없소마는 대사님을 상해서 피가 나게 하면 이 몸네 목 달아나고 또 법사 피 낸 죄로 혼까지 지옥에 가게 되니 그것이 걱정이오."

건장한 군사가 썩 나서며 말했다.

"응. 그도 그럴듯한 걱정이오."

원효는 가사 장삼을 벗어 난간에 걸었다.

"자 이만하면 염려 없소. 청루에 가서 계집 끼고 술 고기 막 먹고 취해서 오는 파계승 하나 죽였다고 지옥 갈 리 없고, 도리어 파계승 죽인 공덕으로 왕생극락할는지 모르지, 하하핫하."

"그렇거든 어디."

예닐곱 명이 일제히 칼과 창을 가지고 원효에게 덤벼들었다. 군사들은 처음에 장난삼아서 재주를 아꼈으나, 원효가 슬쩍슬쩍 걸음을 걷는 듯 춤을 추는 듯 창칼을 피하는 것을 보고는 차차 있는 힘을 다해서 원효를 불시에 공격했다. 그러나 다들 허공만 찔렀다.

"어, 이 재주 가지고야 어디 백제 고구려를 치겠나. 요석궁에서 거미줄이나 치기 알맞군."

슬쩍슬쩍 몸을 비키면서 원효가 군사들을 실없이 놀렸다.

군사들의 우두머리인 대사는 일이 어떻게 되나 하고 옆에서 보고만 있었다. 그러면서도 어찌 하면 원효를 요석궁으로 끌고 갈까 하고 그 계교만 생각하고 있었다.

군사들은 여러 합 싸움에 숨이 차고 땀이 비 오듯 했다. 원효는 그중 한 군사의 목덜미를 집어서 냇물로 홱 던졌다. 연달아 셋을 던졌다. 나머지 셋은 칼을 던지고 땅에 엎드렸다. 원효는 개천에 빠져서 철벅거리는 사람들을 내려다보고 웃었다. 이 기회를 타서 대사는 원효의 몸에 올가미를 씌웠다.

"원효 님, 용서하시오. 아무리 해서라도 대사님을 모셔가지 못하면 이 몸들의 목이 달아나오."

대사가 애원했다. 땅에 엎드렸던 군사들도 일제히 대어들어서 원효를 묶어서 가마에 태우려 했다. 군사 세 사람이 원효의 몸에 붙어서 줄로 묶었다. 그러나 원효가 "끙." 하고 외마디 힘을 쓰니 결박된 줄이 끊어졌다. 관인들이 허둥거리는 동안에 원효는 대사 하나만을 남겨놓고 군사들을 물에 다 집어넣고 나중에는 자신도 물에 뛰어들었다.

"어 시원해, 어 시원해."

그리곤 먼저 빠진 사람들을 따라다니며 물을 끼얹었다. 군사들도 유쾌해져서 물싸움을 시작했다. 혼자 애가 타는 것은 대사였다. 도저히 힘으로 원효를 요석궁으로 끌어들일 수는 없었다.

그래서 한 꾀를 생각해내었다. 관인도 대사의 뒤를 따라서 물에 뛰어들어 원효와 물싸움을 하는 척 하며 원효의 옷을 잡아 찢었다. 원효는 흥에 겨워서 옷이 찢기는 줄도 모르는 모양이었다. 두 번, 세 번

대사는 원효의 옷을 찢었다. 원효는 등과 볼기짝이 다 나오도록 옷이 가리가리 찢겼다.

"옷이나 갈아입고 가셔야지."

대사는 웃으면서 말했다.

이리해서 원효를 요석궁으로 끌어들이기에 성공했다.

요석궁에 끌려들어간 원효는 목욕하는 방으로 안내를 받았다. 백제 푸른 돌로 만든 목욕통에는 더운 물이 철철 넘치고 있었다. 바닥은 남산 흰 옥돌로 깔았다.

원효가 목욕통에 몸을 담그고 기분이 나른하여 졸고 있을 때 새벽 종소리가 들렸다. 한 번, 두 번. 원효는 스물네 번 종소리를 세었다. 네 번인가는 조느라 헤지 못했다.

원효는 정신이 번쩍 들었다. 술도 다 깨었다. 지난 하룻밤 일이 수천 겁이나 오랫동안 같았다. 삼모의 집에서 있었던 일, 느릅다리에서 일어난 일, 모두 다 한바탕 장난이었다.

"어리석은 꿈, 환몽(幻夢)이다."

원효는 중얼거렸다.

계집종 둘이 들어와서 원효의 등을 밀고 팔다리를 씻는다. 원효는 죽은 사람 모양으로 종들이 하는 대로 내버려두었다.

"이 또한 장난이다."

원효는 빙그레 웃었다. 목욕을 마치고 새 옷을 갈아입었다. 신라의 자랑인 서른 새 베 옷감이었다. 이것은 왕족이 아니면 못 입는 것이다. 이 옷이 오늘을 위하여 요석공주가 손수 지은 것임은 말할 것도 없었다.

원효는 시녀가 이끄는 대로 여러 복도를 지나서 한 방으로 들어갔다. 거기는 쌍학을 수놓은 이불과 쌍봉, 쌍란, 쌍원앙을 수놓은 긴 베개가 있고 요석공주가 혼자 촛불 밑에 앉아 있었다.

원효는 방에 들어가 우두커니 서 있었다. 공주는 원효를 보고 일어나서 읍하고 선다.

백작약 일곱 송이를 꽃병에 꽂아 놓은 것으로 보아서 원효는 이 뜻이 무엇인지를 알았다. 공주는 자기를 청의녀로 자처하고 원효를 선혜선인으로 비겨서 세세생생에 부부 되기를 청하는 것이다.

두 사람은 한참 동안 말없이 서 있었다.

촛불이 춤을 추고 창밖으로는 벌레소리가 울려왔다. 이윽고 공주가 고개를 들었다.

"앉으시오. 오늘은 법사로 여쭌 것이 아니오. 백의로 오시게 한 것입니다. 이 몸의 십 년 소원을 이뤄주시오."

그리고 눈물을 떨어뜨렸다. 아무리 십 년 동안 먹은 마음이라도 입을 열어 말하기가 힘들기도 하려니와 또 무섭기도 한 모양이다.

원효는 제 몸에 입은 옷이 중의 옷이 아니요, 속인의 옷인 것을 다시금 보고 공주가 권하는 자리에 앉았다. 공주도 목 꺾어 한 무릎을 세우고 앉았다.

공주는 화로에서 끓고 있는 찻물을 큰 국자로 떠서 차를 만들어 원효에게 권하고 다시 입을 열었다.

"새벽 쇠북이 스물여덟 번 울려도 원효 님께서 아니 오시면 이 칼로 이 몸의 목숨을 끊기로 마음먹고 있었소."

공주는 금장식한 몸칼을 몸에서 꺼낸다. 고구려의 칼 장인이 만든 칼이다. 이 시대에 신라의 상류계급에서는 남녀 간에 몸칼을 지니고 있었다. 공주의 언니 고조다가 남편 품석의 뒤를 따라 죽은 것도 이 몸칼이었다.

원효는 아무런 말없이 앉아있었다.

"승만마마께오서 살아 계실 때 원효 님을 못 잊어 사모하시는 말씀을 하실 때, 이 몸은 질투로 몸이 떨렸소. 만일 원효 님이 승만마마의 뜻을 들으시기만 하면 이 몸은 칼이나 독약으로 두 분의 목숨을 끊으리라 마음 먹었소. 그러다가 승만마마 승하하심을 보고 이 몸은 겉으로는 울고 속으로는 기뻐했소."

원효는 눈을 가느스름하게 하고 공주의 말을 들을 뿐이었다. 공주는 띄엄띄엄 말을 계속했다.

"지아비를 섬기는 도리를 설한 옥야경을 읽으면서 이 마음을 죽이려 했으나 원효 님 생각하는 이 바람을 이루지 못하고는 아무리 하여도 성불할 것 같지 않았소."

공주의 눈에는 번쩍번쩍 빛이 일어났다.

"이 몸이 지난 오월에 모란꽃과 베옷을 분황사로 보낼 때에야 얼마나 마음이 간절했겠소. 만일 이 뜻 못 이루면, 늙어 가는 모란꽃이

지기 전에 이 바람을 못 이루면 마지막 모란꽃을 원효 님께 보내고 죽어 버리려 했소. 여기 이 꽃병에 일곱 송이 꽃을 꽂기가 몇 번이던가."

공주는 소매를 들어서 눈물을 씻는다.

"그러나 아바마마께오서 어떻게 해서라도 이 몸의 소원을 이루어 주신다 하시니 백작약이 피도록 살아 있었소. 저 이불과 베개에 수를 놓으면서, 한 실밥 한 실밥에 원효 님을 생각하면서……."

공주의 숨소리가 높아 간다.

"이 몸도 원효 님을 한 베개 위에서 평생 모시리라고는 생각하지 않소. 원효 님은 천하의 대법사, 이 몸 혼자 차지할 어른이 아닌 줄 잘 아오. 그러나 아마 여러 백천만 생의 인연인 양하여 잊을 수도 참을 수도 없는 이 바람이오. 이것이 어리석고 못남이오? 이것이 탐욕이오? 이것이 악업이오? 악업이라도 그만이요, 무간지옥업이라도 좋으니 이 바람을 이루어 주시오. 단 하루만이라도. 뜰에 저 벌레소리 그치는 동안, 저 촛불이 다 닳을 동안이라도."

공주는 제 두 손을 비틀었다. 그래도 원효는 말이 없었다.

"원효 님은 이 몸을 음탕한 계집이라고 생각하시오? 나라를 위하여 죽은 남편의 명복을 빌어야 할 몸이 다른 남자에게 뜻을 두는 것을 음탕하다 생각하시오? 그렇게 책망하신다면 그 업도 달게 받사오리다. 그러나 거진 부자가 동시에 전몰하고 그 집을 이어서 분묘를 지킬 자손이 없고, 이 몸도 죽으면 무주고혼이 되오. 다행히 갸륵하신 이의 씨를 받는다면 거진의 집 분묘에도 향화가 아니 끊어지고 나라에도 큰 사람 한 분을 길러 바칠 것 같소. 원효 님 이 가슴이…….”

공주는 손을 들어 제 가슴에 대었다.

“이 가슴의 젖이 반드시 우리나라에 큰일 할 사람을 먹일 것 같소.”

공주는 말을 끊고 잠깐 고개를 숙였다가 다시 고개를 들고 맑은 눈으로 엄연하게 원효를 바라보았다.

“이 몸이 비록 불민하나 님을 따라 세세생생에 도를 닦노라면 님께서 성불하실 최후생에 이 몸도 아수다라•가 되지 않겠소. 그리 되어 아수라다부인이 세존께 수기를 받았듯 원효 님으로부터 여래가 되리라는 수기를 받겠소.”

공주는 말을 끊었다.

* * *

이로부터 사흘 후였다. 새벽에 원효가 잠을 깨었을 때에는 벌써 옆에 요석공주는 없었다. 베개 위 공주의 머리자국에서 그윽한 향기가 날 뿐이었다.

원효가 가만히 귀를 기울이니 공주가 관음경을 외우는 소리가 들

• 석가세존의 부인.

렸다.

"만일 어떤 여인이 아들을 낳기 위하여 관세음보살께 예배 공양하면 문득 복덕과 지혜를 갖춘 훌륭한 아들을 낳을 것이며 만일 딸 낳기를 원하면 단정하고 용모를 갖춘 딸을 낳을 것인데 덕을 심었으므로 뭇 사람이 사랑하고 공경할 것이니. 무진의야, 관세음보살은 이와 같이 힘이 있느니라. 또 어떤 중생이 관세음보살을 공경하고 예배하면 그 복은 헛되지 않을 것이니 그러므로 중생은 모름지기 관세음보살의 이름을 받아 지닐지니라."

여기까지 들리고는 소리가 끊어졌다. 필시 공주가 내불당에서 관음공양을 하는 모양이었다. 그가 특히 관음경을 외우는 까닭이 아들을 구하는 것임을 원효는 묻지 않아도 알았다. 원효도 공주가 덕 있는 아들을 낳기를 바랐다.

원효가 공주와 자리를 같이한 것은 사흘이었다. 그러나 그 동안에 원효는 공주의 인물됨을 잘 알 수가 있었다.

공주는 새벽이면 원효보다 먼저 일어나서 관음공양을 받들고는 원효가 먹을 것을 손수 만들었다. 일체 육붙이를 쓰지 않고 정갈한 소찬을 만들었다. 비록 잠자리는 같이 하더라도 공주가 원효를 대하는 것은 법사에게 대한 예였다. 원효가 농담을 하더라도 공주는 엄숙하게 대답했다.

첫날 아침에 원효가 늦잠에서 깰 때 공주는 뜰에 서서 나뭇가지에 와서 우는 새를 쫓고 있었다. 새 소리에 원효가 잠을 깰까 두려워함이었다.

공주는 원효에게 대하여 소중히 여기고도 두려워하는 태도였다. 원효에게 무슨 말을 할 때는 반드시 앉음을 고쳐 왼편 무릎을 세우고 그 위에 손을 얹었다. 원효가 청하면 가얏고를 타고 노래도 불렀다. 그러나 그것이 끝나면 원효의 앞에서 물러나가서 원효가 찾기를 기다렸다.

공주는 자기 말과 같이 옥야경, 승만경, 금광명경으로 몸과 마음을 닦았다. 원효를 남편으로 모시더라도 책잡힘이 없고자, 부족함이 없고자, 법도에 어그러짐이 없고자 십 년 수행을 한 것이다. 원효가 이것을 몰라볼 리가 없었다.

"나는 여자의 사랑이란 것이 무엇인줄을 처음 알았소."

이처럼 원효는 공주를 존경하고 감복했다.

"이 몸으로 해서 파계를 하신 것을 후회하시지 않으시오?"

첫날 공주가 물었다. 원효는 웃으며 말했다.

"한 권 경을 읽겠소."

원효가 후회하지 않자 공주는 너무나 기뻐서 눈물을 흘렸다.

둘째 날 아침에 공주가 또 물었다.

"이틀 동안 지내신 것이 어떠하시오?"

원효는 또 웃으며 말했다.

"이만하면 이대로 일 겁은 살고 싶소."

옛날 세존께서 아난을 데리시고 고개를 넘으시다가, 고개 위에 아난이 깔아 드리는 옷을 깔고 앉아서 베나레스의 경치를 바라보시며 "이만하면 일 겁은 여기서 살고 싶다."라고 하신 것을 비유한 것이었다.

"일 겁만 사시고 싶다 하시니 서운해라. 이 몸은 원효 님을 모시고 이대로 무량아승지겁이라도 살고 싶소."

"그러나 이것은 다 꿈이고 환상이거늘."

"환상이라도 아름다운 꿈, 즐거운 환상이 아니오."

"우레와 같고, 번개와 같고, 물거품과 같이 금방 있다 사라질 꿈인 것을."

"번개같이 사라질 꿈이면 사라지기 전에 즐깁시다. 꿈이나마 난 즐거운 것을. 이끼 쓴 기왓장에서도 빛이 나고 벌레소리도 개구리 소리도 즐거운 것을. 저 보아요, 보기 흉한 두꺼비도 배암도 다 아름답고 귀엽게 보이는 것을.

제행무상이란 말도 다 거짓말인 것 같소. 원효 님 모신 이 기쁨이 사라질 리 있습니까. 임 사모하는, 이 금빛 나는 사랑이 가실 리가 있겠습니까. 원효 님, 그렇다 하시오. 변하는 것이 아니요, 변하지 않는 것이라 하시오."

"인연이 다하면 흩어지는 일을 무슨 힘으로 막소. 깰 꿈을 아니 깰 수 있나."

"안 되오, 안 되오. 이 몸이 원효 님을 포로로 잡아오듯이 인연의 흐름을, 생사의 바다를 이 몸의 사랑으로 막아서 못 흐르게 하리다."

공주는 흐느껴 울었다.

공주는 원효와의 인연이 길지 못한 인연인 줄을 잘 안다. 원효는 자기의 품에서 늙을 사람이 아닌 줄도 안다. 공주는 잠이 들었다가도 소스라쳐 놀라서 잠을 깨어 옆에 누운 원효를 본다. 그렇게 미덥고 힘 있는 의지인 원효, 그가 옆에 있는 것을 확인하고는 비로소 안심한다.

"아직 내 곁에 계시다."

공주는 한숨을 쉰다. 공주가 잠들어 있는 동안 원효가 사라질 것만 같았다. 한때 "이 밤이 새기까지만, 이 초가 닳기까지만."이라고 한 것을 공주는 후회한다.

그럼에도 조만간 보내야 할 원효였다. 가는 원효를 붙잡을 수 없는 공주였다.

"아들 하나만 점지 받았으면."

이래서 공주는 더욱 아들을 원했다. 뱃속에 아기를 배고 있는 동안, 낳아서 기르는 동안, 원효를 닮은 아들 하나만 있으면 원효를 떠나서도 살 것 같았다. 그리고 그 아들을 썩 잘 길러서 큰사람이 되거든 원효의 기쁨을 받을 것도 같았다.

이래서 공주는 새벽이면 일어나서 찬물에 목욕하고 내불당에 들어 지성으로 관음공양을 하는 것이었다. 이러한 공주의 정경을 생각하매 원효의 닦은 마음에도 은애(恩愛)의 실뿌리가 내리기 시작하는 것 같았다.

"이만하면 일 겁은 살고 싶다."

이 말을 생각하면 원효 또한 눈에 보이지 않은 은애의 실이 시시각각으로 겹겹이 몸에 감기고 있음을 느꼈다. 이것이 하루 이틀 덧감기고 덧감기면 이 몸이 움직일 수 없이 그 은애의 줄이 끄는 대로 끌려갈 수밖에 없을 것 같았다.

"물도 안 묻고 불도 안 붙는 법사의 몸이 아니시오?"라고 하던 삼모의 말을 원효는 기억한다. 그러나 원효는 제 몸이 은애의 물에 젖고 불에 붙는 것 같았다. 제 몸은 아직 육도를 두루 돌아도 먼지 하나 묻지 않는 그러한 보살의 몸은 아니었다. 공주의 부드러움과 향기를 무심히 볼 힘이 없었다. 고기를 씹되 나무껍질과 다름이 없고 미인을 껴안아도 시체와 다름이 없을 평등의 경계에 도달하지 못한 것 같았다.

공주의 관음경 외는 소리는 솔밭에 부는 바람 소리가 아니다. 정열로 끓는 가슴에서 북받쳐오르는 소리다.

"의심하는 생각을 전혀 내지 말지니. 관세음은 청정한 성인으로 고통과 번뇌와 죽음의 재앙에서도 능히 의지처가 되리라. 온갖 공덕 모두 갖추어 자비의 눈으로 중생을 보면 복덕이 바다처럼 한량없거니, 마땅히 애경하고 존중하여라."

공주의 소리는 낭랑했다. 낭랑하면서도 애원성이었다. 해탈한 소리가 아니요, 생사에 집착한 소리였다. "마땅히 귀의하여 예배하나이다."라는 구절이 수없이 반복되는 것은 공주가 수없이 절을 함이었다. 아마 원효가 병 없이 오래 살기를 빌면서. 좋은 아들이 점지되기를 빌면서. 원효는 이날 요석궁을 떠날 것을 생각했기 때문에 공주의 음성이 더욱 가여웠다.

아침을 먹고 나서 원효는 공주가 달여 주는 차를 마셨다. 화병에 꽂힌 작약이 두어 이파리 떨어졌다. 원효가 빙그레 웃었다. 공주는 떨어진 작약 잎을 들어서 아까운 듯이 붙었던 자리에 붙여 보았다. 그러나 그것은 한번 떨어진 자리에 도로 붙으려 하지 않고 다시 떨어졌다.

공주는 눈을 들어서 원효를 보았다.

"나는 오늘 떠나겠소."

원효는 입을 열었다.

"일 겁은 계시겠다더니."

공주는 한숨을 쉬었다.

"벌써 몇 겁이나 지났소."

"일 겁만 더 늘일 수는 없으시오?"

공주는 약간 낯을 붉혔다.

"떨어진 꽃잎과 같지."

원효도 고개를 숙였다. 원효 역시 괴로움을 느꼈다.

"이제 가시면 언제 오시오?"

공주의 눈이 젖었다. 공주도 제가 이러하리라고는 생각지 않았다.

"구름처럼 물처럼 가는 발자취를 기약할 수 있겠소? 그러나 세세생생의 맹약은 잊지 않으리다."

"이번 생에는 이것이 마지막이오리까. 이 몸 가지고는 다시 뵈옵지 못하오리까."

공주의 눈에서는 눈물이 흘렀다.

"그럴 것도 없으나 생사지연(生死之緣)을 구태여 더 늘릴 것도 없다고 생각하오. 공주는 덕행을 잘 닦으시오. 어머니로 아기를 기르는 것이 덕행을 닦는 길이오."

원효는 문득 자기가 번뇌를 벗고 다시 법사의 자리에 오르는 듯이 느꼈다.

공주가 눈물을 씻고 앉은 자세를 고쳤다.

"이 몸이 어미는 되오리까?"

원효는 지필을 당기어 관세음보살 〈보문품〉의 구를 썼다.

"의심하는 생각을 전혀 내지 말지니."

"고마우셔라."

공주는 원효가 쓴 종이를 머리 위에 받들었다.

"이 몸이 관세음보살님 은혜로 어미만 되오면 지극한 정성을 다하여 아기를 기르오리다. 심중에 원효 님을 항상 그리고 그 아기가 원효 님과 같이 되도록 정성을 다하오리이다. 그러나 이 몸의 정성이 그만하올지……."

공주는 눈앞에 관세음보살의 대자대비하신 상호(相好)를 그리며 허공을 바라보았다. 공주가 그린 관세음보살의 모양이 원효와 하나가 되었다. 원효는 이미 자기를 품에 안던 육신 가진 남자가 아니요, 청정법신(淸淨法身)인 듯했다.

공주는 이러한 어른을 남편이라고 부를 수 있는 것이 무한히 고마웠다. 모두 관세음보살님의 덕이라고 생각했다. 이렇게 감사와 사랑으로 빛나는 공주의 눈에는 인간에서 보기 어려운 빛이 있었다. 원효는 그 눈에서 또 새로운 경 한 권을 읽었다.

"정성으로 보면 자녀를 구하는 어머니 정성보다 더 큰 정성이 어디 있겠소. 아까 새벽에 관음경 외우시던 정성을 그냥 가지고 계시면 반드시 소원대로 되오리다."

"고마우셔라. 이 가슴에 그 아기를 안고 이 젖을 먹이는 날이면 얼마나 기쁠까. 이 소원을 성취하면 더 원할 것은 없을 것 같소. 정말 그런 날이 올까. 아니 이 몸은 믿사오리다. 의심을 않으오리다. 황송해라, 부처님 말씀을 의심하다니."

공주의 얼굴에는 고마운 빛에 환희의 빛이 보였다.

"공주는 이 몸보다 덕이 높으시니 반드시 이 몸보다 나은 아들을 낳으시리라."

"황송하여라."

"공주가 아기를 안고 젖을 먹이시는 모양은 지금보다 더욱 아름답고 거룩하시리라고 생각하오. 어머니가 아기에게 젖을 먹일 때는 짐승도 자비의 빛을 발하는 것이니, 관세음보살의 자비행을 닦으신 공주가 아기에게 젖을 먹이시는 양은 사바세계에서 볼 수 없는 자비상일 것을 믿소. 관음상에도 아기 안으신 관음상이 있거니와 중생계의 자비상은 어머니에게 나타나는 것이오.

어머니의 자비심, 이 몸을 낳으신 어머니는 산길에서 이 몸을 낳으시고 이 몸을 싸시느라고 당신의 옷을 벗어서 그 빌미로 돌아가셨다 하오. 이 몸을 살리시느라고 당신 몸을 버린 것이오. 저를 버리는 마음, 이것이 어머니의 마음이니 이것을 자비라 이르오. 기뻐하는 자식을 보는 어머니의 마음이 자(慧)요, 괴로워하는 자식을 보는 어머니의 마음이 비(悲)이니, 외아들을 생각하는 마음이 그 중에 가장 간절하므로 최애일자지(最愛一子地)라고 하고 삼계중생을 모두 최애일자지로 골고루 자하고 비하는 것을 부처님의 대자대비라 일컬었소.

공주는 지금 복중에 최애일자지를 닦으시오. 터럭끝만한 잡념, 악심이 들어올 틈이 없도록 끊임없는 염불로 마음을 막으시오. 이것이 공주의 보살행인가 하오."

원효가 말을 그치자 공주는 일어나서 오체투지로 원효에게 절을 했다. 원효는 앉은 대로 공주의 절을 받았다. 공주가 법사에게 드린 절의 공덕을 감손하지 말자는 것이었다.

공주는 세 번 절하고 앉으며 품에서 몸칼을 내어 서릿발 같은 칼날을 빼어들고 맹세했다.

"이 칼로 이 몸의 심중에 일어나는 모든 잡념과 악심을 베오리다. 복중에 든 아기를 보리와 함께 자나깨나 지키오리다."

이렇게 하고 나니 공주는 이별의 슬픔이 사라지고 비길 데 없는 환희심이 일어났다.

원효는 길 떠날 준비를 했다. 3일 동안 입었던 화려한 옷을 벗고 아리내에 빠져서 적신 옷으로 다시 갈아입었다. 그 옷은 공주가 손수 깁고 깨끗이 빨아 말려서 손질한 것이었다.

원효가 가사, 장삼을 다 입은 뒤에 공주는 새로 차와 다식을 원효에게 받들었다. 송화다식, 깨다식, 인삼정과, 귤병 등이었다.

다로에 물 끓는 소리가 방의 고요함을 깨뜨렸다. 화병의 작약이 또 흩어졌다. 만나자 떠나는 시각이 가까움을 말하는 것 같았다. 동산에서 꾀꼬리 소리가 들렸다. 바람이 풀 향기를 실어왔다.

공주는 원효를 바라보고 있었다. 금세 눈물이 쏟아질 것 같았다. 그러나 이것이 정성을 깨뜨리는 잡념, 악심인 것 같아서 공주는 몸칼을 생각하고 마음을 가다듬었다. 원효에게 무엇을 주고 싶었으나 원효는 아무것도 받을 것 같지 않았다. 재물을 받을 리도 없고 옷을 받을 리도 없을 것 같았다.

"차나 한 잔 더. 이 다식 하나 더."

이렇게나 권할 수밖에 없었다. 주고는 싶으면서 주지 못하는 마음도 괴로웠다.

원효도 차리기는 다 차리고도 곧 일어서기가 어려웠다. 원효는 공주가 권하는 대로 몇 잔이고 차를 받아먹고, 몇 점이고 다식을 받아먹었다.

그러나 떠날 길은 언제나 떠나야만 한다. 원효는 자리에서 일어났다. 공주도 따라서 일어났다. 원효가 신을 신고 디딤돌을 내려설 때 공주는 울음이 터지려 했으나 십 년 전 남편 거진을 전쟁에 보낼 때를 생각하여 힘써 억제했다. 원효도 전쟁에 나가는 것이 아니냐. 법계 중생계를 통한 대전쟁의 길을 떠나는 것이다. 조그만 은애의 줄로 속박해서는 안 되는 것이다.

공주는 중문까지 나와서 합장하고 원효를 보냈다. 원효는 좌우도 돌아보지 않고 대문을 향하여 뚜벅뚜벅 걸었다.

이때 원효를 붙들어 왔던 대사가 내달아, 원효의 길을 막아섰다.

"원효 님, 어디를 가시오?"

"산으로 가오."

"왜 그 좋은 연분에 백년해로를 않으시고 이렇게 총총히 떠나시오?"

"공주께서 그만 가라고 해서 가오."

"이 몸을 놀리시오? 공주마마 모습을 앞으로 어떻게 뵈라고 가시오. 이제 가시면 언제나 원효 님을 뵈올지."

"요석궁 대사 지옥 가는 날 만납시다."

"무서운 말씀도 하시오. 이 몸이 왜 지옥에를 가오?"

"도 닦는 중 유인하여 파계시켰으니 이녁이 지옥에 안 가면 누가 가겠소. 파계한 중과 파계시킨 대사와 지옥길에 만나서 삼도천에서 또 한 번 물싸움이나 합시다. 그때까지 잘 있으시오."

말하고 원효는 다시 걷기를 시작한다. 대사는 뒷걸음을 쳐서 원효를 막으면서 정색하고 애원하듯이 합장했다.

"이 몸이 원효 님께 간청할 일이 있소."

"무슨 간청이오? 벼슬자리 오르기가 원이거든 나라에 여쭐 것이오. 술이나 고기가 원이거든 공주마마께 아뢸 것이지 이 몸에게 무슨 간청이오?"

원효가 껄껄 웃었다.

"이 몸의 청은 그러한 청이 아니라 원효 님의 제자가 되고 싶다는 청이오."

"원효의 제자? 파계승에게서 무엇을 배운단 말이오. 주색의 길에는 아마 이녁이 스승이 되겠거든. 하핫하핫."

"그런 것이 아니오. 지난날 밤에 뵈오니 원효 님 검술이 비범하시오. 그때 혼자서 빈손으로 칼 든 사람 일곱을 마치 어린애 다루듯 하셨지 않소. 이 몸도 칼을 배우기 수십 년이 되오나 아직 그런 재주를 못 보았소.

상감마마께오서 공주를 소중히 여기셔서 요석궁을 지키는 군사들은 다 무예에 능한 사람을 골라 두셨소. 이 몸도 백인지상은 된다고 남들이 하는 터에, 그날 밤 이 몸의 부하 일곱 명과 물고를 당했으니 면목이 없소. 나라 녹을 먹고 제구실을 못 하면 그것이 죄가 아니오리까. 그러하오니 이 몸에게 한번 무예를 가르쳐주시오."

대사의 말은 심히 간절했다. 원효는 물끄러미 대사를 바라보고 섰다가 대사의 허리에 찬 칼을 본다.

"어디 칼을 한번 써 보시오."

대사가 칼을 빼어든다. 접때에 느릅다리에 있던 군사들도 모여온다. 원효는 대사를 보았다.

"어디 그 칼로 이 몸을 엄습해 보시오."

노려보는 것이 아니라 여전히 부드러운 눈이다. 그 눈을 본 대사는 칼 든 손이 잠시 떨렸다.

'이상한 눈이다.'

대사는 이렇게 생각하면서, 그러나 제 재주에 큰 자신을 가지면서, 칼로 원효의 정면을 범한다. 원효는 두 손을 옆구리에 늘인 채로 걸음 걷듯, 춤추듯 슬쩍슬쩍 대사의 칼을 피한다. 이리하기를 서너 합 하더니 원효가 우뚝 섰다. 대사도 섰다.

"어지간히 칼 쓰는 법을 아시오."

"칼 쓰는 법을 안다고 하시나 맨손으로 막으시는 원효 님을 못 당하니 이 재주를 가지고 무엇하겠소?"

"이녁만 못한 사람과 싸우면 이기지 않소?"

원효의 이 말에 대사를 제하고 다른 사람들이 모두 웃는다. 대사는 땅바닥에 꿇어 엎디었다. 대사가 느릅다리에서 원효에게 덤비지 않은 것은 부하들 앞에서 혹시나 창피를 당할까 두려워 그러한 것이었으나 두고두고 원효와 한번 겨루어 보기를 벼른 것이었다. 설마 빈손인 원효야 했던 것이 지금 시험한 결과로 보아 제 재주가 어림없음을 느낀 것이었다. 제일 못 당할 것이 원효의 눈이었다. 그 눈을 보면 대사의 칼이 힘을 잃는 것 같았다.

"살려줍소서."

대사는 이마를 땅바닥에 대었다.

"염려 마오. 이녁이 이 몸을 시기해서 한번 이 몸의 피를 내어 보리라 하는 것도 그럴 수 있는 일이오. 그저 이후엘랑 그런 마음 버리고 충의의 사람이 되시오."

원효는 대사의 눈에서 대사의 마음을 읽은 것이다. 마치 제 것을 원효에게 빼앗긴 듯한 분노를 느낀 것이었다.

"그러면 살려 주십니까."

대사는 엎드린 채, 고개만을 들어서 원효를 우러러보았다.

"출가한 사람은 살생을 싫어하오."

"이미 자비심을 발하셔서 이 몸을 살려 주시거든 검술의 비결을 일러주시오. 비록 일시 불측한 생각을 내었지마는 본심은 충의를 숭상하오. 반드시 옳은 곳에 쓰기를 맹세하오니 칼 쓰는 비결을 가르쳐주시오."

대사의 말은 간절했다. 그 얼굴에 정성이 보였다. 대사의 부하들도 상관보다 한 줄 떨어져서 차례차례 꿇어앉았다.

원효는 잠시 합장하고 섰더니 입을 열었다.

"칼은 마음이라 마음 쓰는 법으로 칼을 쓰면 틀림없소. 사람이 마음을 쓰는 법이 무엇무엇이오?"

"임금께 충성하고."

대사는 대답한다.

"또."

"어버이께 효도하고."

"또."

"벗에게 신의 있고."

"또."

"싸울 때에 물러나지 말고."

"또."

"죽이되 죽일 자를 죽이는 것이오."

"옳소. 칼 쓰는 비결도 그것이오. 충의를 위해서 싸우는 자리에 섰을 때, 죽일 자를 대했을 때 물러남이 없는 것. 이것이 비결이오. 충의, 필살, 필사. 임금님 위하여 이 놈을 꼭 죽여야 한다, 내 목숨을 안 돌아본다, 이것이오. 적만 죽이고 나는 살겠다 해서는 적도 못 죽이고 나도 못 살기가 십상팔구요. 내가 죽을 것을 결정할 때에 적은 반드시 죽는 것이오. 이것이 필살필사라는 것이자, 필사즉생이라는 비결이오."

일동은 말이 없었다.

"마지막으로 한 가지, 선인의 곁에는 선신이 호위하고 악인의 곁에는 원혼들이 따르는 것이오. 그러므로 충의의 칼에는 선신의 인도가 있어서 공을 도우니 재주 없는 칼이 능히 재주 많은 칼을 이기는 것이오. 이 비결을 알면 천하무적의 검객이 될 것이오. 어디 이제 한번 칼을 시험해 보시오."

원효는 말을 마쳤다.

원효의 말에 대사가 벌떡 일어나서 칼을 빼어들었다. 그러나 한번 원효를 바라보고는 도로 칼을 집에 꽂았다.

원효는 고개를 끄덕했다. 대사는 오체투지로 원효에게 절했다

"제자의 예를 드리오."

"오."

원효는 미소로 대답하고 자리를 떠났다.

한 병사가 대사에게 물었다.

"아까 대사께서 칼을 빼어들었다가 도로 집에 꽂은 것은 무슨 뜻이며, 또 원효 님이 그것을 보시고 끄덕이신 것은 무슨 뜻이오?"

대사는 대답했다.

"이 몸이 칼을 빼어들고 보니 칼을 쓸 자리가 아니라 칼을 도로 집에 꽂은 것이오. 또 칼을 쓰지 않을 자리를 아는 것이 칼의 비결을 안다는 뜻이라, 원효 님께서 고개를 끄덕여 제자의 인가(認可)를 표하신 것이오."

요석궁 문을 나선 원효는 어디로 갈 바를 몰랐다.

'서로 갈까, 동으로 갈까.'

원효는 길바닥에 서서 망설였다. 사흘 전과는 천지가 온통 변한 것 같았다.

원효는 '나는 청정한 사문이다.'라는 자신감을 잃어버렸다. 길로 다니는 남녀들과 다름이 없는 중생의 몸이 되어 버린 것이다. 마치

자유자재로 훨훨 날아다니던 몸이 날개를 잘려 땅에 떨어진 것 같았다. 몸에는 천근 무게가 달린 것 같았다. "타인의 복을 위해 파계했으니 날개 부러진 새가 거북을 지고 나는 것 같네."라고 후일 원효가 후생에게 경계한 것이 이때 느낀 바였다.

원효는 대안대사나 찾아보리라 하고 동으로 향해서 걸음을 옮겼다.

느릅다리에 다다랐다. 난간에 기대어 아리내의 물을 굽어보았다. 제 그림자가 물 속에 있는 것을 보고 원효는 고개를 돌렸다. 그것은 사문 원효가 아니요, 수염 난 한 사내였다. 계집을 보면 탐심을 내는 한 수컷이었다.

"파계승, 파계승." 하는 소리가 수없이 귀에 들리는 것 같았다. '파계승'이란 어떻게나 부끄러운 소린가. 세상에 파계승처럼 천한 것이 또 어디 있으랴. 지금 원효의 귀에 들리는 "파계승, 파계승." 하는 소리는 어디서 누가 부르는 소리일까.

그러나 법계에 찬 모든 중생이 함께 부르는 소리다. 사문 원효가 파계했다는 소문은 한없이 넓은 세상에 널리 알려진 것이다. 위로는 유정천으로부터 아래로는 무간지옥에 이르기까지 사문 원효가 파계했다는 소문이 퍼진 것이다. 그래서 여러 불보살은 슬퍼하고 수많은 중생이 고통에서 벗어날 날이 멀어진 것을 운 것이다.

다리로는 남녀노소가 끊임없이 지나갔다. 그들은 모두 파계한 중의 몸에서 나는 비린내를 피해서 외면하는 것 같았다. 사람들이 다 지나가기 전에는 원효는 고개를 들고 걸음을 걸을 뜻이 없었다.

원효는 사람들의 얼굴을 피하여 고개를 산 쪽으로 돌렸다.

"요석궁이다."

원효의 눈에는 요석궁의 회칠한 담과 우렁찬 지붕이 보였다. 정원의 나무들도 보였다.

원효는 자기가 요석공주와 한자리에 누운 양을 본다. 원효는 파계하던 순간을 본다. 원효는 이 원치 않은 광경의 기억을 떨어 버리려고 고개를 숙이고 걷기 시작했다. 그러나 요석공주의 부드러운 살, 향기로운 입김, 그러한 것이 한사코 원효를 따랐다. 영원히 뗄 수 없는 기억이다. 세세생생에 만나고, 만나서는 같은 일을 반복하지 않으면 아니 될 맹세가 아닌가.

원효는 어디를 걸었는지 모르게 걸었다. 그러나 원효는 장차 어디로 도망하려 하는가. 도망할 곳 없는 원효였다.

"효스님, 효스님."

부르는 소리에 원효는 비로소 고개를 들었다. 대안이었다.

대안은 여전히 누더기를 걸치고 새끼 띠를 두르고 걸망을 지고 지팡이와 요령을 들고 원효를 따라왔다. 아이들이 "대안, 대안." 하고 대안대사의 흉내를 내며 대안의 뒤를 따랐다.

대안은 원효를 보고 싱글벙글 웃었다.

"잘 만났소. 그동안 어디를 가셨었소. 심상이 날마다 나한테 와서 스님을 찾습디다. 자 갑시다. 저기 좋은 구경이 났어."

대안은 손을 뒤로 흔들어 원효를 부르면서 앞을 선다.

"대안스님, 무슨 구경요? 우리도 가요?"

아이들도 따라나선다.

"암, 가지. 좋은 구경이야. 무슨 구경인고 하니 재주꾼 셋이서 바가지탈을 쓰고 뒤웅박 조리박을 놀리는데 아주 우스꽝스럽게 썩 잘 놀린단 말야, 하하핫."

빨리 보고 싶은지 대안이 성큼성큼 뛰었다. 대안이 뛰자 요령은 딸랑딸랑하고 누더기는 너풀너풀한다.

황룡사 골목 어귀 세 길 어우름에 많은 사람이 둘러섰다. 아이들, 늙은이들, 아이를 업은 늙은이들, 또 젊은 사람들, 중들, 군사들, 장꾼들. 대안은 원효와 아이들을 끌고 사람들 틈을 뚫고 잘 보이는 자리에 들어섰다.

과연 세 사람이 흉물스러운 바가지탈을 쓰고 허리에 조롱박을 주렁주렁 둘러 달고 재주를 피우고 있었다. 손에 커다란 뒤웅박 하나씩을 들고 그것을 서로 저편을 맞힐 듯이 겨냥하고 던지면 저 편에서도 마주 던져서 그 뒤웅박들이 공중에서 마주쳐서 따르락 딱 소리를 내고는 서로 튀어나는 것이다. 그러면 재주꾼은 얼른 몸을 놀려서 저마다 제 뒤웅박이 땅에 떨어지기 전에 받아서는 번개같이 다른 사람을 향해 던졌다. 뒤웅박에는 채색으로 어롱어롱하게 사람의 얼굴을 사면에 그려서 웃는 놈, 성난 놈, 열두 놈이 공중에서 넘노는 것 같았다.

재주꾼들이 흥이 높을수록 뒤웅박들은 더욱 높이, 더욱 빠르게 뚜

드락딱하고 마주쳤다.

"잘한다!"

"얼씨구나."

이렇게 능청스럽게 어릿광대 노릇을 하는 이도 있고, 또 피리와 날라리로 군악 장단을 부는 이도 있었다.

구경꾼 중으로부터 베 자투리들이 날아 들어왔다. 그러면 재주꾼들은 그 베 자투리를 머리에도 감고 북두도 조르고 한 끝을 입에 물기도 하고 갖은 재주와 갖은 익살을 다 부렸다.

"하핫하핫."

대안이 크게 웃는 소리도 들렸다.

원효도 가슴에 뭉클하던 모든 것을 다 잊어버리고 실컷 웃었다. 아이들은 두 손으로 턱을 고이고 정신없이 쭈그리고 앉아 있었다.

재주꾼들은 우쭐우쭐, 덩실덩실, 어깨춤 엉덩이춤을 추어 가면서 뒤웅박을 놀렸다.

해는 중천에 높이 올랐다. 그것도 뒤웅박인 것 같았다. 구경꾼의 머리도 뒤웅박인 것 같았다. 수없는 눈망울들이 공중에 넘노는 뒤웅박을 따라서 굴렀다. 재주꾼의 모가지에서 땀이 흘렀다. 구경꾼의 이마에서도 땀이 흘렀다. 뒤웅박에 그려진 흉물스러운 얼굴들도 땀을 흘리는 듯했다.

"휘유."

재주꾼들이 뒤웅박을 거두었다. 그리고 탈을 벗고 땀을 씻고 냉수를 마셨다. 구경꾼은 그제야 제 정신을 찾아서 제가끔 저 갈 데로 흩어졌다.

대안은 원효를 보고 유심하게 물었다.

"스님, 어떠시오?"

"대단히 재미있습니다."

원효는 대답하면서도 눈은 그 재주꾼들을 보고 있었다. 탈을 벗고 울긋불긋한 옷을 벗어버린 그들은 예사 사람이었다. 그들의 얼굴에는 흉물스러움도 익살도 없고 그들의 어깨와 엉덩이에는 으쓱으쓱 덩실덩실하는 춤도 없었다. 오늘 놀음에 번 것이 얼마, 여기를 마치고는 어디로 갈까, 하는 궁리와 배고픔과 더위와 목마름이 있었다.

원효는 무엇을 깨달은 것도 같고 또 무엇을 잃은 것도 같아서 한숨을 쉬었다. "마음은 그림을 그리는 화가와 같다."라는 화엄경 구절을 생각했다. 원효 자신도 탈춤을 추고 뒤웅박을 놀리고 있고, 대안도 다른 모든 사람도 그러함을 보았다. 신라, 백제, 고구려, 당나라가 모두 탈을 쓰고 뒤웅박을 놀리고 있는 것 같았다. 원효의 몸에 걸친 장삼이나 대안의 몸에 너풀거리는 누더기나 모두 재주꾼의 익살처럼 보여서 원효는 빙그레 웃었다.

요석궁

원효를 보내고 나서 요석공주는 방에 돌아와 원효가 사흘 동안 입고 있던 옷을 안고 울었다. 너무도 짧은 인연이었다.

요석공주는 전 남편 거진에 대해서는 아직 깊은 정이 들 사이도 없었거니와 또 그러할 나이도 아니었다. 아무리 숙성한 공주라 하더라도 열다섯 살 소녀로는 부부의 깊은 정을 알 리가 없었다. 그러나 원효는 십 년을 그리워한 이였다. 그것도 승만왕에게 빼앗길 것을 두려워하면서 십 년을 그리워해온 것이었다.

공주는 원효에 대한 이 사랑의 소원은 금생에는 달할 수 없는 것으로 단념하고 있었다. 원효는 도저히 여자의 정이나 바람을 들어줄 사람이 아닌 줄로 생각하고 있었다. 그러면서 공주는 아무리 해서라도 원효에 대한 그리움을 이루리라고 밤낮으로 생각하며 마음을 졸이고 있었던 것이다.

그런데 공주의 이 바람은 이루어졌다. 사흘 동안 공주는 원효와 부부 사이로 지낼 수가 있었다. 그 기쁨, 그 고마움은 무엇에 비길 데가 없었다. 그렇지만 너무나 짧은 인연이었다.

도저히 오랫동안 부부생활을 계속할 수 없는 줄은 첫날부터 작정한 일이었다. "다만 하루만이라도." 하고 빌던 공주였다. 그래도 이렇게 짧은 시간에 인연이 다하리라고 미처 생각하지 못했다.

공주는 잠이 들었다가는 소스라쳐 놀라서 깨어 원효를 찾았다. 필시 잠든 자기를 버리고 어느덧 일어나서 산으로 갔으리라고 생각했던 까닭이다. 그러다가 옆에 원효가 있으면 기쁘고 마음이 놓여 한숨을 쉬었다.

공주는 원효가 자기의 자색에 반한다든가, 공주라는 지위에 탐을 낸다든가 그러할 사람이 아니라고 생각한다. 원효가 자기와 생사의 연을 맺는 것은 오직 자기를 제도하려는 자비심, 가엾이 여기는 생각에서 나온 것이라고 믿었다. 파계를 해서까지라도 자기의 소원을 들어준 것이라고 믿었다. 그러하기 때문에 도리어 원효가 더욱 소중하고 그리웠다.

그러한 원효가 갔다. 사흘 동안 극진한 사랑을 주던 남편 원효는 갔다. 뒤도 아니 돌아보고 갔다. 이제 여기 남은 것은 그가 사흘 동안 궁중에서 입고 있던 옷이다. 공주는 이 옷을 안고 원효를 그리워해서 우는 것이다.

칠월 칠석이 되었다.

이 해에 삼이 풍년이 되어서 삼 농사짓는 백성들이 기뻐했다. 다른 농사도 다 잘 되었다. 여름 동안에는 전쟁도 없어서 백성들은 새 임금님 덕에 태평이 왔다고 칭송했다.

왕은 왕후와 더불어 이날 요석궁에 거동을 했다. 지조공주도 왔고 6부 아손 이상의 딸들도 모였다.

칠월 칠석은 딸들의 명절이었다. 베틀어미(직녀)가 신틀아비(견우)와 한 해에 한 번, 은하수에서 만난다는 날이다. 하늘 임금의 공주 베틀어미는 아버지의 명을 거역한 죄로 신틀아비와 따로 떨어지게 되었다. 베틀어미는 서른 새 베 3천6백 자를 짜 놓고 신틀아비는 삼으로 된 신 3천6백 켤레를 삼아 놓고야 칠월 칠석날 저녁에 한 번 내외가 만날 수 있게 되었다. 이날 남자가 신을 삼으면 신 재주가 늘고 여자가 신을 삼거나 베를 짜거나 바느질을 하면 그 재주가 는다고 한다.

요석궁 큰 방에는 베틀 여섯이 놓인다. 이날 베틀을 들여놓으면 구월 그믐날에야 걷는다. 6부 처녀들이 두 패로 나뉘고 공주 둘이 한 패마다 장이 되어서 이날부터 삼 삼기를 시작하여 팔월 가윗날 그 성적을 비교하여 왕후가 승부를 가름한다. 그다음 진 편에서 술과 떡과 고기를 내고 진 것을 탄식하는 회소곡을 부르며 풍악을 울리고 춤을 추며 노는 것이다.

그리고 그 이튿날부터 뜰에 겻불을 피우고 풀을 쑤어 베를 맨다. 날실에 풀을 먹여서 도투마리에 감는 것이다. 이것이 끝나면 도투마리를 베틀에 걸고, 노래를 불러가면서 베를 짠다.

"쓸어동동 베가리오. 구름 속에 잉아 걸고 바디집은 박달이오, 뱁대는 쑥이로다."

모인 여자들은 모두 신라 7백 년 동안 이어온 명문 귀족의 딸들이었다. 유신의 집은 본래 신라가 아니요 가야국 왕족이거니와 그 나머지는 다 신라 왕실의 피를 끌고 오는 집 딸들이었다.

자손 많고 자손 중에 인물 많이 나기로는 내물왕인데, 최근에 와서는 진흥왕도 아들딸이 많았다. 모두 그러한 왕의 피를 받아서 귀하게 길러 낸 딸들이었다. 나이로 말하면 열너댓에서 열일곱, 열여덟.

나라가 장차 흥할 때라 그러한지 이때 신라에는 남녀 간에 좋은 인물이 많았다. 씩씩한 남자, 덕 있는 여자. 국선 화랑에도 사다함, 문노, 비녕자, 유신 등 큰 인물이 많이 났거니와 여자로도 선덕, 진덕여왕 같은 큰 인물이 났고, 불도로 말하면 더욱 왕성해서 원광, 자장, 원효, 의상 등 당나라에까지 이름이 높은 승려들이 많이 났다.

국선도는 충효로서 본을 삼은 것이었다. 이것은 결코 중국 학문에서 온 사상이 아니요, 신라의 고유한 사상이었다. 신라의 학자 김대문은 화랑세기에서 신라 고신도(古神道)인 국선도를 가리켜 "어진 재상과 충성스런 신하, 훌륭한 장군과 용감한 병졸이 이로부터 나왔다."라고 했다.

최치원도 난랑비서에서 "우리 나라에는 현묘한 도가 있으니 이를 풍류라 한다. 이 가르침을 설치한 근원은 이미 신사(神史)에 상세히 기록되어 있거니와 그것은 실로 유·불·선 삼교를 포함하는 것으로서 모든 생명과 접하여 이들을 감화했다. 또 이들은 집에서는 부모에게 효도하고 나가서는 충성을 다하니 이는 노나라 공자의 근본 가르침이며, 모든 일을 무리하게 하지 않으며 말없이 행함으로 가르치니 이는 주나라 노자의 가르침이다. 모든 악행을 저지르지 않고 중생을 받들어 선을 행하니 이는 천축국 석가모니의 가르침이다."라고 했다. 신라 건국초로부터의 사적을 적은 역사, 즉 '신사'에 벌써 이 국선도(풍류도라고도 한다)가 생긴 연원이 자세히 기록되어 있던 것이다. 그러므로 이 교는 멀리 신라대에서 발한 것이다.

진흥왕 37년 봄에 "시봉원화"라고 신라사에 적혀 있다. 인물을 알아 쓰기 위해 이모와 준정이라는 두 미인을 간택하여 원화로 삼고 젊은 선비 3백여 명의 무리를 모았다. 그런데 두 여자가 서로 제 아름다움을 다투며 질투하여 준정이 이모를 제 집으로 데리고 가서 술을 강권하여 취하게 한 뒤에 끌고 나가 강물에 던져 죽이자 준정은 사형을 당하고 3백여 명 무리는 화합이 깨져 흩어졌다는 것이다. 이것이 시봉원화에 대한 기록인데 원화라 함은 그 두 여자를 가리킴인지, 3백 명 무리를 가리킴인지 알 수 없다.

다음에 "아리따운 남자들을 골라서 잘 꾸며 화랑이라 이름하고 받들게 했다."라고 한 것을 보면 앞의 조항에서 원화라 하는 것은 아름다운 두 여자를 가리킴인듯하다.

아름다운 남자를 택하여 장식하고 화랑이라 이름하여 받들었다 하니 이것도 모호한 말이다. 다만 얼굴의 아름다움만으로 화랑을 삼아서 받들었을 리는 없다. 잘생긴 사람, 잘난 사람을 골랐다는 뜻일 것이다.

그러기에 이름도 화랑이라고 받들어 부르게 되니 젊은이들이 구름떼처럼 모여들기 시작했다. 이들은 도의로서 연마했고 가락을 즐겼으며 산과 강을 넘고 건너며 유람을 즐기는 사이에 아무리 먼 곳이라도 안 가본 데가 없을 정도였다. 이러한 그들의 행실을 관찰하여 사람 됨됨이를 파악할 수 있게 되었고 그들 중에서 착실한 젊은이들을 뽑아 조정에 신하로 천거하기도 한 것이다.

즉, 잘난 청소년들이 모여서 도의(道義)로 서로 닦고, 노래로 음악으로 서로 기쁘게 하고 산수를 찾아 즐겨 아무리 먼 데라도 가고, 이렇게 수행한 것이다.

그러면 화랑들이 서로 닦았다는 도의의 내용이란 무엇인가. 이것은 귀산과 원광법사의 문답에서 알 수가 있다.

귀산은 사도 사람이었는데 젊어서 같은 사도 사람 비목이와 서로 친했다.

"우리가 선비와 군자와 더불어 놀려면 먼저 마음을 바르게 하고 몸을 닦지 않고는 욕을 면치 못할 것이니 우리 어진 사람에게 가서 도를 묻세."

두 사람은 원광법사를 찾아갔다. 법사는 수나라에서 유학하고 돌아와서 가실사에 머물며 사람들의 존경을 받고 있었다.

귀산과 비목은 옷을 걷어 들고 법사의 앞에 나아가 고했다.

"속된 것이 어리석어 아무것도 모릅니다. 원컨대 한 말씀을 주시어 한평생을 지낼 경계로 삼게 하옵소서."

원광법사가 대답했다.

"불교에는 보살계라 하는 계가 열 가지나 있다. 너희는 남의 신하와 아들이 되었으니 아마 지키기 어려울 것이다. 너희가 세속에서 지켜야 할 다섯 가지 계율(세속오계)을 일러 주겠다. 먼저 임금을 충심으로 섬기라. 둘째, 어버이를 효도로 섬기라. 셋째, 벗을 믿음으로 사귀어라. 넷째, 싸움에서 물러나지 마라. 다섯째, 죽일 때에는 가리어 하라. 너희는 이 다섯 가지를 잘 행하되 소홀히 하지 말라."

귀산과 비목이 맹세했다.

"지금부터 가르치심을 받들어 행하여 잊어버리지 않겠나이다."

그 후 진평왕 건복 19년, 백제의 대병이 아모성을 포위하자 귀산과 비목은 귀산의 아버지 무은과 함께 출전했다. 백제군이 패퇴하는 것을 추격하다가 천산 못가에서 백제 복병을 만나 이번에는 신라군이 패퇴하게 되었다. 그때 신라군의 선봉으로 분전하던 무은이 뒤떨어져 물러오다가 복병의 갈고리에 걸려 말에서 떨어져 붙들렸다.

이에 귀산이 소리를 높여 외쳤다.

"내 일찍 스승께 듣자오니 싸움에서 물러나지 말라 하셨으니 달아날 수 있으랴."

그리고 말을 돌려 백제군에 짓쳐 들어가 적병 수십 명을 죽이고 아버지를 구하여 제 말에 태워 보냈다. 귀산이 비목과 더불어 창을 휘두르며 싸우니 신라 군사가 보고 모두 감격하여 백제군으로 돌격하여 백제 군사의 시체가 들에 가득하고 말 한 필, 수레 하나 돌아가지 못하게 했다.

귀산과 비목은 전신에 칼과 창을 수없이 맞아 돌아오다가 중도에 죽었다. 왕이 군신을 거느리고 맞아 시체 앞에서 통곡하며 예를 갖추어 장례하고 벼슬을 올렸다.

이것으로 보아서 풍류 화랑 국선 원화가 무엇인지를 짐작할 것이다. 예로부터 내려오는 이 충과 효를 하나로 삼는 정신이야말로 신라의 국맥을 천 년이나 전하게 한 것이다.

이러한 정신으로 남자들이 닦고 살고 자랑하는, 더구나 삼국 통일의 대업을 앞에 둔 이때의 신라에는 유신, 품석, 비녕자 등 화랑정신이 성했다. 이러한 때 신라 여성의 정신도 이에 응했다. 그들도 충효를 숭상했다. 충으로 말하면, 여자로는 직접 벼슬을 하거나 전장에

나가는 일이 없는 대신 어머니로는 아들을, 누이로서는 오라비를, 아내로서는 남편을 충신이 되도록 가르치고 권하고 격려했다.

문명이 춘추에게 시집을 간 것이나 또 그 어머니 만명이 서현에게 시집을 가서 유신을 낳은 것이나 또 요석공주가 원효를 사모한 것이나 다 그때 여자들 의중에 그리는 것이 남아다운 남아였던 증거다.

여자들도 모두 품에 칼 하나를 품었다. 이것은 몸칼이라는 것이다. 언제나 제게 불의를 행하는 자와 싸우고, 또 제 몸이 욕되기 전에 저를 죽여 버리려는 차림을 가진 것이다.

둘째로, 이 아름다운 처녀들이 가슴에 품은 것은 잘난 사내 하나였다. 잘난 사내라면 몸도 건강하고 얼굴도 잘나고, 활 잘 쏘고, 칼과 창 잘 쓰고, 말 잘 타고, 구변 좋고, 강한 자를 억누르고 약한 자를 도와줄 줄 아는 협기가 있고, 그러고도 노래 잘하고, 춤 잘 추고, 씩씩하고 시원한 사내를 가리킴이었다. 화랑의 무리들은 이러한 사내 되기를 목표 삼는 사람들이었다.

그 다음에 당시 신라 처녀들의 사모를 받는 이는 명승이었다. 집도 부귀도 안락도 다 버리고 누더기 한 벌 지팡이 하나로 명산대천으로 방랑하는 명승이었다. 이들도 대개 본래는 화랑도로서 활과 말을 잘 다루었으며 노래와 춤에 능했다. 벼슬을 할 양이면 이손, 급손 지위에 오르고 무장이 될 양이면 장군이 될 만한 사람들이 중이 되는 것이었다.

그때 신라의 명승으로 말할진대 원광법사는 궁중에 청함이 되면 임금이 손수 찬수와 다약(茶藥)을 만들어 대접했고, 그가 수나라에 있을 때는 수양제와 강남 백성들이 성자로 예우했다. 자장율사는 선덕, 진덕 두 임금이 나라를 다스리는 동안 일국의 정사까지도 좌우했다. 그 밖에도 도법 높기로는 안홍법사가 있었고 파탈하기로는 대안대사가 있었고 젊으면서도 신라와 당나라에 이름난 이로는 원효와 의상이 있었다.

의상은 아직도 당나라에 있어서 돌아오지 않았으나 그가 당고종의 숭앙을 받는 것이나 천하 전생 선묘의 사랑을 물리치고 청정한 탁발 수행을 계속한다는 소문은 신라 처녀들도 모르는 사람이 없었다.

원효로 말하면 승만여왕이 십 년을 두고 사모하여도 까딱도 없었다는 것이 처녀들 간에 돌아다니는 말이었다.

"의상대사가 선묘를 뿌리친 것보다 원효대사가 승만마마에게 넘어가지 않은 것이 더 어려워."

요석공주가 원효를 사모한다 하는 소문은 승만왕이 승하한 뒤로부터 신라의 처녀들에게 회자되더니 "원효대사를 한번 파계시켜 보았으면." 하는 처녀가 여럿이었다.

원효는 잘난 사내였다. 중국 사람 찬영이 쓴 '송고승전'에서도 '신라국 황룡사 원효전'을 두어 원효를 이렇게 평했다.

"원효는 진리의 세계를 용감하게 공격하듯 파고들고, 학문의 전장을 종횡무진하여 굳세고 당당했는데, 앞으로 나아갈 뿐 물러서는 일이 없었다. 해설을 지어 화엄경을 강의하기도 했고, 혹은 사당에서 거문고를 뜯기도 하며, 혹은 여염집에서 잠자며, 혹은 산수에서 좌선하는 등 계기를 따라 마음대로 하되 도무지 일정한 규범이 없었다."

원효는 이러한 대장부다. 전장에 나가면 용장이요, 무예를 겨루면 장원이요, 말 잘하고 글 잘하고 설법을 하면 그를 찬양하는 박수 소리가 법당을 가득 메웠다. 이때 나이 서른세 살. 신라 여자들의 마음을 끄는 것도 당연한 일이었다. 하물며 열정에 자유분방한 그들이랴.

이날도 그들은 술을 마시고 노래를 부르고 춤을 추고 이슥하도록 놀다가 6부 딸들을 두 편에 갈라서 요석공주와 지조공주가 각각 머리가 되었다.

모임이 파한 뒤에 상감과 중궁은 요석공주를 불렀다. 요석은 의례로 차를 올렸다.

왕은 차를 들고서 요석에게 물었다.

"그동안 원효대사의 소식을 들었느냐."

요석은 낯을 붉히고 잠깐 고개를 숙였다가 아뢰었다.

"오월에 다녀간 뒤로는 소식이 없습니다."

"한참은 대안대사와 서로 오가며 사귄다고 하더니 또 들으니 거사의 모양을 하고 뒤웅박을 들고 조롱박을 허리에 여남은 개나 둘러차고 염불을 하며 촌락으로 다니는 양을 보았다고도 하고."

요석공주는 놀라 부왕을 올려다보았다.

"거사의 모양을 하고요? 원효대사가 거사 모양을 하고?"

그 눈에는 눈물이 고인다.

"그래, 거사의 모양을 하고 머리도 깎지 않고."

"분명 거사의 모양을 했더라고 하오. 원효대사가 이제는 이름도 고쳐서 복성거사라 자칭한답니다."

왕후가 왕의 말을 받으며 한숨을 쉰다.

"복성거사?"

왕도 놀란다.

"그러하오."

왕후는 이 말을 이 자리에서 꼭 해야겠다는 듯이 정신을 가다듬고 이야기를 이었다.

"기원사 묘신스님에게 들은 말씀이온데 원효대사가 파계를 했노라고 말하고 가사 장삼을 벗고 거사가 되었다 하오. 십 년 동안 대사의 시중을 들던 심상스님에게 내가 이제 파계승이 되었으니 남의 공양을 받을 수 없다고 떠나가라고 했는데, 그래도 심상스님은 파계를 하셨거나 안 하셨거나 원효를 모신다고 고집했다 하오. 거사가 중을 부릴 수가 있느냐, 전에는 내가 네 스승이었으나 계를 깨뜨린 바에는 네가 도리어 내 스승이라고 심상에게 절을 했다 하오."

왕이 고개를 끄덕끄덕하며 왕후를 보고 물었다.

"그래, 파계는 어떻게 한 파계라 하오?"

"파계를 어떻게 무슨 일로 했다 하는 말은 없사옵고 세상 소문은 원효대사가 삼모라는 계집의 집에 들어가는 것을 보았다 하오."

"삼모!"

왕은 또 놀라더니 웃음을 보였다.

"옳거니."

"상감마마. 삼모를 아시오?"

왕후의 마음에 잠깐 질투가 일어난다. 요석의 마음에도 질투가 일어난다.

"삼모를 모르는 사나이 어디 있나. 인물 잘나고 도고하고."

"노는 계집이 도고하면 얼마나 도고하오?"

왕후의 낯에 불쾌한 빛이 보인다. 요석은 고개를 숙인다. 지조만 재미있다는 듯 왕의 입을 바라본다.

"얼마나 도고한고 하면 춘추가 불러도 아니 오고 유신이 편지를 보내어도 답장도 없으니 그만하면 도고하지 않소? 하하하하."

왕은 유쾌하게 웃는다. 유신이 삼모에게 편지를 보냈다는 말에 지조가 낯빛을 흐렸다.

"하하하하."

왕은 몸을 흔들며 더욱 웃었다.

"원효에게 진 줄 알면 유신이 분할 것이라."

삼모에게 반한 것이 왕이 아니라 오라버니 유신인 줄을 알고 왕후는 분이 풀려 얼굴에 웃음을 띠었다.

"그러면 원효대사가 삼모의 손에 넘어갔을까, 삼모가 원효에게 넘어갔을까?"

왕은 흥미가 동하는지 농담하듯 말했다.

"이 몸이 아뢰오리다."

요석이 말하면서 고개를 든다.

"삼모는 서른 명이 붙어도 원효대사의 마음이 움직이지 않으리다."

"네가 어떻게 아느냐?"

"원효대사가 삼모의 집에 갔던 날 밤에 요석궁에 왔소. 대사가 이 몸에게 삼모의 집에 갔던 일을 말했소."

"그러면 원효대사가 요석궁에서 파계를 했느냐?"

"그러하오."

왕은 기댔던 몸을 일으켰다.

"그게 정말이냐? 그럼, 네가 소원을 이루었느냐?"

"황송하오. 벌써 상감마마께 아뢰올 것을 황송하고 부끄러워서 못 아뢰었소."

"그래, 원효대사가 어떻게 요석궁엘 왔느냐?"

"느릅다리로 지나갔다는 말을 듣고 군사들을 시켜서 지키게 했소."

"군사가 지키기로 원효대사를 당할 사람이 있을까."

"군사들이 모두 물 속에 던짐을 당했으나 요석궁 대사가 빌어서 원효대사를 맞아들였소."

"그래."

"이 몸이 원효대사께 소원을 말했소. 어진 아들을 하나 달라고."

"그래서."

"원효대사가 사흘을 묵고 떠났소."

"그러고는 소식이 없단 말이냐?"

"그러하오. 그러하오나 이 몸에 있을 것이 없사옵고 입맛이 없소."

이 말에 왕후가 유심히 요석공주를 바라보면서 말한다.

"오, 태기로구나, 아들이었으면……."

"아들이 나면 어진 아들이 날 것이다. 어진 사람이 나는 것은 나라에 복이야. 아가, 부디 몸조심하여라."

왕은 고개를 끄덕끄덕했다. 희끗희끗한 수염이 흔들린다.

"그래서 파계했다는 게로군."

왕은 다시 혼잣말을 한다.

"그러면 그렇지, 원효대사만 한 이가 삼모 같은 계집의 유혹을 받을 리가 있사오리까."

왕후는 만족한 뜻을 표했다.

"그러기로 복성거사라니 무슨 뜻일까?"

"복자는 아래 하 자 밑둥으로 하지하(下之下)라는 뜻이라 하오."

왕후가 말했다.

"하지하라, 하하하하."

왕은 수염을 쓸며 웃었다. 눈앞에 원효의 모양이 보였다. 허리에 뒤웅박을 주룽주룽 달고 큰 뒤웅박을 돌리며 이 마을 저 마을로 염불을 하고 돌아다니는 원효의 모양이 우습게 생각됐다. 그러나 공주에게는 가슴 아픈 일이었다. 저로 하여서 원효대사가 파계한 죄인 행색을 하는 것이 슬펐다.

공주는 제가 궁중에 이렇게 편안히 있는 것이 죄송했다. 마음 같아서는 금세 원효를 쫓아가고 싶었다. 그렇지만 뱃속에 든 아기를 낳아야 한다. 아기 밴 어머니는 귀신도 범하지 못한다고 하지 않던가. 아기를 배고 딴 생각을 하면 큰 벼락이 내린다고 한다.

'그래. 아기를 낳자. 아기를 낳아서 얼마쯤 길러서 그런 뒤에 원효를 따라가자.'

공주는 이렇게 생각했다.

뱃속에서 아기가 자라는 것이 하루가 십 년 같았다. 입맛이 떨어지고 몸이 점점 무거웠다. 그래도 공주는 이것을 괴롭게 생각하지 않았다. 뱃속에 든 아기가 반드시 큰사람일 것을 공주는 믿었다.

공주는 관세음보살을 믿어 염주를 굴리며 염했다. 욕심, 노여움, 어리석음을 떼고, 전세의 죄업을 소멸하고 맑은 물과 같이 닦은 거울과 같이 깨끗한 몸이 되기를 기원했다.

어느 날 공주는 뱃속에 꿈틀하는 것을 느꼈다. 그리고 깜짝 놀랐다. 평생에 처음 느끼는 바였다.

"아기가 논다."

공주는 늙은 시녀에게 그 말을 했다.

"이어라, 이어라사, 고마우셔라."

늙은 시녀는 희색이 만면했다.

"아기가 처음 노신 날인데 당아사마를 바쳐야 하지요."

늙은 시녀 감낭이가 말했다. 당아사마라는 것은 집안에 기쁜 일이나 슬픈 일이 있을 때에 당아에 삼이나 삼베나 그런 것을 바치는 것이다. 당아라는 것은 천 년, 천대(千代)라는 뜻으로 신을 섬기는 데다.

"참 그렇지, 나도 지조가 아기 낳을 적에 어마마마께서 당아사마 바치는 것을 보았소. 그렇지만 근래에는 세상이 모두 변해서, 나도 신 모신 데에 간 지도 오래되었어."

공주는 오래 잊었던 것을 생각하는 듯한 표정을 지었다. 부처님께 비는 것과 조상 적부터 내려오는 신장님께 비는 것과 어울리는지, 안 어울리는지 공주로서는 확실하지 않았다.

이런 때에 원효대사가 곁에 있었으면 물어보고 싶었다. 원효대사면 무엇을 물어보아도 다 알 것 같았다. 그러나 그보다도 원효대사는 지금 어디로 돌아다니나. 벌써 가을이 되었는데, 날이 서늘해졌는데……. 이러한 걱정이 앞섰다. 아직 겹옷을 입을 때는 아니라 하더라도 아침저녁은 산산했다.

공주는 집에 있지도 않은 남편을 위해서 아침저녁에 상을 보아 놓고 철에 맞추어서 옷을 지어 놓았다. 그러나 상은 그대로 물리고 옷은 그대로 쟁여두었다. 어디 갔는지 모르는 사람에게 어느 편에 부칠 길이 없었다.

늙은 시녀 감낭이의 말을 들으면 조상 적부터 섬겨 오는 신을 섬기지 않는 것은 무섭기도 했다. 홀몸으로 있을 때는 그렇지 않더니 소중한 사람이 둘이나 생기니 차차 겁나는 일이 많아졌다. 원효대사는 어찌 되셨나, 뱃속에 든 아기는 어떠한가, 이것이 근심이었다. 원효대사는 깨달은 사람이라 하늘도, 귀신도, 사람도 어찌할 수 없는 보살이라 믿으면서도 육신을 가진 사람이라 병도 날 것 같고 죽을 것도 같고 걱정 근심이 있을 것도 같았다. 제 집에 있어서도 매양 즐거운 일보다도 괴로운 일이 더 많은 이 세상에 원효대사는 집도 없이, 지닌 것도 없이 떠돌아다니는 신세가 오죽하랴. 배고플 땐들 없으며 잠자리 불편한 땐들 없으랴. 지닌 것 없는 몸이라 도적은 무섭지 않더라도 중들 미워하는 산에 숨은 사나운 무리들을 만날 것도 염려되고 술 취한 왈패들에게 욕을 보지나 않나 하는 것도 마음 놓이지 않았다.

더욱 염려되는 것은 파계한 원효에게서는 벌써 불보살의 가피력이 떠나고 없을 것 같아서 두려웠다. 이런 생각을 하면 마음속에 그늘이 드는 것 같이 어두웠다.

파계를 한 원효도 원효이거니와 원효를 파계시킨 공주 자신도 걱정이었다. 원효와 자리를 같이한 뒤에는 관세음보살이 멀어지는 것 같았다. 솔거의 손으로 조성된 관음상의 살아 계신 듯한 모습이 빛을 잃은 것도 같았다. 그 눈어림의 자비스러우심과 입가의 금세 웃음이 필 듯한 인정스러우심이 갑자기 사윈 듯하여 공주는 오싹 소름이 끼쳤다. 관음당 안에 난데없는 찬바람이 드는 것 같아서 얼른 일어나 나온 일도 있었다.

이렇게 꺼림칙한 생각도 날이 갈수록 좀스러졌던 것이 오늘 아기가 놀기를 시작하고 늙은 시녀가 신에 관한 말을 하는 것을 듣자 다시 옛 무서움이 돌아왔다.

도 닦는 스님의 계를 깨뜨리는 것이 다섯 가지 큰 죄 중 하나였다. 그러면 이 뱃속에 든 아기는 어찌 될까. 신전에서나 불전에서 성례(成禮)도 않고 과부와 중의 야합으로 생긴 자식이라고 번개같이 생각이 났을 때에는 공주는 기가 막혔다.

"아뿔싸." 하는 신의 소리가 머리 위에서 오는 듯했다.

칠월 칠석날 공주가 잉태한 것을 여쭌 다음날에 왕은 요석공주가 원효와 혼인하였음을 선포했으니, 이제는 사람들 앞에 부끄러울 일은 없지만 신과 부처에 대한 무서움은 벗을 길이 없었다.

"그럼 당아사마를 바칠까."

마침내 공주가 말했다.

이때는 신라에 불교가 행한 지 150년이 넘어서 예로부터 내려오는 신도(神道)가 많이 쇠했지만 그래도 아낙네와 일반 민간에서는 옛날 법을 지키는 이가 많았다.

독자에게는 좀 지루할지 모르겠지만 이 기회에 우리 옛 신도 신앙에 관하여 약간 설명할 필요가 있다. 이것은 원효와 요석공주의 이로부터의 일생을 이야기하는 데 필요한 까닭이다.

신라 시조를 박혁거세라고 하거니와 이것은 '방아'라고 읽을 것이다.

'바'는 불이다. 방아라는 것은 '불이 낳은', '불에서 온'이라는 뜻으로 화신(火神)이다. 동물에 있어서는 병아리, 즉 닭이다. 병아리라 함은 불의 자손이라는 뜻이다. 신라 시조가 탄생한 곳을 병아리(계림)라 하고 탄생하실 때에 닭이 울었다 함이 이 뜻이다.

금빛 나는 궤짝에 아기가 들었다 하는 것은, 금은 '가나'라 하여 지금 말로 하나, 즉 하날이요, 하날이라 함은 곧 '해가 날'이어서 해는 해의 몸이요, 날은 해의 빛을 가리킨 것이다. 해에서 온 신을 강감 또는 김금이라 하고 날에서 온 신을 낭감이나 님금이라고 한다. 신라 임금이 김(金)이라는 성을 쓰게 된 것은 해의 자손, 즉 하늘의 자손임을 표하는 것이요, 신라의 시조가 금 바가지에 담겼다는 것은 하늘의 자손이면서 불의 자손이라는 뜻이니 불은 동물에 있어서는 병아리요, 식물에 있어서는 바가지요, 꽂이요, 기구에 있어서는 방아다. 방아는 병아리가 무엇을 쪼는 형상이다.

지금 조선에 남아 있는 홍타령이란 것은 항아(홍아)신, 즉 일신(日神)을 맞이할 때 부르던 소리(소리란 원래 신께 사뢰는 말이란 뜻이다)요, 강강수월래의 강강은 강아강아로서 항아항아의 옛말이다. 일신을 대표하는 동물은 강아지다. 일신의 당 앞에 개를 만들어 놓은 것이 이 때문이다.

신라 시조가 방아이기 때문에 시조묘(始祖願)는 병아리(계림)에 짓고 닭을 만들어 놓고 바가지를 심어 지붕과 담에 박꽂이 피게 하고 뒤웅박과 바가지로 제기를 만들고 장식을 만들고 또 악기도 만든 것이다. 바가지를 긁는다는 것은 화신께 마지를 올릴 때의 음악이다. 또 커다란 박을 두드리는 것이 곧 북이다. 북이란 박이라는 말이다.

박은 해와 같이 둥글어서 열매 중에 가장 해와 비슷한 것이다.

조그마한 바가지는 뒤웅박, 조롱박이라 하거니와 뒤웅박이라 함은 당아방이라는 것으로 달에서 온 것이라는 뜻이다. 당아라는 것은 달에서 온 것, 즉 월신(月神)이라는 뜻이다. 덩글덩글, 딩굴딩굴, 당그랑당그랑은 다 바가지에서 나는 소리요, 동시에 월신을 맞이하는 음악 소리다.

조그마한 바가지의 속을 파내고, 입을 가름하게 따고 그 속에 돌멩이를 넣어서 흔들면 이것이 방글방글이니 곧 방울이요, 방아신이 좋아하는 음악이다.

방울은 또 꽃의 정령도 된다. 방울 입은 방긋 벌리고 방울을 흔들면 방글방글하고 큰 방울이면 벙글벙글한다. 방글방글, 벙글벙글, 빙글빙글은 방울 소리로서 방아신의 덕을 표시하는 것이다.

신라 시조 다음에 석탈해라는 임금이 있다. 석가는 '상아'요, 탈해는 '당아'다. 상아라 함은 사라(술), 즉 물에서 온 이, 즉 수신(水神)이라는 말이요, 당아는 달에서 온 이, 즉 월신이란 말이다. 탈해는 동해바다에서 떠돌다 왔다는 것이 이 때문이다.

해, 달, 불, 다음에 물이다. 농업국에서는 물이 소중하다. 물은 곧 생명이다.

'사'라는 것은 물이다. 사는 자로 변한다. 사사, 자자, 소소, 조조, 시시, 지지, 저저는 다 물에 관한 말이다.

사는 물이어니와 사가 움직이면 '사라'가 된다. 사라가 곧 생명이요, 생명의 특징은 지식이다. 사라는 술이요, 사람이요, 소리요, 살림이요, 상아요, 복이다. 그러나 죄 있는 이에게 살이 된다. 사라 즉, 생명신(生命神)에서 오는 이가 사랑이다.

상아는 수신이요, 사랑아는 생명신이다. 상아는 생기게 하고 사랑아는 사랑하게 한다. 사라신은 여성이요, 사랑아는 남성이다. 슬슬, 설설, 술술, 살살, 졸졸, 줄줄, 질질, 이러한 말들은 모두 사라신을 맞이할 때에 하는 소리요, 내는 소리요, 비는 소리다.

상가는 꿇어앉는 것이요 싱거는 소금을 치지 않는 것과 무엇을 땅에 넣는 것이요, 숭글, 성글, 싱글은 다 상아신 앞에서 하는 짓으로 그 춤은 이러한 모양으로 하는 것이다.

상아신은 동물에 있어서 송아지 즉 소다. 상아당 즉 서낭당 앞에는 소를 만들어 놓고 또 소를 잡아 제사한다.

사랑은 남신이기 때문에 남자를 사랑이라 하고 남자의 방을 사랑이라고 하거니와 사랑은 곧 사랑신을 위하는 당아를 모신다. 당아는 다나도 된다. 사랑아당을 시렁이라고 부른다. 사랑방이라 함은 사라신과 방아를 모셨다는 뜻이다.

사라는 생명신이요, 수신이어서 사라신을 모신 데를 사라라고 하니 신라를 사라라고 하는 것이 이 때문이다. 신라 서울뿐 아니라 조선 각지에 있는 사라방아(시루봉)란 것은 다 수신과 화신을 모신 당아터라는 뜻이니 지금도 가물면 시루봉에서 물빌이(기우제)를 하고 비가 너무 많이 와도 불빌이를 한다. '물 떠 놓고 불을 빌고 불 켜 놓고 물을 빌어'라는 것이다.

사랑신은 사라신에서 나고 사라신은 망아신에서 난다. 망아신은 마신에서 나니, 마는 곧 산이요, 땅이다. 망아신은 모든 것을 만드는 것이 덕이다. 망글어라는 말은 망아라에서 온 것이다. 망아는 만물을 창조하는 신이다. 망가는 마나가가 줄어든 말이다. 나가라는 것은 구멍이란 뜻이요 생(生), 출(出)이라는 말도 된다.

망아신은 동물에 있어서는 큰 구렁이다. 산명에라는 것이다. 소나 말의 목에 메우는 멍에도 휘었다는 뜻이다. 지형에 있어서는 구멍이요, 빛으로는 거멍이요, 짐승으로는 곰이다. 망아지도 그러하다.

구멍, 거멍, 멍어(구렁이), 곰, 가마귀. 매, 망아지, 이것은 우리 조상들이 열대지방으로부터 산악지대를 지나서 말 달리는 평원지대로 온 것을 설명하는 역사도 된다.

고구려의 시조가 주몽이요 동명왕이라고 하거니와 주몽이란 사망이다. 무당들은 지금도 사망이라는 말을 쓴다. 사망이란 상아망이다. 수신(水神) 지신(地神)의 자손이란 뜻이다. 동명왕의 어머니 어랑아(유화)는 하백, 즉 수신의 딸이요, 어랑아라는 것은 달빛의 자손이란 뜻이다. 물에 비친 달 그림자가 어렁이다.

동명왕은 앙당물에 와서 배는 없고 적이 뒤를 따를 때 외친다.

"나는 하늘의 아들이요 하백의 손자로다."

하늘의 아들이란 무엇인가.

동명왕의 아버지는 동부여의 왕 금와다. 금와는 금강아라요, 강아라는 개구리다. 옛날에는 개구리를 하늘신의 영신이라 보고 머구리를 땅신의 영신으로 보았다. 고구려라는 말은 '가(해)'의 자손이라는 뜻이다.

망아신을 모신 데는 '망아라'라고 하니 이것이 후세에 마라, 마을로 변한 것이다. 마라는 사람의 몸에서 머리요, 눈이요, 입이요, 말이요, 젖이었다. 눈이란 말은 고려 왕씨 적에 생긴 말이었다. 입을 마을이라 하고, 젖을 마마, 따라서 어머니를 마마라 하고, 먹을 것도 마 또는 말이라고 했다. 닭도 말이라고 했다. 물은 말이다.

동네를 마라, 마알이라 하는 것은 망아라신을 모신 마을이 있기 때문이요, 임금이 계신 데나 관원이 있는 데도 마을이라 했다. 마을은 미야라고 하였다.

지금도 깨끗한 것을 말갛다고 한다. 미야와 같이 깨끗하단 말이다. 맑은이란 말도 여기서 온 것이니 좋은 것에는 모두 마가 붙고 높은 것에도 모두 마가 붙는다. 고구려에서는 하늘과 해를 아마라 하고 솔나무를 말나무라 하고 무릇 사람에게 소중한 것에는 다 '마' 자를 붙였다. 그러므로 망아신은 곧 하늘신이요, 일신이다.

신라에서는 하늘과 해를 아바라 하고 어머니를 바바, 젖도 바바라 하고 고구려의 모를 벼라 하고 맘(방)을 밤이라 하고 말머리를 발이라고 하고 말가를 발가라고 하고 모든 높은 소중한 것에 다 '바'자를 붙였다.

고구려의 망아신은 신라에서는 방아신이 되고 백제에서는 당아신이 되었다. 같은 호랑이도 고구려에서는 멍이라 하고 백제에서는 달이라 하고 신라에서는 벙이라 했다. 물은 고구려 말로는 망가요, 백제 말로는 달다요, 신라말로는 발다였다.

같은 하느님을 모시면서도 세 나라는 그 건국 조신을 망아, 방아, 당아로 달리해서 서로 미워한 것이다. '가나다라마바사아(ㄱㄴㄷㄹㅁㅂㅅㅇ)'는 모두가 신이요 하나, 둘 하는 셈이다. 마한과 고구려는 마신을, 변한과 신라는 바신을, 진한은 사신을, 백제는 다신을 주장으로 모셨으나 다만 가장 높은 신이 다르다 뿐이지 열 분 신을 다 모시기는 마찬가지였다. 고구려는 가신 마신을 가장 높여서 '가라'라면 신이라는 총칭이 되고 신라는 '가바사' 세 분을 가장 존숭했고 백제는 '가나다라'를 존숭했다.

또 같은 나라에서도 시대를 따라서 존숭하는 신이 달라졌다. 가신 한 분만은 어느 나라에서나 어느 때에나 머리로 존숭했으나 이것은 아신과 앞서거니 뒤서거니 하며 대근원으로 여겼기 때문이다. 신라의 문화와 또 원효 요석공주가 살던 시대에 가장 큰 영향을 가진 신은 사신이었다.

사신은 원래 진한(상아강아)의 주신으로서 수신이다. 가신의 넷째 아들로서 가장 어린 아들이다. 물을 맡고 생명을 맡고 사랑을 맡는 신이다. 생명의 물을 신라에서는 술이라고 했다. 국물은 모두 술이었다. 오월 단오를 수리라고 하는 것은 사라신, 즉 술신의 명절인 때문이었다. 오월 단오에 높다랗게 다나(당아에서 온 말이다)를 매고 사당이라는 미남자 신관이 수리놀이를 올리는 것이다. 그러므로 오월을 사다기(삿닭)라고 부르고 그때에 쓰는 제구에 사닥다리라는 것이 있다.

이제 신라에서 존숭하던 중요한 신을 통틀어 말하면, 가나라사아다. 이것을 한꺼번에 읽으면 '거느리시와'가 된다. 거느리시와는 나라를 다스린단 말이다. 백제가 가나다 또는 가나다라라고 하는 것과 같다.

'간다 간다'라는 것은 가나다 삼신의 명호를 부른 노래다. 부여에서는 가사바라였었고, 고구려에서는 가마나사였었고, 나중에는 가마사바였었다.

그러므로 당에는 이때 네 분 신주를 모시었다. 그래서 손도 네 번 비비고 절도 네 번 했다. 가신은 후세에는 모시지 않았던 모양이다. 더 옛날에는 가마아 삼신을 모신 모양이나 후세에는 사신을 모신 것이었다.

신라에서는 이 다섯 분 신 외에 아신, 즉 앙아도 모셨다. 아신은 허공신(虛空神)이요, 바람신이요, 활과 살의 신이요, 모든 것을 낳는지라 잉태와 해산의 신인 동시에 모든 것을 먹는지라 파괴와 죽음의 신이기도 했다. 만물이 생기기 전의 신이다.

아신은 아라신이 되시니 아라는 암흑의 신이요, 질병의 신이요. 음부의 신이다.

아신은 앙아라고 하고 아라신은 아랑아라고 한다. 또 영금, 앙금, 엉큼이라고도 한다. 후세에 영산이라고 불러 무서운 신이 되었다. 영산 도드리는 본래 이 앙아신에게 바치는 음악이다.

이러한 신들은 곧 족보요, 역사요, 종교요, 철학이요, 문화요, 언어였다. 다만 나라에서만 이 신들을 받들고 제사할 뿐 아니라 고을에나 마을에나 개인의 집에나, 모두 직신이 있었다. 직신, 직성이라 하는 것은 지키는 신이라는 뜻이다.

어려서 원효의 이름은 서당(曙幢)이요 커서는 원효라고 했으니 서당 원효가 곧 원효의 이름이다. 서당은 사당이니 '수신당에 매인'이라는 뜻이다. 이것은 수신에 빌어서 낳았다는 뜻이거니와 그 집이 사당에 매인 집이라는 뜻도 된다. 지금 쇠똥이란 것이 이와 같은 이름이다.

원효는 앙요다. 이것은 앙아로 허공신 즉 풍신이다. 풍신은 풍신이 좋고 속이 넓고 말 잘하고 음악을 좋아한다. 마침 원효가 새벽에 났기 때문에 서(體), 효(曉)자를 택한 것이다. 원효의 어머니가 상아당, 즉 수신당에 새벽에 다녀오던 결에 원효를 낳으니 사당이라고 이름을 짓고 다음에 그 풍신으로 보아서 앙요라고 부른 것이다.

원효 자신도 불교를 배우면서부터 앙요라는 이름이 마음에 들어 중의 이름을 삼은 것이다.

앙요, 즉 원효는 아나가, 오나가, 영야, 잉아, 오냐, 아냐 등 여러 가지로 발음되어서 여러 가지 말이 된다. 난다는 뜻도 되고, 간다는 뜻도 되고 화살이라는 뜻도 되고 베 짜는 잉아라는 뜻도 된다.

원효는 허공이란 뜻이다. 불경에 허공장보살*이란 것이 있다. 원효는 자기 이름을 여기 비긴 것이다. 사실 그러한 것이다.

허공신은 잘생겼다. 어글어글하고 속이 엉큼하다. 엉큼이란 허공신을 크게 말하는 말이다. 그는 엉큼하지마는 또 앙큼하고 웅크리기도 한다. 어흥하는 호랑이도 되지마는 야옹하는 고양이도 된다. 웅장도 할 수 있고, 앙징도 할 수 있는 것이다. 앙알, 옹알, 흥얼흥얼이 다 같은 풍신의 소리다.

풍신은 이렇게 자유자재하다.

요석공주의 이름인 아유다는 공월(空月)이란 뜻이요, 풍석(風石) 풍월(風月)이라는 뜻도 된다. '아유'는 '앙요'와 같이 앙아란 말이요, 다는 달이요 돌이다. 요석도 같은 뜻이다. 돌은 옥(玉)이거니와 달의 아기다. 달빛이 땅이나 물에 비치어서 엉킨 것이 옥돌이라고 옛사람들이 생각한 것이다. 그래서 돌을 당망이라고 한다. 달의 아들, 땅의 아들이라는 뜻이다. 당망의 음편으로 돌멩이가 되고 다마가 된다. 다마는 발톱이란 말도 된다. 달을 숭배하고 산신을 숭배하는 선조들이 다마를 소중히 여긴 것이 이 때문이다.

한 가지 더 말하고 본 이야기로 돌아가자. 이것은 당시 신라를 설명하는 데 빼지 못할 것이기 때문이다.

그것은 화랑에 관해서다.

---

* 虛空藏菩薩. 지혜와 복덕을 갖추기가 마치 허공과 같이 광대무변한 보살.

화랑은 신라 시조신을 숭배해서 뭉친 청년 단체다. 신라의 북에는 고구려, 서에는 백제라는 강적을 두고 이것을 막아 나가려면 큰일이었다. 하물며 고구려나 백제가 다 삼국을 통일할 야심을 품고 있어서 신라는 하루도 편안할 날이 없었다. 이에 신라의 영주 진흥대왕이 크게 나라의 힘을 떨치려고 앙아당을 짓고 거기 달아(이모), 상아(준정)라는 두 미인을 우두머리로 삼아 신라의 젊은 남자를 모아 수련하게 한 것이다. '시봉원화'라는 것이 이것이다.

그러나 상아가 달아를 질투하여 밤에 달아를 집으로 불러 술을 취하게 먹이고 죽여서 물에 던진 사건으로 이 단체가 해산되고 이번에는 신라 시조신인 방아신을 모시는 청소년 단체를 만들었다. 방아는 불이요, 바가지요, 병아리(닭)이거니와 꽃도 방아라고 한다. 화랑이란 '방아랑아'다. 리을이 붙으면 움직임을 표하는 것이니 불이 움직이는 뜻이다. 이것을 빨리 불러 '방랑아'가 된다.

당시 신라의 소년들은 다투어서 방아가 되었다. 그들의 차림과 수련하는 방법은 이러했다.

첫째로 머리다. 머리를 뒤에서 갈라서 두 귀밑에 뭉쳐서 붉은 끈으로 졸라매어 호로병 모양으로 만들고 이것을 방자라고 부르고 '봉진다' 했다. 그리고 이렇게 봉지는 머리를 방아머리라고 한다. 그러고는 정바기에 둥근 해 모양의 금속을 단 붉은 헝겊으로 머리를 동인다. 이것을 당이라고 하니 댕기의 어원이다.

아래는 퍼런 바지를 입고 위에는 색동저고리를 입는다. 이것을 방오리라고 한다. 방오리는 소매가 넓고 앞가슴이 벌어졌다. 색동은 방아, 즉 호랑이다. 수탉의 빛을 모방한 것이다. 허리에는 부납띠를 두르고 바가지 호로병 하나를 찬다. 이것도 방아라고 하는데, 처음에는 속을 파내지 않고 말린 것을 찼으나 나중에는 속을 파내고 그 속에 옥돌을 넣어서 다섯 개를 차고 뛰면 옥돌이 구르고 또 방울끼리 서로 마주쳐 요란하게 소리가 났다.

열다섯 살이 되면 방아(배코)를 친다. 이것은 해를 상징한 것이다. 방아갓을 쓴다. 방갓 또는 벙거지라는 것이다. 방갓은 박꽃 모양으로 생기고 커다랗게 큰 방아로 만든 것이지만 벙거지는 그보다 작게 간편하게 만든 것이다. 차양이 위로 걷어올라가 기운찬 모양을 보였다. 여기는 검정칠을 하고 병아리 깃을 비스듬히 꽂았고 이마로 오는 쪽에 붉은 상모를 달았다. 병아리의 볏을 본딴 것이다.

그들은 사마라고 하는 선생 문하에 모여서 글을 읽고 활쏘기, 달음박질, 뜀뛰기, 말달리기, 돌팔매, 뫼타기(등산), 헤엄치기, 짐 지기, 숨바꼭질 같은 것을 익힌다. 이러한 재주를 모두 바람이라 부른다. 바람은 적국을 멸하고 조국을 크게 하는 기원이란 뜻이다.

하루 종일 이렇게 바람을 익히다가 해 저물어 박꽃 필 때가 되면 맑은 물에 머리와 몸을 씻고 또 네 모금 마셔서 목욕하고 방아신 앞에 나아가 두 손을 마주대어 방울 모양을 짓고 바른편 무릎을 꿇었다가 다시 일으켜 네 번 절하고 그러고는 "방아라 방아라."를 부른다. 수백 명, 수천 명이 "방아라 방아라."를 부르는 것은 장관이었다.

이들은 '방글방글, 벙글벙글, 둥글둥글, 덩글덩글, 덜렁덜렁, 설렁설렁'을 수련의 목표로 삼았다. 부귀, 안락 같은 것은 염두에도 두지 아니하고 삶과 죽음, 영예와 치욕을 초개같이 알아서 오직 충, 효, 신, 용, 인(忠孝信勇仁)으로 일생을 마치자는 것이다.

나라에 바친 몸이라 언제라도 부르시면 간다는 것이요, 한번 전장에 나가면 살아서는 아니 돌아온다는 것이었다. 춘추도 유신도 다 화랑 출신이었다.

화랑 정신은 신라 여성에게도 영향을 주었다. 화랑이 신라 여성의 사랑이 된 것은 말할 것도 없었다. 화랑의 배필인 그들은 제 머리카락을 잘라서 화랑의 벙거지감으로 바쳤다. 인모털 벙거지가 이리해서 생긴 것이었다.

그러나 선덕, 진덕 두 여왕 때에는 불교만 존숭해서 화랑이 한참 쇠했었다.

춘추가 등극해서 백제와 고구려를 기어코 정복할 결심을 가졌으니 그가 화랑을 다시 일으키려 한 것은 말할 것도 없거니와 민간에서도 우국지사들은 청년의 기운이 쇠하는 것을 염려해서 화랑 부흥을 생각하는 이가 많았다. 원효가 대안대사와 함께 구경한 그 바가지 탈춤꾼들이다. 마음이 복잡한 사람들이었는지도 모른다.

서울에서 자취를 감춘 원효는 방랑의 길을 나섰다. 그는 커다란 방갓을 쓰고 허리에 방울을 달고 뒤웅박 하나를 들고 바랑을 짊어졌다.

원효는 정처 없는 길로 나섰으나 발은 상상주로 향했다. 그곳은 원효의 고향이다. 상주는 태백산에 큰 당이 있어 거기는 방아신과 상아신을 모셨다. 신라 전국에서 태백산의 상아당이 제일 크기 때문에 고을 이름(신라말로는 이름을 부름이라고 한다. 부름이란 이렇게 되어지다, 하고 바란다는 뜻이요, 바란다는 것은 빈다는 말이다)을 상주라고 말한 것이다.

원효는 그 부모가 상아신에 빌어서 낳았다. 그 이름 서동은 상아신에 벌어서 낳았다는 뜻 외에 당아신 즉 달의 신의 정기를 받다, 또는 지킴을 바란다는 뜻이 있다. 한문으로 쓰면 수월(水月)이다. 의상대사의 상(湘) 자도 그와 같은 뜻이다.

원효는 바가지를 긁으며 동네에 들어서 밥을 빌어먹고, 아무 데서나 자고, 어디서나 사람이 모이면 염불했다.

십 년 동안이나 분황사에 숨어서 저술만 하고 있던 원효는 이번에야 비로소 일반 백성들의 생활을 살펴 볼 수 있었다. 끊임없는 전란에 백성들은 대단히 피폐하여 있었다. 원효가 염불법을 가르치면 백성들은 물었다.

"염불을 하면 죽은 아들이 극락세계로 갑니까?"

"이렇게 염불을 모시면 정말로 편안한 세상에 태어납니까?"

원효는 힘있게 대답했다.

"그렇고말고."

백성들은 분명히 방아신과 상아신과 예로부터 믿어 오는 신에 대해 신앙을 잃은 듯했다. 동네마다 모신 당아는 다 낡아서 기둥이 찌그러지고 비가 새었다. 오직 바가지 덩굴만이 지붕에 뻗어 올라가서 둥글둥글 바가지가 달렸을 뿐이었다.

원효는 어떻게 해서라도 고구려와 백제와 신라가 한 나라가 되지 않고는 세 나라 백성이 다 살 수 없어서 다 망하고야 말 것을 느꼈다. 그러하자면 신라가 강한 힘을 길러서 두 번 큰 전쟁을 해야 할 거라고 생각했다. 일시에 사람이 많이 죽더라도 아주 화근을 끊어 버리지 않으면 세 나라 백성은 언제나 마음 놓고 살 날이 없으리라 생각했다.

원효는 가는 길에서 보는 것을 하나도 허술하게 보지 않았다. 남자나 여자나 아이들 노는 것까지 모두 유심히 보았고 또 아이들의 얼굴 생김을 유심히 보았다. 거기서 신라의 장래를 점치자는 것이었다.

원효가 가마새미라는 곳에 다다른 것은 유월 보름께였다. 이 해에 가물어서 백성들의 원성이 물 끓듯 했다. 곡식은 모두 시들고 나무들도 말라가고 있었다. 개천에도 물이 마른 데가 많았다.

동네마다 시루봉에는 강아라불을 피우고 바위에 강아지(개)를 잡아 피를 바르고 신을 불렀다.

"강강 상아라, 강강 상아라."

강이란 가에서 온 신, 즉 천신이라는 말이요, 상아라는 하늘에서 내려오는 물을 맡은 신이란 말이다.

"바라 바라 바라."

이렇게도 불렀다. 발이란 햇빛도 되는 동시에 비도 되었다. 비 뿌린단 말도 되었다.

"마나다라, 마나다라."

'문드'라는 옛날 말로 물이라는 말로도 불러 보았다.

"마나당아, 마나당아(문둥아)."

이렇게 옛날 물귀신의 이름도 불렀다.

무엇보다도 원하는 것이 물이었다. 며칠만 더 비가 안 오면 금년 농사는 말이 아니었다. 흉년이 들면 굶어 죽는다. 어떤 해에는 비가 너무 많이 와서 못 먹고 어떤 해에는 비가 아니 와서 못 먹는다. 이것은 다 신의 노여움이라고 백성들은 생각한다. 상아신이 알맞게 비를 주셔야 한다. 그러자면 강아신이 상아신께 명령을 내리셔야 한다. 그렇기 때문에 "강강 상아라, 강강 상아라."라고 백성들이 애원하는 것이다. 가장 하늘에 가까운 산마루터기 시루봉에 올라서 비빌이를 하는 것이다.

원효는 그러한 곳을 지날 때마다 백성들과 함께 신을 목청껏 불렀다.

"강강 상아라."

그러할 때마다 아미타불의 극락세계를 생각했다. 모든 것이 다 소원대로 되는 세계를 생각했다. 원효는 가뭄에 우는 동포들의 생활상을 보자 지금까지 분황사에서 살던 것이 너무나 황송했다. 호강은 하지 않았으나 밥 걱정 옷 걱정은 안 하고 살았다. 고량진미는 먹지 않았었더라도 배고픈 줄은 모르고 살았다. 그러나 세상에는 얼마나 배곯는 사람이 많은가.

원효는 풀뿌리를 캐어 먹고 퉁퉁 부은 사람을 보았다. 배가 고파서 길가에 쓰러진 사람도 보았다. 원효는 한 바가지 두 바가지 우물에서 물을 길어다가 말라 죽으려는 곡식에 물을 주는 사람을 보았다. 그의 배는 등에 붙고 눈은 움쑥 들어가고 빛이 없었다.

원효는 그 사람을 대신해 물을 길었다. 곡식 포기들은 물을 받아먹고 당장에 생기가 나는 것 같았다.

"사랑아, 사랑아."

입에서 저절로 사랑신을 찬미하는 노래가 나왔다. 원효는 인생이 고해라는 것을 비로소 보고 안 것 같았다.

'세상은 화택(火宅)이라는 말씀이 이것이다. 불붙는 집안이다.'

원효는 백성들이 이렇게 고생하는 것이 다 원효의 탓인 것 같았다. 원효가 만일 공덕이 큰 사람이면 원효가 살고 있는 사방 천 리에는 기근과 질병이 없을 것이 아닌가. 천 리가 못 되면 사방 백 리에라도 백성에게 이러한 괴로움이 없을 것이다. 원효는 지나간 서른세 해 동안 먹은 밥이 알알이 소리를 지르는 것을 들었다.

"이놈, 너는 무엇을 했길래 밥을 먹었어."

밥풀이 알알이 눈을 흘기고 덤비고 옷이 올올이 몸을 찌르는 것 같았다.

"네가 무엇을 하였느냐."

원효는 이러한 외침에 귀가 막힐 듯했다.

이러한 심경으로 원효가 가마새미 산골 마을에 다다른 것은 초어스름이었다. 원효는 다리가 아프고 배가 고팠다. 마음은 그보다도 더 시달려 있었다.

원효는 어떤 집 문전에 섰다.

"보아라. 지나가는 거렁뱅이니 하룻밤 드새어지이다, 하여라."

마을은 큰 산으로 들어가는 동구에 있어서 개천에는 이 가뭄에도 물이 마르지 않았고 물가에는 버드나무가 늘어서서 가지를 드리우고 있었다. 버드나무는 앙아신, 앙알신의 나무요, 잉아 즉 화살나무다.

원효의 말에 응하여 나온 이는 방아머리를 방진 소년이었다.

"어디에서 오시는 손이시오."

소년은 공손하게 허리를 굽혔다. 화랑식 절이었다.

"지나가는 거렁뱅이요. 날새 저물었으니 하룻밤 드새고나 가자오."

원효는 말하면서 소년의 상을 보았다. 소년은 옥같이 흰 얼굴에 어글어글하는 눈이요, 우뚝한 코였다.

"사랑으로 들어오시오."

소년은 사랑문을 열었다.

원효는 섬돌을 디디고 봉당에 올라섰다. 여기는 방아신을 모신 데다. 여기 올라설 때마다 두 손을 마주 대고 가운데를 불룩하게 만들어 위아래로 흔들면서, "방아라, 방아라, 방아라, 방아라." 하고 네 번 부르는 것이다. 고구려, 백제 사람은 이것을 흉보아서 '벙어리'라고 일컫는다.

고구려에서는 여기를 마당이라 하여, "망아라, 망아라, 망아라, 망아라." 하고 백제에서는 도당이라 하여, "당여라, 당여라, 당여라, 당여라." 한다.

사랑방은 정결했으나 오랫동안 사람이 거처하지 않은 모양이었다. 소년이 원효를 위해 문을 열자 방에서 선뜩선뜩한 바람이 나왔다.

방 아랫목에는 사낭아신의 더그매* 가 있어 세 분 신의 족자 그림이 걸리고 윗목 시렁에는 사랑신, 사당신, 상아신을 모셨다. 신을 모신 데를 마을이라고도 하고 시로라고도 하고 당아라고도 하는 것이다. 그리고 신을 모신 데는 삼으로 꼰 금줄을 늘이고 천정에 방울을 달고 방울에 당길 줄을 늘이는 것이다.

원효는 이 집이 순전한 신라식 고가(古家)인 것을 알았다. 더구나 시렁 밑에 거문고, 가얏고와 바라, 북 같은 악기가 있는 것을 보니 주인은 심상한 사람이 아니었다.

원효는 소년이 시중해 주는 대로 세수하고 발을 씻고 새로이 소년과 인사를 했다. 소년의 인사하는 범절이 깍듯했다.

소년의 이름은 상아사사마였으나 사사나오라고도 했다. 샘이 솟아나온다는 뜻과 어우른 것이었다. 이 산속에는 가상아당이라는 오

* 지붕 밑과 천장 사이의 빈 공간.

랜 수련터가 있는데, 소년의 조부는 그 가상아당에 스승으로 있고 그 아버지는 백제와의 싸움에서 전사했다고 한다.

소년은 조부를 따라서 가상아당에서 공부하다가 어머니의 병으로 약시중을 들기 위하여 잠시 집에 돌아와 있는 것이라고 한다. 또 소년의 손윗누이 아사가도 가상아당에 가상아(여자 신관)로 있다는 말도 했다.

소년의 나이는 열다섯이며 이 집에는 소년의 어머니와, 누이 하나가 하인들과 살고 있었다.

"보아라, 나는 중 노릇 하다가 파계하고 거렁뱅이로 돌아다니는 사람이오. 이런 누추한 사람을 서방(사방아)이 이렇게 우대하시다니 고맙소. 부르기는 복성이라 하오. 어려서는 쇠똥이라 했소."

원효는 이렇게 자신을 소개했다.

"복성이라시니 무슨 자를 쓰시며 무슨 뜻이온지."

소년이 물었다. 원효는 반가부좌로 앉았고 사사마는 한 무릎을 꿇고 앉았다.

"알아볼 복(卜) 자, 받아나올 성(性) 자를 쓴다. 바상이(바사기, 토끼)라는 뜻이지. 하하하."

"바상이라 하시니 밧달(二月)에 나셨다는 뜻입니까."

"허. 잘 아시오. 생일도 밧달이거니와 또 생겨나기를 못생겨서 바상이라고 스스로 부르는 것이오. 허나 바상이는 몸이 작아서 나뭇잎, 풀뿌리를 뜯어먹고 바위틈에 자면 고만이지만 이 몸뚱이는 배도 크고 덩치도 커서 사방에 폐만 끼치고 있으니 가여운 일이오."

원효는 유쾌하게 웃었다. 소년도 빙그레 웃었다. 소년은 이 사람이 필경 도인일 듯하다, 하고 마음으로 존경했다.

용신당 수련

원효는 사사마 소년에게 가상아당 이야기를 듣고 자기도 거기 들어가서 그 시련을 한번 겪어 보리라고 생각했다.

개천을 끼고 올라가는 동안 경치가 대단히 좋았다. 올라갈수록 동구는 좁아지고 물소리는 더욱 커졌다. 바위도 좋았다. 그러나 원효는 알뜰하게 이 경치를 즐길 만한 마음의 여유가 없었다. 사람 없는 시골에 들어와 물소리 바람 소리를 듣자니 온갖 생각이 다 일어났다.

요석공주는 어찌 되었을까. 원효는 요석궁에서 요석공주와 자리를 같이하는 동안에 마음이 그다지 어지러워졌다고 생각하지 않았다. 어떠한 순간에도 자신을 잃어버린 일은 없었고 요석궁을 떠날 때도 문밖에 나서면서 지었던 짐을 벗어 버린 것 같이 아무것도 마음에 남거나 묻은 것이 없다고 믿었다.

그러나 혼자 조용히 있을 때면 요석공주의 모양이 보였다. 당연한 일이라 여겨 그렇게 그리워하진 않았다. 다만 요석공주는 언제 보아도 누가 보아도 아름다운 여자라고 생각했다. 여자를 못 잊어 한대서야 어찌하랴는 생각이 앞섰다.

그런데 가상아골에 들어서자 몹시 요석공주가 눈에 밟혔다.

"어떻게 되었나, 아기를 배었나."

원효는 요석공주의 뱃속에 들었을지 모르는 아기를 생각했다. 한없이 멀고 오랜 아득한 과거로부터 지금까지의 깊은 인연으로 원효를 따라온 생명이다. 그 인연의 힘이 원효를 몰고 몰아서 요석공주에게로 가게 한 것이다. 마침내 그 인연의 힘에 원효는 진 것이다. 원효의 도력은 이 줄을 끊을 힘이 없었던 것이다.

"졌구나."

원효는 한탄을 발하며 전생과 다생에 요석과 아기와 자신이 수없이 만나고 헤어지고 또 만나고 헤어진 관계를 회상해보았다. 원효의 눈에는 허공에서 한없이 긴 줄이 내려와 제 몸에 매여 있는 것이 보였다.

"이 줄을 끊어 버려라, 하신 것이 석가여래의 가르치심이다."

그러나 원효의 몸에는 수없는 인연의 줄이 얽혀서 그것이 수없는 중생에게 잇대고 또 그것이 무궁한 공간과 무궁한 시간에 닿은 것 같았다. 지금은 요석공주와 자기와의 몸에 매인 줄이 가장 팽팽하게 켕기어 있었다.

'내가 지금 가상아당에 올라가는 것도 어떤 인연의 힘에 끌리는 것이 아닌가.'

원효는 우뚝 섰다. 갑자기 물소리가 더욱 커졌다.

'가자, 가자, 가는 대로 가서 되는 대로 되어보자.'

원효는 다시 걸었다. 길에서 원효는 몇 사람 수도하는 사람을 만났다. 바랑이도 있고, 사당이도 무당이도 있고, 젊고 어여쁜 가상이도 있었다. 그들은 모두 노란 베옷을 입고 고깔을 썼다. 모두 마음에 무슨 소원을 품고 각각 신을 섬기며 도를 닦는 것이다. "보아라." "보아." 하고 서로 인사했다.

그들의 눈은 날카롭고 행동도 여물었다. 어디서 머리카락 하나만 움직여도 그 소리를 놓치지 않을 것 같았다. 백일기도에 강아밥(죽)을 먹은 몸이라 푸른 빛이 나도록 수척했으나 어느 한 구석도 빈 곳이 없었다. 불교의 중과 다른 점은 눈에 자비로운 빛 대신에 살기가 어려 있다는 것이었다. 그들의 눈에서는 날카로운 찬 빛이 흘렀다. 불교의 수련이 모든 욕심을 다 끊어 버리는 데 있다면, 방아의 수련은 모든 욕심을 한 욕심만으로 모으기 때문이라고 원효는 생각했다. 만일 저 눈으로 미운 사람을 노려본다면 그 사람은 당장 죽어 버릴 것 같았다. 지나는 길에 잠시 힐끗 보아도 몸에 오싹 소름이 끼칠 만큼 매서웠다.

원효는 이런 사람들을 보면서 깊이깊이 골짜기를 올라갔다. 강아당에 다다른 것은 해가 낮이 되어서였다. 가무는 유월 볕이 불을 담아 붓는 듯했다. 물소리 나는 산골인데도 전신에서 구슬땀이 흘렀다.

원효는 네댓 명 남자가 벌거벗고 개천가 바위에 앉아 있는 것을 보았다. 이 사람들은 바(해) 신의 힘인 방아라(빛)에 몸을 쬐어서 몸을 깡마르게 하는 것이다. 이것을 강아비라고 하고 궁이, 궁니라고도 한다. 일광 속에 몸을 잠그고 나서 가만히 지난 일과 만난 일과 오는 일을 생각해서 한편 옛 허물을 살라 버리고 또 한편으로 우주의 진리를 궁리하는 것이다. '강아바'라는 것은 '가', 즉 해의 아들 강아를 본다는 뜻이다. 우리가 머리로 생각하는 것은 우리 머릿속에 강아, 즉 해가 있기 때문이라는 것이다.

세상 잡념을 버리고 몸을 가린 옷을 벗고 발가숭이로 햇빛, 즉 강아 속에 단정히 앉아서 마음을 햇빛과 같이 맑게 밝게 하는 것이 이 강아 수련의 목적이다.

원효는 개천물에 몸을 깨끗이 씻어 미역하고 강아당에 들어가서 강아라불을 피웠다. 관솔에 불을 피우는 것이다.

강아당에는 정면에 여덟 모 난 구리판을 번쩍하게 갈아 놓은 것을 두 발 달린 상 위에 놓았다. 이것이 신주였다. 강아마, 혹은 강아바라고 한다.

강아라불이 강아마에 비치어서 불길이 이럭이럭했다. 원효는 네 번 절하고 네 번 "가사바"를 불러서 두 손을 마주치고 손을 비볐다. 가나라사(그늘=하늘)에 네 분 일신(日神)이 계시어서 내 '바리과라(기원)'를 들으소서 하는 뜻이다.

'가'는 해요, 나, 라, 사는 해의 세 아들이니, '나'는 빛이요 더위다. 나에게 온 신을 낭아신이라 하고 니기신이라고도 부른다. 모든 곡식을 익히고 모든 생물을 익히시는 신이다. 밝음이란 나라의 주재다.

'라', 즉 '아라'는 어두움이요, 구름이요, 용(龍)이다. 어두움의 나라의 주재다. 이 신을 아랑아라고 부른다.

'사'는 물이요, 생명이다. 상아신은 물을 주고 생명을 주는 신이거니와 낭아, 아랑아 두 신이 아니고는 상아의 힘이 생기지 않는다. 그러므로 '가'한 신의 힘이 나, 라, 사 세 가지로 작용되어서 천하를 거느리니 이것이 다 가신, 즉 일(日)신의 하는 일이요, 은혜다. 강아라당은 원효에게 일신의 연유를 이렇게 설명했다.

원효는 강아리(꽹과리)를 들어서 네 번 울렸다.

원효는 우선 강아마 수행을 해야 한다. 며칠이고 몸을 씻고, 볕을 쬐고, 생각해야 한다. 비린 것을 먹어서는 안 되고, 잠을 자서도 안 되고, 음란한 생각을 해서도 안 된다. 먹는 것은 하루 두 번에 죽 네 보시기뿐이다. 이러한 설명을 듣고 원효는 반드시 그대로 지킬 것을 다짐했다. 다짐이라 함은 손에 먹을 묻혀서 백지에다가 눌러서 손 모양을 박는 것이다. '다'는 손이란 말이다.

원효는 강아라마지를 끝내고 옷을 벗고 개천에 나아가 바위 하나를 골랐다. 그러고는 바위 위에 강아마 앉음으로 앉았다. 두 무릎을 세우고 몸을 앞으로 약간 숙여서 두 팔을 짚어서 버티고 등에 볕을 받는 것이다. 개가 앉는 자세로 앉는 것이니 이 경우에 등이 강알, 즉 거울이 되는 것이다.

등은 지지는 듯 뜨겁고 전신에 구슬같이 땀이 흘렀다. 원효는 설사 등이 데어 벗겨지더라도 꼼짝하지 않겠다고 결심했다. 다만 앞에 물에 비치는 제 그림자 돌아가는 것을 보아서 몸의 방향을 바꾸어서 해가 정면으로 등에 비치도록 할 뿐이었다.

감독하는 강아당이는 때때로 회초리를 들고 돌아다니면서 자세가 바르지 않은 사람의 볼기짝을 후려갈겼다. 원효는 조금도 자세를 건드리지 않았건만 두 번이나 후려갈김을 받았다. 딱 소리와 함께 눈물이 쏟아지도록 아팠다.

가끔 물에 들어가기를 허락했다. 맑은 물에 몸을 담그고는 모래로 몸을 닦는 것이다. 이것이 가시기이다.

해가 서산에 걸리면 강아리 쇠가 울고 북이 운다. 그제야 수련하는 강아들은 배와 사타구니만을 가리는 짧은 배두렁이를 입는다. 이것을 반다라라고도 하고 반다시라고 하여 '필(必)' 자를 쓴다. 그 입은 모양이 '필(必)' 자와 같다는 말이다. 그러고는 당과 마당과 개천가를 말끔하게 쓸고 닦는다. 그리고 나서는 강아밥을 먹는다. 이것은 쌀과 개암이나 도토리를 넣고 함께 끓인 죽이다. 개암이란 강아밤 또는 바사밤이라고 한다. 바사는 해라는 신라 말로 개암의 모양이 해와 같기 때문에 이것을 강아신께 바치는 것이다.

죽바라에 죽을 담아 먼저 강아신 앞에 놓았다가, 여럿이 해 모양으로 둥글게 돌아앉아서 보시기에 받아서 머리 위에 이었다가 먹는다. 먹는 젓가락은 보삽나무 가지로 만든 것이다. 보삽나무는 잎이 둥글한 나무이니 싸리도 바사라라고 한다.

술가라(술그릇, 숟가락)는 물이나 국물을 먹는 것이다.

강아신, 즉 방아신, 바상아신께 바치는 음식은 바사나무를 때서 끓인다. 사바, 즉 짚으로도 대용하고 바사리, 즉 싸리로도 대용한다. 싸리의 '싸' 자는 원래 된시옷이 아니라 된비읍이다.

죽을 다 먹고 물을 마신다. 이 경우에는 물을 술이라고 한다. 그리고도 보시기와 바사라와 숟가락을 깨끗이 부셔서 제가끔 제자리에 간수한다. 그리고는 한참 동안 가나라사(거닐어서)를 한다. 가나라는 것은 당을 싸고 빙빙 도는 것이다. 돌면서 입으로 '가나라사'를 부른다.

"가나라사 가나라사."

이렇게 외우며 당을 도는 것이다. 대개는 백 번을 돈다.

신관이 앞을 선다. 앞을 서는 것을 가사라(구실)라고 한다. 신관이 '가나라(하나라)'하고 먹이면 일동은 '가나라사'하고 부르며 뒤를 따른다. 해가 넘어가고 어두움이 오니 해를 부르는 것이다. 가나라사는 해다. 어서 해가 떠올라 오시라는 뜻이요, 어서 세상을 밝히라는 뜻이다.

"이어라사."

열 번째 돌면 구실이 이렇게 부른다. 그러면 일동도 똑같이 받는다.

"이어라사."

이어라사라는 것은 아아라사로, 나고 나라, 즉 생생(生生)이란 뜻이다. '아'는 난다는 말이요, 대(代)란 말이다. 이어라사는 끊임없이 나고 나라는 축수다.

스무 번째 돌 때는 구실이 이렇게 먹인다.

"사마라."

입을 다물고 숨으라는 뜻이다. 이때는 일동은 소리를 내지 않고 발소리도 내지 않는다. 어두움의 신을 피하기 위해서이다.

"사랑아."

이것은 서른이다. 여기서는 둘씩 짝을 지어서 춤을 춘다.

"마가라."

마흔이다. 일동은 팔을 벌리고 달음질을 한다. 떠오르는 해를 마중하라는 뜻이다. 해의 밝음을 사모함이 더욱 간절함을 표함이다.

"사아나."

쉰이요, 쉬란 말이다. 사람들은 일제히 주저앉는다. 사는 서라, 아나는 낮추라는 뜻이니 사아나는 '앉으라'다. 가는 사람들이 쉰다는 뜻도 되지만 해가 어디 다른 세상으로 가지 말고 언제까지 이 세상에 있으라는 뜻도 된다.

"아아사나."

예순이다. 아아는 언제까지라는 말이요. 사나는 상쾌하단 말이다. 사나사나는 아름답고 생기 있고 힘 있단 말이다.

"나라가나(일흔)."

"아아다나(여든)."

"아가나라(아흔)."

점점 걸음이 빠르고 소리가 빨라진다.

"마마라."

그러다가 구실이 이렇게 소리를 지르면 일동도 화답한다.

"마마라."

머물라는 뜻이요, 백이라는 뜻이다.

원효도 숨이 차고 땀이 흘렀다. 사람들은 아뜩아뜩하리만큼 기운이 다했다. 그러나 그렇다고 휴식이 있는 것이 아니다. 사람들은 개천에 내려가서 몸을 물에 담그고 소리를 지른다.

"앙아바라바다라, 아하바라바다라."

몸이 바래어지라 함이다. 바래운다 함은 더러운 것을 다 씻어서 깨끗하게 희게 한다는 말이다. 그리고 물에서 올라오면 당마당에 큰 강아라불을 피워 놓고, 그것을 등지고 둘러앉는다. 앉는 모양은 아까 해를 등지고 앉은 모양과 같다.

"강아라, 강아라. 강강 상아라."

"방아라, 방아라. 방방 방아라."

이렇게 목청껏 부른다. 가와 바는 다 같이 해란 말이다. 가는 옛날 말이요, 바는 신라 말이었다.

"개어라, 개어라. 개어개어 새어라."

"바가라, 바가라. 바가바가 바가라."

다 해가 나라는 뜻이다. 개인다는 것이나 새인다는 것이나 다 해 뜨라는 뜻이요, 바가라는 오늘날 말로 밝아라이다.

사람들은 소리를 지르는 동안에 졸리게 된다. 구실은 연해 몽둥이를 들고 돌면서 볼기를 때리고 그러다가는 또 물에 들어가고 또 불을 쬐고 또 맴을 돈다. 이것을 한없이 반복하는 동안에 달이 지고 별이 숨고 해 뜨는 곳이 불그레해진다.

새벽바람은 산산하다. "강아라 방아라."를 백 번, 천 번 부를 때마다 구실이 "마마라." "다다라." 하고 소리를 지른다. 그리고는 구실이 다시 "가나라사." 하고 시작할 때까지 잠깐 쉬어서 천지가 고요해진다. 잠잠할 때면 산에 우는 새와 짐승의 소리도 들리고 여흘여흘 흘러가는 물소리도 들린다. 또 여기서 조금 떨어져서 개천 하류에 진을 친 여자들이 가나라사를 부르는 소리가 청승스럽게 들려온다.

해가 올라오면 일제히 해를 향해서 절을 한다. 절하는 법은 두 무릎을 세우고 무릎 사이를 벌리고 두 주먹으로 땅을 짚고 네 번 몸을 숙이는 것이다.

이러고 나면 또 쓸고 닦고 강아라불을 치우고는 강아밥을 먹고 그리고는 또 거닐고, 또 볕을 쬐고 이것을 쉬임없이 하는 것이다.

그 모양으로 나나, 즉 넷넷, 즉 일곱 날 계속하는 것이다. 그동안을 못 참는 자는 내쫓는다. 한 이레를 무사히 치르면 나흘을 쉰다. 그동안은 날마다 해가 져서부터 해가 뜰 때까지 자는 것이다. 원효는 물론 한 이레를 잘 견디었다. 그러나 몽둥이로 볼기를 맞은 자리가 굳은살이 박일 만했다. 원효는 이레 수련에 살이 쭉 빠진 것과 같이 모든 잡념이 소멸된 것 같았다.

쉰 지 넷째 날 저녁에 수련하는 사람들은 머리 정수리를 동그랗게 밀고 주홍칠을 한다. 이것을 방아 또는 바고, 배코라고 한다. 해를 인다는 뜻이다.

강아당 수련이 끝나고 배코를 친 남자들은 거기서 5리나 되는 가상아당으로 올라갈 자격을 얻는다. 그곳에서는 이마에 곤지(가나다)를 찍은 여자 수행자와 함께 섞인다. 여자들은 배코를 치는 대신에 곤지를 찍는다. 남자가 '가나라사'를 부르는 대신에 여자는 '가나다'를 부른다. 곤지란 가나다란 말이요, 가나다는 해가 있는 데란 말이요, 또 하늘에 있는 달이란 말이다. 여자가 곧 해이기 때문에 여자는 달을 부르는 것이다. 그러므로 신라 말로는 여자나 어머니를 '바' 또는 '바바'라 하고 남자나 아버지를 '다' 또는 '다다'라 한다. 달(月)이란 말이다.

석양 길을 남녀 20여 명이 어우러져서 걸어가건만 아무도 이성이 옆에 있다는 감각을 가지는 것 같지 않았다. 다들 길만 보고 걸었다. 이레 동안은 벙어리 생활을 했으므로 말을 할 생각이 없었다. 마치 말을 온통 잊어버린 것 같았다. 그렇지만 앞에 뒤에 함께 가는 남녀들이 다 형제 같이 정다웠다.

가상아당은 강아당보다 작으나 더 깊숙하고 엄숙했다. 둥근 지추, 둥근 기둥에 모두 둥근 재목을 썼다. 해의 둥근 모양새를 따른 것이다. 당아 앞에는 홍살문이 있었다. 두 기둥을 높이 세우고 긴 도리•(달)을 얹고 그 위에 활 모양의 널쪽을 붙이고, 그 널쪽에서 방사형으로 여덟 개의 살을 뻗게 했다. 그리고 모두 붉은 칠을 했다. 뜨는 해를 상징하는 것이다. 달이 해를 인 것이다.

활 모양으로 된 것을 바(해)라 하고 바에서 뻗친 살을 '바가라'라고도 하고, '사가라'라고도 한다. 사가라는 광선이란 뜻이다. 집을 지을 때 도리를 걸고 서까래를 거는 것도 이것이다.

원효 일행을 거느리고 온 강아당 가사라 '구실'은 일행을 당아라(홍살문) 밖에 머물게 하고 자기만 손과 발과 입을 씻고 당아 안으로 들어갔다. 이 사람들의 명부를 바치고 문에 들어갈 허락을 청함이었다.

그동안 원효 일행은 홍살문 앞에 강아마 앉음으로 앉아서 처분을 기다리고 있었다. 벌써 해가 산을 넘어서 골짜기에는 안개가 돌고 산머리의 노을은 자주빛이었다.

이윽고 자주 방아라에 누런 방아마를 입고 상아머리를 한 가상아 둘이 나와 고운 소리로 부른다.

• 기둥 위를 가로질러 서까래를 받치는 나무.

"아라."

오르라는 말이다. 다 17~8세의 가상아다. 가상아당에는 스승을 제하고는 모든 것을 가상아라는 여자들이 하고 있었다.

방아마라는 것은 신라 사람의 아랫도리옷으로 치마다. 여자는 자주나 다홍을 쓰고 남자는 누렁이나 퍼렁을 쓴다. 마란 옷이란 말이요, 방아는 해의 자손이란 말이다. 백제에서는 당아마, 당오리라고 한다. 이것이 됴마, 됴고리, 즉 치마 저고리의 어원이다.

상아머리는 일광이 흐르는 것 모양으로 착착 빗어 내린 머리다. 머리를 해로 보고 흘러내린 머리카락을 광선으로 보는 것이다.

원효 일행은 두 가상아의 인도로 당아에 들어갔다. 마당에는 황토와 자갈을 깔았다. 자갈은 해도 되고 달도 되는 것이다. 해로 보면 공아(공기)가 되고 달로 보면 동아(조아)가 되는 것이다. 황토는 햇빛이다.

원효 일행은 신전에서 처음 들어온 의식을 행하고 마아마를 먹었다. 이것은 멀건 미역 국물에 끓인 아바(좁쌀) 미음이었다. 바는 벼요 아바는 조다. 조는 백제 말이니 다음에 온 것이다. 미음을 먹는 잡들이는 죽을 먹는 잡들이와 다름이 없었다.

식후에 거니는 것도 같았다. 가상아당을 싸고 백 번 도는 것인데, '강강 상아라'를 천 번씩 부르고 천 번이 열 번이 되면 '자라'라 하고 '자라'가 열이 되면 '가라'라 하고 '가라'가 열이 되면 '아아'라고 해서 한 나흘에 억 번을 부르기를 목표로 하는 것이다.

강아당과 다른 것은 수행자가 다 눈을 봉한다는 것이다. 이것을 상아강아라고 한다. 남녀 다 눈을 봉하고 가상아들의 음악에 맞추어서 노래를 부르고 춤을 추는 것이다. 원효도 눈을 감고 밀랍으로 봉했다. 이 소경의 무리를 인도하는 것은 가상아들의 손이었다. 말은 없었다. 오직 손을 잡아서 끄는 것이었다. 잠시도 쉬는 동안은 없었다. 조는 것도 허락하지 않았다.

원효의 손을 끄는 손은 언제나 같은 손인 것 같았다. 그 손은 싸늘했으나 무척 작고 부드러웠다. 원효는 상아사사마의 누이 아사가가 아닌가 했다.

첫 나흘이 지나는 새벽에 일동은 더욱 기운을 내어서 거닐고 소리하고 춤을 추었다. 바라, 바가(북), 방알(방울) 소리가 온 산을 흔들었다. 원효는 정신이 황홀했다. 여기가 어딘지 제가 지금 무엇을 하고 있는지 잊을 지경이었다.

고래고래 소리를 지르는 자도 있었다. 이때 눈이 열린다는 것이다.

"아아사가."

구실의 소리가 났다.

"아아사가."

일동도 힘껏 소리를 지르고 머물렀다. 억이 찬 것이다. 억 년 창성하라는 축원도 된다. 아아는 이야도 되고 이요도 된다. 사가는 '서서가'라는 뜻으로 흥왕하라는 말이다. 성하다는 뜻이다.

일동은 눈을 봉한 밀랍을 떼고 개천에 들어가서 미역을 감았다. 그

다음 올라와서 옷을 입고 아침 해가 오르기를 기다렸다.

동천에 붉은 해가 솟았다. 일동은 강아마 앉음을 앉아서 네 번 절했다. 나흘 만에 뜬 눈으로 바라보는 해는 마치 평생에 처음 보는 것인 듯했다. 그렇게도 크고 그렇게도 선명하고 그렇게도 고마웠다. 과연 모든 생명의 원천 같았다. 이날 아침에 비로소 스승을 보았다. 스승은 백발 노인이었다. 낯은 불그레하고 눈이 빛나고 눈썹과 귀털이 길게 뻗었다. 어느 모로 보나 정기 있는 사람이었다.

스승은 사람들을 둘러보았다. 눈치를 보아서 마음이 수련된 정도를 판단하는 것이다. 그 안광이 심히 밝고 날카로워서 마주치면 눈이 부시고 무서웠다. 원효도 과연 스승이라고 생각했다.

"사상아."

원효는 한탄했다. 사상아는 스승이란 말이다.

스승은 한 사람 한 사람 불러서 뜻을 물었다.

"가가바사가."

스승이 부른 것은 열여덟 살이나 되어 보이는 소년이었다. 눈초리가 위로 올랐고 코가 우뚝하고 입이 한 일 자로 꽉 맺히고 얼굴이 검푸렀다.

"바아."

답하면서 그 소년이 일어났다. '바아'는 보인다는 뜻으로 '예.'라는 말이다.

"고구려를 멸해 나라와 아버지의 원수를 갚으려 하오."

가가바사가는 대답했다.

"가가마나바."

스승은 다음 사람을 불렀다. 마나바라는 사람은 삼십이나 되었을 수척한 남자였다. 그는 이렇게 대답했다.

"앞일을 내다보고 병 고치는 힘을 얻으려 하오."

다음은 바가가나가라는 소녀였다.

"노래와 거문고 명인이 되려 하오."

이 모양으로 그들은 스승 앞에서 각각 소원을 말했다. 점을 배우겠다는 사람, 의술을 배우겠다는 사람, 제 병을 고쳐서 수명 장수하겠다는 사람, 아들이 없으니 귀한 아들을 낳고 싶다는 사람, 큰 부자가 소원이라는 사람, 축지술을 배워서 걸음을 잘 걷기를 바란다는 사람, 칼을 썩 잘 써서 큰 장수가 되겠다는 사람, 구름과 바람을 마음대로 일으키고 싶다는 사람, 재주가 둔하니 총명하고 싶다는 사람, 부모의 원수를 갚겠다는 사람, 실로 가지각색이었다.

그중 가나사가라라는 사람은 나이 사십이나 넘고 머리가 희끗희끗한 남자인데 이런 대답을 했다.

"이 몸은 한 나라를 편안하게는 못 하여도 내 사는 동네 하나라도 편안하게 할까 하오."

스승은 자리에서 일어서 부채를 한번 들었다. 다른 사람들도 그 사람에게로 고개를 돌렸다. 매우 준수하고 점잖은 사람이었다. 스승은 매우 만족한 모양으로 예언했다.

"너는 장차 나라를 크게 돕는 사람이 되리라. 한 분 밑이요, 만 사람 위가 되리라."

주위에 둘러선 가상아들은 소리를 길게 뽑아 찬송했다.

"여바라 여바라. 이야라사 이야라사. 디아디아 디아디아. 디오다 디오다."

지화자 지화자, 천년만년 살라는 뜻이다.

마침내 원효의 차례가 왔다.

"사당아 앙아(元曉)."

"바아."

원효는 대답하고 일어났다.

"보아하니 승려 같은데 어인 일로 가상아당에를 왔노."

"보시는 바와 같이 이 몸은 사문이거니와 파계하고 죄를 소멸할까 하고 왔소."

"소원은 성취했나."

원효는 잠깐 말이 막혔다가 대답했다.

"한 이레 더 하려오."

스승은 원효의 대답에 아무 관심도 없는 듯이 지나쳐 버렸다.

끝으로 불린 이는 상아아사가였다. 그는 이미 가상아로 있건마는 역시 이번 수련에도 참가한 것이었다.

"아사가."

스승이 부르자 아사가는 두 손을 들어 방아라식 합장을 하고 또렷

또렷한 소리로 대답했다.

"아사가는 이 앙아 수련을 마치고 급제하는 남자와 배필이 되어서 우리나라에 기둥이 될 아들을 낳고 싶소."

불과 16~7세 되는 계집아이가 이런 소리를 하여도 이 좌석에서는 조금도 어색하지 않았다. 왜 그런고 하면 강아당 수련과 가상아당 수련을 마친 그들은 벌써 세상 사람들은 아니었다. 이제 세상에 내려가면 다시 세상 사람으로 돌아갈 사람들도 있겠지만 당장에는 모든 물욕을 잊은 사람들이었다. 옆에 젊은 이성이 있어도 거기 대하여 무슨 욕심이 일어나든가 그런 일은 드물었다. 만일 이러한 거룩한 자리에서 더러운 마음을 발한다면 큰 버력•이 내리는 것이다. 벌로는 범도 있고 뱀도 있고 무서운 귀신도 있다. 그러나 이러한 벌이 무서워서가 아니다. 여러 날 죽과 미음을 먹고 또 소리를 지르고 춤을 춘 그들은 벌써 육체를 쓴 사람은 아니요. 일종의 신이었다. 그러하기 때문에 과년한 처녀가 이런 소원을 말하는 것도 극히 자연스러웠다. 부끄러움이라든가 미안 같은 것은 이 자리에는 합당치 않았다. 신 앞에 벌거숭이 아들딸이었다. 원효도 이때 비로소 조상 적부터의 수련이 무엇인지를 안 것 같았다.

이 일이 있은 뒤 한 나흘은 음악의 날이었다. 악기를 타기도 하고 노래를 부르기도 했다. 북을 치는 이는 북을 치고 바라를 치는 자는

• 하늘이나 신령이 사람의 죄악을 징계하느라고 내리는 벌.

바라를 쳤다. 방울을 흔드는 것도 음악이요, 바가지를 긁는 것도 음악이었다. 원효는 크고 작은 뒤웅박을 두드려서 가락을 맞추었다. 합주도 하고 독주도 했다. 그리고 춤도 추었다. 스승은 때때로 나와서 귀를 기울였다. 누구 하나를 불러내어서 시켜보기도 했다.

"마음이 들떴어."

이런 책망을 하는 수도 있었다. 악기 울리는 소리를 듣고 그 사람의 마음을 아는 것이었다. 마음이 들떴다, 흩어졌다, 무엇을 생각하고 있느냐 하고 스승은 책했다. 스승은 사람의 마음을 꿰뚫어보는 것 같았다. 말이 적으나 한마디라도 하는 날이면 사람의 폐부를 찌르는 말이었다.

"지금 무엇을 듣고 있었느냐."

스승이 문득 제자들에게 물었다. 그러면 대답이 가지각색이었다. 바람이 소나무에 우는 소리를 들었노라고도 하고, 혹은 물소리, 새소리를 들었노라 하고, 혹은 아무것도 들은 것이 없노라고 대답했다. 스승은 들을 뿐이요, 더 말이 없었다.

스승은 원효더러 묻자 원효는 대답했다.

"내 숨소리를 들었소."

스승은 잠깐 눈을 크게 떴다가 두어 번 고개를 끄덕끄덕했다.

아아사가는 답했다.

"내 가슴이 뛰는 소리를 듣고 있었소."

스승은 이러한 말로 각 사람의 경계를 알아보는 동시에 각 사람에게 반성의 기회를 주었다.

한 나흘이 끝나는 날 스승은 원효와 아사가와 가나사가 세 사람에게 앙아당에 올라갈 것을 허하고 다른 사람들은 각각 집으로 돌아가서 소원대로 하라 했다. 강아당에서 열여섯 사람이던 것이 이제 세 사람만 남은 것이었다.

원효 일행은 곧 스승께 하직하고 가상아당을 떠났다. 앙아당은 여기서도 2십 리나 올라가서 바가산 상상봉에 있었다.

미음만 먹은 몸이건만 산을 오르기에 조금도 힘이 들지 않았다. 두 남자와 한 여자의 일행이다. 안내하는 사람도 없고 짐을 나르는 사람도 없었다. 길은 있는 듯 만 듯. 시냇물도 끊어지고 키 작은 향나무들이 땅에 길 뿐이었다. 새도 없었다. 있는 것은 구름과 바람뿐이었다.

산의 제일 높은 봉우리에 조그마한 돌성이 있었다. 둥그스름하게 둘러쌓았는데 터진 목은 서로 어긋먹어서 구부러져 들어가면 밖이 보이지 않고 오직 하늘만 보였다. 주위가 20보나 될까, 이른바 구렁이 담이다. 어느 성문도 이러한 것이다. 용의 발톱을 그대로 본떠서 나타낸 것이다.

원효와 아사가와 가나사가는 우선 물 있는 데를 찾았다. 성에서 북쪽으로 20여 보나 내려가서 바위 밑에 조그마한 샘이 있고 나무바가지가 있었다.

원효는 샘물을 떠서 씻고 양치를 해서 몸을 깨끗이 했다. 다른 두 사람도 그러했다. 그리고는 몸에 지니고 온 바가지에 물을 한 그릇씩 떠 가지고 올라와서 성으로 들어왔다. 이 성을 시로라 하고 시로가 있는 봉을 시로봉이라고 한다. 시로부리라고도 한다. 그런데 이 시로는 앙아신을 아라가마하는 곳이기 때문에 앙아시로, 또는 이야시로라고도 부른다.

세 사람은 제단 위에 물그릇을 올려놓았다. 이 물을 상아사(정화수)라고도 하고 상아나사라고도 한다.

앙아신은 허공신이요 창조신이기 때문에 아무 형상이 없다. 시로 정면에 우뚝 선 동그스름한 바윗돌이 신주다. 이 바위는 사나바위(선바위)라고 한다.

세 사람은 이 바위 앞에 엉금엉금 기어가서 엉거주춤하게 앉아서, "앙아라, 앙아라." 하고 불렀다. 이것을 한없이 부르는 동안 해가 지고 밤이 가고 또 해가 뜬다. 여기서는 하루 세 번 물밖에는 먹는 것이 없다. 물 세 모금으로 사는 것이다. 밤이 되면 바람이 불어서 모래를 날려 성을 때렸다. 그 소리가 우다딱 뚝딱 심히 요란했다. 밤이 깊어갈수록 높은 산의 바람은 추웠다. 새벽이 되면 몸이 떨리고 입이 얼어서 소리가 안 나올 지경이었다.

원효와 아사가는 용히 견뎠나 가나사가는 힘겨워 했다. 그는 이러한 고생이 처음인 모양이었다.

처음 이틀 동안은 무척 허기가 져서 원효도 몸을 가누기가 어려웠다. 가나사가는 사흘째 되는 아침에 배고픔을 이기지 못해서 먼저 내려가고 시로에는 원효와 아사가와 두 사람만 남았다.

'죽든지 앙아신을 봐옵든지' 하는 것이 이 수련의 목표다.

세 사람이던 것이 단둘이만 되니 더욱 고요했다. 캄캄한 밤에 불기운도 없는 데서 부르는 주문 소리가 모깃소리와 같이 가늘었다. 제가 부르는 소리가 제 소리인지 누구의 소리인지 몰랐다.

그러나 나흘째 새벽에 원효는 목 속에서 새로운 기운이 발함을 느꼈다. 음성이 커지고 몸이 바로 서고 눈이 밝아졌다. 원효는 소리를 높여 주문을 외웠다.

"몸과 마음의 번뇌가 이로부터 영원히 소멸하니, 문득 안으로 고요한 마음이 일어나네."

원효는 원각경(圓覺經)을 생각했다. 원효는 더 주문을 외울 필요가 없음을 느꼈다. 언제까지나 그대로 가만히 있고 싶었다. 그러나 곁에 있는 아사가는 심히 고통스러운 모양이었다. 그는 허기가 지고 기운이 빠지는지 꼬박꼬박 졸리는 것을 억지로 참고 있었다. 원효는 아사가를 도와주고자 큰소리로 다시 주문을 외웠다. 원효의 소리에 아사가는 적이 기운을 얻는 모양이었다.

마지막 밤이 왔다. 이 밤을 지나면 나흘이 차는 것이다. 무사히 나흘을 채우면 어디선지 모르게 앙아신이 나타나서 무슨 글을 주고 밥을 주신다 했다. 그러나 앙아신의 벌을 받으면 당장 큰일이 난다는 것이다.

이날 밤에는 뇌성벽력이 일었다. 귀청이 찢어지도록 우레가 울고는 눈이 부시게 번개가 번쩍거렸다. 이러기를 한참이나 한 뒤에 비가 쏟아지기 시작했다. 성안에 쏟아진 빗물이 미처 빠지지 않아서 두 사람의 몸이 허리까지 잠길 때도 있었다. 그래도 아사가는 까딱도 하지 않았다. 폭풍우는 지나가고 씻은 듯이 구름이 걷히고 유월 보름달이 까만 하늘에 뚜렷이 걸렸다.

어디서 호랑이 소리가 들렸다. 그것이 점점 가까이 오는 것 같았다. 그러나 원효는 평생 처음 느끼는 상쾌함을 맛보았다. 자기의 마음은 모든 속박과 제한을 벗어나서 자유자재로 허공에 떠 노니는 것 같았다.

원효는 옆에서 부덩부덩 애를 쓰는 아사가를 불쌍하게 생각했다. 그래서 목소리를 높여서 그를 도와주었다.

새벽이 되었다. 동천에 붉은 기운이 돌자 지새는 달이 빛을 잃었다. 이때 아사가는 비로소 새 힘을 얻는 모양이어서 목소리가 살아났다. 원효는 기뻤다.

해가 돋았다. 천지가 환해졌다. 상아사 물에도 햇빛이 들고 아사가의 맑은 얼굴에도 아침볕이 비치었다. 아사가라는 것은 아침에 난 아이라는 말이어니와 오늘 아침의 아사가야말로 아침의 아기였다. 그의 눈과 얼굴에서 금빛을 발하고 그의 젖은 몸에서는 하늘의 향기를 발하는 것 같았다. 이때 목소리가 들렸다.

"어마당아다(암, 좋다)."

센 수염 길게 늘이고 소매 넓은 흙 베옷을 입은 노인이 어여쁜 도령 둘에게 무엇을 들리고 시로로 들어왔다. 원효와 아사가는 황망히 일어나서 합장하고 허리를 굽혔다.

"당아라, 당아라."

동자 둘이 네 번 불렀다.

스승은 바위에 걸터앉으며 말했다.

"장하다. 4십 년 만에 처음이다. 대안과 유신이 앙아당 수련을 마친 뒤에 한 사람도 성공한 이가 없으매 신라의 국운이 다하고 이 도통(道統)이 끊어질 줄 알았더니, 이제 너희 둘이 이 수련을 마쳤으니 이에 신라의 국운이 번창할 것이요 또 이 도통이 후세에 길이 전할 것이다."

늙은 스승은 두 사람을 무수히 치사하고 칭찬했다.

"자, 이제는 먹으라."

스승은 동자에게 들리고 온 그릇을 두 사람의 앞에 놓았다. 뽀얀 가루를 물에 탄 것이다.

"고마우셔라, 고마우셔라."

원효와 아사가는 두 번 절하고 미음 그릇을 들어서 한입에 마셨다.

"그 맛, 그 맛!"

나흘을 굶은 끝이요, 또 아마 칡뿌리와 개암 가루인가 싶은 것이 달콤하고 향기가 있어 그 맛이 비길 데가 없었다.

"이제 밥맛을 알았나."

스승이 웃었다.

"비로소 밥맛을 알았소."

원효는 대답했다.

"바른 도(道)를 모르고 바른 맛을 알 리가 있나. 세상 사람은 밥맛을 모르고 물맛을 모르고 모든 맛을 모르고 살아가는 거야. 이제 두 사람이 새로 났으니 천지가 새로 차려지는 것이야. 두 사람이 아들딸을 많이 낳으라고. 앞으로 우리나라에 일이 많으니 사람을 많이 기다려. 이 늙은이는 마음 놓고 가네."

스승은 일어났다. 원효는 황망히 여쭈었다.

"무슨 가르침을 내리시지요."

"원효대사한테 이 몸이 무엇을 가르치리. 화엄경 80권이나 팔만대장경이 모두 'ᄋᆞ'자 하나에서 나온 것이야."

"이 몸은 어찌하올지."

아사가도 스승에게 가르침을 청했다.

"지어미는 지아비를 따르는 것이야."

"이 몸은 아직 시집가지 않아 지아비가 없소."

"하늘에서 정한 연분이니 틀릴 줄이 있으리."

"이 몸의 지아비가 누구이옵니까."

"그대 마음에 먹은 사람."

스승은 두 사람에게 'ᄋᆞ'자를 주필로 쓴 종이 조각 하나씩과 미음 그릇을 주고 가 버렸다. 미음 그릇은 소나무 혹을 판 것이었다.

원효와 아사가는 스승이 가신 곳을 향해서 무수히 절하고 시로 안팎을 깨끗이 쓸고 씻고 샘을 깨끗이 하고 마지막으로 사나 바위 앞에 앉아서 'ᄋ'신께 예배를 드렸다.

예배를 드리고 시로를 나서서 비로소 두 사람은 말을 했다.

"아사가."

"원효대사."

이것이 두 사람의 첫말이었다.

밥이 그렇게 좋던 것 모양으로 원효에게는 여자의 얼굴과 몸과 소리가 이토록 아름답던가 하고 놀랐다. 아사가도 마찬가지였다. 원효는 세상에서 처음 보는 남자인 것 같았다. 그렇게 서로 이성이 아름답고 그리웠다.

원효와 아사가는 바위에 걸터앉아서 마주보고 있었다.

하늘과 땅이 모두 새로운 것 같고 구름도 바람도 모두 새로운 것 같았다. 수없는 산봉우리들이 발아래 있고 먼 산들은 파란 기운에 싸여 있었다. 여기저기 희뜩희뜩 강굽이도 보였다. 더구나 어젯밤 비에 산천초목이 한층 생기를 띠었다.

멀리 남쪽으로는 지금도 비가 오는 것 같았다. 오랜 가뭄으로 백성들의 생활 형편이 어려워 백성들의 한탄이 많았던 때다. 흠씬 비가 와서 오곡이 소생했으면 하고 원효는 마음속으로 빌었다.

구름 한 점 없이 개인 하늘과 같은 마음으로 원효는 산천과 아사가를 바라보고 앉아 있었다. 이제 젖었던 옷도 다 말랐다. 따가우리만큼 볕이 내리쬐는 것도 유쾌했다. 그동안 더위도 추위도 배고프고 졸리던 것도 다 잊어버렸다. 먹은 것이 없으니 대소변조차 잊어버리고 있었다.

몸은 마치 마른 나뭇개비나 바윗돌과 같이 된 것 같았으나 오직 마음은 영원히 꺼지지 않고 또 꺼질 수 없는 불이었다. 때를 따라서 그 불기운이 욕심과 번뇌에 가려 빛을 잃은 일은 있어도 천겁 흑암지옥에 묻어 두어도 꺼질 수는 없는 불이었다.

이 불은 저 해에서 온 불이요 저 해와 한 불이었다. 신라 사람들은 저 별들이 모두 해와 한 불로 알고 또 모든 생명이 다 한 불이라고 생각해서 해를 '바'라고 하고, 불도 '바'라 하고, 사람의 혼도 '바'라 하고, 머리도, 눈도 '바'라 하고, 곡식과 과일도 '바'라 하고, 산과 별도 '바'라 하고, 생각하는 것도 '바'라 한다. 모두 같은 불이요 같은 빛이라는 뜻이다. 바 자에 가나다라, 마바사아 등 소리를 붙여서 구별하는 것이다. 특별히 어진 사람, 귀한 남자를 '바가'라고 하는데 '바가'는 곧 빛의 움직임이란 말이니 잡된 것이 섞이지 않은 움직임 즉, 밝은 사나이라는 말이다. 어진 여자는 '바바'라고도 하고 '바마'라고 하니 밝은 빛이 있는 곳이라는 뜻이다. 신라에서는 해가 여성이다. 그러므로 여자야말로 빛이다.

이제 원효는 바가요 아사가는 바마다. 수련할 수 있는 수련을 다 겪은 것이다.

원효는 아사가의 눈을 통해 그 속에 있는 불을 볼 수 있었다. 잡된 것이 섞이지 않은 한 여자의 불이다. 이 세상에 있는 불 중 가장 맹렬한 세력을 가진 불이다. 이 불은 한 불세계(佛世界)를 지을 수도 있고,

또 살라 버릴 수도 있는 불인 동시에 또 사랑의 불도 되고 질투의 불도 될 수 있다. 이 불 속에서 모든 중생이 탄생한 것이다.

불과 힘, 이것이 세계다. 태초에 허공이 있고 허공에 불이 있고 불을 움직이자 힘이 생기니 이에 비로소 남자가 생긴 것이다. 불과 힘의 끊임없는 움직임으로 천지 만물이 생기고 나서 죽고 또 나는 것이다. 이것이 신라 사람의 우주관, 인생관이다.

생기는 것은 좋은 일이요, 죽는 것은 싫은 일이다. 사는 것, 나는 것, 있는 것은 다 기쁜 일이자, 아름다운 일이요, 찬송할 일이다. 그러므로 꽃은 찬송할 것이요, 젊은이는 찬송할 것이다. 혼인은 인생에 가장 찬송할 일이다. 그러므로 신라 사람은 청년 남녀의 사랑에 대해서 극히 관대하다. 사랑은 신이다.

그들은 생(生)을 찬미하기 때문에 죽는 것을 더욱 미워하고 슬퍼했다. 사랑하는 이가 죽으면 그들은 머리를 풀고 웃통을 벗고 소리를 높여서, "앙아, 앙아(아이고, 아이고)." 하고 앙아신을 부른다. 가져가는 사랑하는 이의 불을 도로 내어놓으라는 것이다.

그 컴컴한 허공은 만물의 어머니였으나 또한 만물을 도로 삼키는 입이었다. 그들은 앙아신이 낳기만 하고 죽이지 않기를 빌지마는 앙아신은 들어 주지 않는다. 이리하여 신라인들은 점점 앙아신을 미워했다. 그리고 모든 것을 살려 주시는 '바' 신을 그리워한 것이다.

하늘에 해, 땅에서는 박덩굴, 박덩굴은 어디까지든지 뿌리를 박고 어디까지든지 뻗어 올랐다. 그리고 밤마다 꽃이 피어서 어두움을 비

추고 주렁주렁 열매를 달았다. 열매는 많고 크고 해와 같이 둥글었다. 그리고 그 속에는 씨가 많았다. 그 열매는 그릇이 되고 악기가 되고 장식이 되었다. 박은 신라 사람에게는 생명의 식물이었다.

박씨를 땅에 심어서 싹이 나서 점점 뻗어서 하늘까지 올려 닿고 거기 마디마디 박꽃이 피고 주렁주렁 박이 달리는 것이 그들의 소원이다. 박을 타면 두 쪽으로 갈린다. 남자요, 여자다. 그 속에서는 옥과 같은 씨가 수없이 쏟아진다. 이것이 부부의 소원이요 인생의 소원이다.

그들은 박뿐 아니라, 넝쿨지고 열매 많이 달리는 것을 다 사랑했다. 머루, 다래 이런 것은 다 그들이 사랑하는 바요, 사람의 손으로 만든 것으로는 바, 노, 실을 사랑하고, 그러한 뒤에는 땋은 것, 낳은 것(방직)을 사랑했다. 끊임없이 긴 것을 사랑한 것이다.

삼을 삼아서 기나긴 실을 만드는 것, 짚을 꼬아서 기나긴 동아줄을 만드는 것은 젊은 남녀의 감정에 가장 맞는 일이었다. 그리고 술을 먹고 바라를 치며 소리를 하고 춤을 추는 것은 그들이 가장 좋아하는 것이어서 이 좋은 것은 모두 신께 바쳤다.

그러나 사람은 죽는다. 모든 생물은 다 죽는다. 만들어진 것은 다 망가진다. 낳은 것은 다 가고 만다. 그들은 죽는다는 말보다는 잔다는 말을 즐겨 사용한다. 죽는 것을 미워하기 때문에 사람 죽은 집은 불살라 버렸다. 나중에는 무당이 와서 깨끗이 씻어내면 죽은 자의 의복과 물건을 불살라 버렸다. 집을 가신 것이다.

사람이 죽어도 자식이 있고 늙어서 죽는 것은 괜찮다. 박덩굴이 죽어도 박씨가 수두룩이 남으면 안 죽는 것과 같다. 자식 없는 남자는 큰 죄를 지은 사람이라고 생각되고 자식을 못 기르는 여자는 큰 죄가 있는 사람이라고 본다. 그러므로 여자의 몸을 소중히 여겨서 남자는 여자를 욕하거나 때리지 않아야 하고, 여자에게는 낮은 말을 쓰면 안 된다. 여자는 집에서 신을 제사하는 제관인 동시에 아들딸을 낳아 길러서 씨를 번식하기 때문이다. 여자는 힘 드는 일을 시키지 말고 때 묻은 옷을 입히지 말아야 한다.

안방은 거룩한 방이어서 바깥사람과 부정한 사람이 들어오지 못하게 하고 여자가 해산을 하면 대문에 금줄을 늘여서 아무나 출입을 하지 못하게 해야 한다.

젊은 여자만이 그런 것이 아니라 늙은 여자라도 지극한 존경을 받는다. 집안에서 마을에 제사를 드리는 이는 할미다. 할미에게는 무서운 힘이 있는 것으로 안다. 모두가 나고 사는 것을 중심으로 된 인생관이요, 윤리다.

원효는 아사가를 앞에 놓고 조상들의 인생관을 생각했다.

"바마사."

원효가 아사가를 불렀다. 바마사는 아가씨라는 말이다.

"바아."

아사가는 이렇게 대답했다. '보았소.' 하는 말이니 '네.'다.

"소원이 무엇이오?"

원효는 물었다. 여러 날 말을 하지 않고 지나니 말이 잘 나오지를 않을뿐더러 하려는 말이 다 쓸데없는 말인 것 같았다. 말에는 혼이 있어서 말 한마디마다 다 사는 사람에게 복이 되고 화가 된다고 한다. 복상스럽고 방정맞은 것이 모두 말에 있다고 한다. 말은 자신과 남을 죽이고 살릴 힘이 충분하다. 그래서 '다마라'라고 한다. 입을 다물라는 말이다. 특별히 사람 죽은 집 같은 데서는 입을 다물라 한다. 무슨 수련에서나 '다마라'가 가장 큰 계(戒)가 되는 것이다.

원효는 평소에 말이 많은 사람이었다. 농담도 잘하고 설명도 잘했다. 그러나 강아당에 들어오고 3주 동안 완전한 다마라 생활을 한 원효는 입을 열어서 말 한마디 하기가 무척 조심스러웠다. '머시기', '거시기' 소리를 말 첫머리에 먼저 하는 조상들의 심사를 알 수가 있었다. 머시기 거시기는 목욕재계다. 말에 허물이 없기를 바라는 뜻이다.

아사가의 눈은 원효의 눈으로 향했다. 맑고 아무 거리낌이 없는 눈이다.

"아사가, 소원이 무엇이오?"

원효는 또 한 번 물었다.

"가상아당에서 말한 대로."

아사가는 분명히 대답했다.

"좋은 남편 만나 좋은 아들딸 낳는 것?"

"그러하오."

"마음에 둔 사나이가 있소?"

"있소. 원효 님이요."

아사가의 말에 원효는 놀라는 빛을 보였다.

"원효, 나?"

"하늘이 정하신 배필이라고 아까 스승님이 말씀하셨소."

아사가는 의외인 듯한 표정을 짓는다.

"나는 사문(沙門)인데."

"요석공주 남편이신 줄도 아오."

아사가의 이 말에 원효는 또 한 번 놀랐다.

"한 번은 파계를 했지만 두 번이야 파계를 하겠소?"

"원효 님이 무엇이라고 하셔도 이 몸이 한번 정한 뜻은 바꿀 길이 없소. 지어미는 지아비를 따르라 하셨으니, 하라시는 대로 하겠으나 떠나가라고만 말으시오."

아사가는 말했다.

"사문의 행색은 뜬구름, 흐르는 물과 같아서 정처가 없으니 어찌 함께할 수 있겠소? 그러니 나를 생각하시는 마음을 고쳐서 달리 좋은 사나바를 구해 아들딸 얻고 백년해로하시오."

원효는 끊어서 말했다. 아사가는 말없이 빙그레 웃는다.

"왜 웃으시오?"

원효는 정색하고 물었다.

"원효대사만 한 이가 눈앞에 있는 아사가의 마음을 모르실 리가 없거늘 시험을 하시는 것이 우스워서 웃소."

원효는 말이 막혔다. 승만여왕, 삼모, 요석공주 등 신라에서 으뜸간다는 여자들은 다 접했으나 아사가와 같은 여자는 처음 본다 했다. 이것은 범상한 여자가 아니요, 관음화신이 아닌가 했다.

원효는 얼마 동안인지 모르게 아사기를 바라보았다. 아사가도 원효의 눈을 피하지 않았다. 피할 까닭이 없었다. 제 마음에 조금도 거리낌이 없는 까닭이다. 꾸며낸 것이 없는 까닭이다. 마치 어린아이가 제가 보고 싶은 사람을 마음 놓고 바라보는 심리였다. 속에 사특한 생각이 없는 까닭이었다.

"한두 사람의 어머니가 되지 말고 한 불세계(佛世界)의 어머니가 되시오."

원효는 한참이나 있다가 말했다.

아사가는 그 말이 무슨 말인지 몰랐으나 많은 아들딸을 두라는 말로 알았다. 구태여 질문할 필요도 없는 일이라고 생각했다. 왜 그런고 하면 이 세상에서 제 몸을 의탁할 사람은 원효를 두고는 다시없다고 믿기 때문이다. 어디나 원효가 가는 대로 따라가고 원효가 하라는 대로만 하면 그만이라고 믿어 큰 배를 탄 듯이 마음이 턱 놓이기 때문이었다.

해가 어지간히 높이 올라온 때에 가상아 둘이 원효와 아사가를 맞으러 올라왔다. 먹을 것과 갈아입을 옷도 가지고 왔다.

가상아들은 원효와 아가사에게 공손히 절했다. 이로부터는 스승대접이다.

원효와 아사가가 두 가상아의 마중을 받아 가상아당에 내려오니 스승까지도 나와서 맞았다. 두 사람이 수련을 중도에 그치지도 않고 호랑이한테 잡혀먹히지도 않고 어젯밤 뇌성벽력에 벼락을 맞지도 않고, 또 신인(神人)이 주신 바가지를 지닌 것은 그들이 앙아 수련을 끝낸 성인(聖人)인 증거가 되는 것이었다.

"얼씨고 좋을씨고 지화자 좋을씨고."

가상아들은 두 사람을 싸고돌며 신을 찬양했다.

원효는 가상아당을 떠났다. 스승은 원효와 아사가를 데리고 동구 밖에 있는 집으로 왔다. 그 집은 원효가 한 달 전에 하루 묵어간 집이었다. 사사마 소년이 원효를 접대하던 집이다.

이날 밤에 이 집에는 큰 잔치가 벌어졌다. 큰 잔치라야 사람이 많이 모인 것이 아니나 신도(神道)의 거두와 불교의 거두가 서로 의지가 합해서 이제부터 신불 양교가 어떻게 조화해 갈지를 의논하는 자리였다. 아울러 가상아당 대선생이 원효에게서 화엄의 대설법을 받아서 불문에 귀의하는 자리였다. 원효의 말에 의하면 고신도는 곧 고불(古佛)의 가르침으로 석가세존이 성도한 것도 고불의 가르침을 받음이니 고불은 곧 우리 조상이요, 고불의 가르침은 우리의 말 속에 있다고 했다.

"참 옳은 말씀이오. 이제 환하게 알겠소."

스승은 무릎을 치고 기뻐했다.

저녁밥을 먹은 후에 원효와 상아 선생은 도학과 나라일에 대해 여러 가지로 토론했다.

도학에 대하여 상아 선생은 풍류의 도가 점점 쇠해서 하늘과 조상을 숭배하고 충효신용인의 도를 닦는 자가 줄어드는 것을 한탄하고 , 불도를 닦는 자가 세상살이를 귀찮게 여기고 나라를 돌아보지 않고 오직 저 한 몸의 극락왕생만을 바라는 것을 책망했다.

원효도 동감의 뜻을 표했다. 그리고 불교가 결코 현세를 무시하고, 저 한 몸이 잘 되기를 바라는 교가 아닌 것을 말했다.

"대승보살행이란 그런 것이 아니오. 중생을 위해서는 제 몸이 지옥이나 축생도에 들어가도 꺼리지 않는 것이 대승보살행이오."

원효가 역설하는 것을 듣고 상아 선생은 매우 기뻐했다.

"그러면 그렇지."

상아 선생은 일어나서 붉은 보에 싼 책을 꺼내었다. 그것은 '가마나 가라나 마다'라는 책으로, '신지(神誌)'라고도 하고 '신사(神史)'라고도 하는 책이다. 가나다라마바사아 여덟 권으로 나뉘어 오늘의 한글과 같으나 받침이 없는 글로 적은 것이다. 이 글을 '가나다라'라고도 하고 '가나'라고도 하는데, 가나라 함은 하늘이란 말도 되고 나라라는 뜻도 되는 말이다.

이 속에는 애초에 허공으로부터 천지가 시작된 것이 적히고 다음에는 가, 나, 라, 사(해, 밝음, 어두움, 생명) 네 분신의 말씀이 적히고, 다음에는 마(미리, 용), 바(벗, 봉), 다(달), 아(허공) 등 네 분신의 말이 적혔다.

그리고는 사람의 첫 조상인 사나가 사나미의 사적이 적히고 이러한 신들의 당을 차리는 법과 제사하는 법과, 제사할 때에 부르는 축문과 차려 놓은 제물과 또 남녀가 목욕재계하고 수도하는 법과 인생 생활에 필요한 근본 원리 삼백예순 가지가 적혀 있었다. 이것이 최치원이 지은 난랑비서에서 "우리나라에는 현묘한 도가 있으니 이를 풍류라 한다. 이 가르침을 설치한 근원은 이미 '신사'에 상세히 기록되어 있다."라고 한 그 '신사'다.

상아 선생은 이를 내어놓고 기운을 내어서 일변 읽으며 일변 설명했다.

"임금을 충성으로 섬기고 어버이를 효도로 봉양하고, 사람들과 믿음으로 사귀고, 전장에 나아가서는 물러남이 없고, 살생을 하되 가리어 하라. 아무리 불교기로 이 밖에 더 나갈 수가 없지 않소? 만일 이대로만 하면 사후에 극락이 있으면 극락에 나고 천당이 있으면 천당에 날 것이 아니오? 도는 스스로 분명하거늘 사람들은 제가 행하지 않고 무슨 신통한 것을 구하니 어리석지 않소?"

상아 선생은 목소리를 높였다.

"옳은 말씀이오."

원효는 대답했다.

"석가세존의 무수한 말씀을 한마디로 하면 빌 공(空) 자 하나요. 공이라는 것은 '나'를 비게 하는 것이오. 속에 '내'가 가득 차고야 충효를 어찌 행하며 신용인(信勇仁)은 어찌 행하겠소. 한번 내가 공이라고 깨친 뒤에는 만 가지 일에 흐트러짐이 없소. 무엇을 하나 다 도에 맞아 저절로 충효신용인이 되는 것이니, 내가 보건대 가상아 수련이나 앙아 수련이 모두 나를 비게 하는 것인가 하오?"

원효의 이 말에 상아 선생은 자신도 모르는 사이에 일어나서 절하고 소리쳤다.

"대사는 내 스승이시오."

상아 선생은 찬탄했다.

"옳소, 옳소. 좋다, 좋다. '나'라는 욕심을 두고 백 년 수련을 하기로 도가 통할 리가 있겠소. 아 크고 크다. 참 크다. 참 도란 참 말 크다."

상아 선생은 손녀 아사가와 손자 사사미를 불러 새로 원효에게 절하게 하고 명했다.

"너희는 평생에 원효대사를 스승으로 모셔라."

아사가와 사사마는 기뻐했다. 아사가와 사사마는 스승께 대한 예로 원효에게 절했다.

원효는 두 남매의 절을 막지 않았으나 마음에 심히 괴로웠다. 그것은 원효가 용신당 수련에서 깊이 저를 반성하면 반성할수록 자기는 아직 남의 스승이 될 수 없음을 느낀 까닭이었다.

"내가 무엇이 남보다 나아서 스승이 되겠소?"

원효가 이렇게 말하는 것을 듣는 사람들은 겸사로 알았으나 원효로서는 진정이었다.

"천만에 말씀이시오. 원효대사로 말씀하면 이름이 천하에 진동하셨거늘."

"그것이 다 뜬 이름이오."

"그럴 리가 있소. 당나라에까지 이름이 높으시고, 진덕여왕께서도 대사를 스승으로 존경했거늘. 이 늙은 것이 눈이 어두워서 누구신지 몰라보았지만."

상아 선생은 더욱 원효를 칭송했다.

"헛된 이름은 높을수록 부끄러운 것이오. 어떻게 하면 이 헛된 이름을 소멸할까 하고 떠난 길인데 이제 또 손자 손녀를 맡으라 하시니 진실로 어떻게 할 바를 모르겠소."

원효는 얼굴과 음성에 매우 부끄러운 빛을 띠었다.

"군자는 겸손으로 자신을 다스린다 하였으니, 좋다."

상아 선생은 또 무릎을 쳤다.

"아니오."

원효는 앉음새를 고치며 말했다.

"조금도 겸사가 아니오. 스승께 거짓말을 아뢸 리가 있으리까. 앞으로 몇 해 동안 바람같이 떠다니며 마음을 닦으려 하오. 만일 이 몸이 남의 스승이 될 만하게 되거든 손자와 손녀를 부르오리다. 그동안 글공부나 시키시오."

이렇게 말하고 원효는 이곳을 떠났다.

두 소년 소녀는 원효를 언제까지나 따라 나왔다.

"그만 들어가거라."

원효는 산모퉁이에서 명했다.

"스승께서 부르실 때까지 저희들은 무엇을 하오리까."

아사가가 두 손으로 읍하고 원효에게 물었다.

"할아버지 늙으시고 어머니 병드셨으니 지성으로 시봉하여라."

"도 닦는 일은 어찌하오리까."

사사마가 물었다.

"부모께 효도하는 것이 도니라."

이것이 원효의 대답이었다.

"효도의 길은 어떠하나이까."

아사가가 물었다.

"그때그때 네 스스로 생각하면 알리라. 마음속에 내가 없고 오직 부모만 있으면 효도니라."

원효가 대답했다.

"스승께서는 이제 어디로 가십니까."

사사마가 물었다.

"중생이 부르는 데로, 발이 가는 데로."

원효는 두 제자를 보고 빙그레 웃었다.

"언제 저희를 불러주십니까."

아사가의 눈에는 눈물이 어렸다.

"제비는 봄에 오고 기러기는 가을에 가느니라. 잘들 있거라. 때가 되면 내가 너희를 찾을 수도 있고 너희가 나를 찾을 수도 있을 것이다."

원효는 아사가와 사사마의 머리와 등을 만지고는 뒤도 아니 돌아보고 걸어갔다. 바람결에 원효의 태장삼이 펄펄 날리는 것을 두 남매는 언제까지나 바라보고 서 있었다. 더구나 아사가는 원효와 떠나는 것이 견딜 수 없이 설웠다. 빈 산속에 단둘이 여러 날을 같이 지낸 것은 비록 젊은 이성이 아니라도 잊히지 못할 깊은 정이 들 것이다. 하물며 사모하는 이성이랴. 아사가 자신은 그것이 여자로서 남자에게 대한 사랑만이라고는 생각지 않아도, 그래도 그것은 아사가의 남성에 대한 첫 정임에 틀림이 없었다.

"누나, 그만 들어가."

소매를 끄는 사사마에게 아사가가 대답했다.

"나는 언제까지라도 여기 있고 싶다."

그 대답은 솔직한 고백이었다. 사사마는 놀라는 눈으로 누이의 얼굴을 들여다보고 고개를 까닥까닥해 동정할 수가 있었다.

"여기 서 있으면 무엇하오?"

"그도 그렇지."

두 사람은 원효가 사라진 방향을 향해서 한번 절하고 집으로 돌아섰다.

원효대사 1권 끝
제2권에 계속

원효 당대 연표

579년 26대 진평왕 즉위.

594년 수 문제가 진평왕을 상개부낙랑군공신라왕(上開府樂浪郡公新羅王)에 임명.

617년 **압량군 불지촌(경상북도 경산시 자인면) 북쪽 율곡에서 원효 출생.**

618년 수 멸망. 당 건국.

618년 한산주의 군주 변품이 백제로부터 가잠성(충북 괴산)을 수복.

621년 당과 수교, 조공.

623년 백제군, 늑노현을 공격.

624년 백제군, 속함 · 앵잠 · 기잠 · 봉잠 · 기현 · 혈책 여섯 성을 공격.

626년 백제군, 주재성을 공격.

627년 백제군, 신라 서쪽 변방의 성 두 곳을 공격하여 함락시킴.

628년 백제군, 가잠성을 공격.

629년 신라군, 고구려 낭비성(충북 청주 일대)을 공격.

631년 이찬 칠숙과 아찬 석품이 반란을 꾀함.

632년 진평왕 사망.
27대 선덕여왕 즉위.

633년 백제군, 신라의 서쪽 변경 서곡성을 공격.

634년 분황사 건립.

635년 영묘사 건립.
백제군, 독산성(경기 화성)을 공격.
자장법사가 불법(佛法)을 배우러 당으로 감.

638년 고구려군, 신라 북쪽 변경의 칠중성(경기 파주)을 공격.
알천이 고구려군과 칠중성 밖에서 싸워 승리.

642년 백제 의자왕이 미후 등 신라 서쪽 40여 개 성을 공격하여 빼앗음.
백제의 장군 윤충이 대야성(경남 합천)을 공격하여 빼앗음.
김유신 압량주(경북 경산) 군주로 임명됨.

643년 당에 사신을 보내 재차 고구려와 백제 공격을 요청함.
당에서 불법을 배우던 자장법사 귀국.

644년 김유신 휘하의 신라군이 백제를 공격. 가혜 · 성열 · 동화 등 일곱 성을 빼앗음.

645년 정월 백제의 대군이 쳐들어와 유신이 막아냄.
황룡사 9층 목탑 건립.
당 태종의 고구려 정벌에 원군 3만 명을 보냄.
백제군, 고구려 정벌의 빈틈을 타고 서쪽 일곱 성을 기습하여 빼앗음.

647년 정월, 비담, 염종 등이 모반.
선덕여왕 사망.
28대 진덕왕 즉위.
백제군, 무산성(전북 무주) · 감물성(경남 함안) · 동잠성(경북 김천)의 세 성을 공격.
아유다(요석공주)의 남편 거진, 무산성 싸움에서 전사.

648년 백제군, 요거성(경북 상주 일대) 등 서쪽 변경의 10여 개 성을 함락시킴.
원효, 황룡사에서 불경을 연구하며 수도함.

649년 신라 왕실과 조정에서 당의 복식을 따르도록 함.
백제군, 석토성 등 일곱 성을 공격하여 함락시킴.

650년 **원효와 의상, 당의 현장법사가 인도에서 새로 들여온 신유식(新唯識)을 배우고자 당 유학을 떠났다가 요동에서 첩자로 몰려 사로잡힘.**

654년 마지막 성골 임금인 진덕왕 사망.

29대 태종무열왕 즉위.
당에서 사신을 보내 태종무열왕을 개부의동삼사신라왕(開府儀同三司新羅王)으로 봉함.

655년 고구려, 백제, 말갈 연합군이 신라의 북쪽 변경에 침략하여 33개 성을 빼앗음.
당에서 장군 정명진, 소정방을 보내 고구려를 침략.

656년 태종무열왕, 차남 문왕을 당에 보내 조공.

660년 이찬 김유신을 상대등으로 임명.
신라 · 당 연합군 백제 정벌.
김유신, 황산(충남 논산 일대)에서 백제 장군 계백과 전투.
백제 의자왕이 웅진성(충남 공주 소재 공산성)으로부터 와서 항복.
이례성 함락. 백제 20여개 성이 모두 항복. 백제 멸망.
고구려가 신라 칠중성을 공격.

661년 백제 유민들이 사비성(충남 부여)을 공격.
고구려군과 말갈군이 술천성(경기 여주), 북한산성(경기 고양시와 서울 은평구 일대)을 공격.
무열왕 사망.
30대 문무왕 즉위.

661년 신라군, 옹산성(대전 대덕 계족산성)을 점령한 백제 유민들을 토벌.
원효, 다시 의상과 함께 당으로 떠나려 하였으나, 배를 타러 당항성(경기 화성)으로 가던 중 깨달음을 얻고 돌아옴.

662년 객관에 머물던 당 사신이 문무왕을 개부의동삼사상주국낙랑군왕신라왕(開府儀同三司上柱國樂浪郡王新羅王)으로 책봉함.
탐라국 우두머리 좌평 도동음률이 항복.
당군, 내사지성(충남 유성 일대)를 점령한 백제 유민들 토벌.

663년 신라군이 거열성(경남 거창), 거물성(전북 임실), 사평성(전남 구례), 덕안성 등지의 백제 유민을 토벌.
당이 한반도를 당의 지역제에 편입시키고자 옛 백제 땅에 5도독부, 옛 고구려 땅에 9도독부를 설치. 신라를 계림주 대도독부로 삼고 문무왕을 대도독으로 임명.

664년 신라군, 사비산성(충남 부여)에서 백제 유민을 토벌.
신라군, 당군과 함께 고구려의 돌사성 정벌.

666년 고구려를 멸망시키고자 당에 청병.
당군이 고구려를 공격.

668년 신라와 당 연합군 대대적으로 고구려 침공.
고구려 대곡성(황해 평산)과 한성(황해 재령) 등 2군 12성이 항복.
신라군이 사천(평안남도 평성시) 들판에서 고구려군과 전투, 승리.
고구려 보장왕 평양에서 신라·당 연합군에게 항복.

669년 신혜법사를 왕의 자문 역할인 정관대서성에 임명.

670년 신라군, 말갈과 싸워 승전.
신라군, 웅진도독부에서 백제 유민의 잔당을 토벌.

671년 신라군, 백제 유민의 주거지를 침공하여 웅진(충남 공주시) 남쪽에서 싸움.
당이 군사 4만으로 대방(경기 한강 이북, 황해 자비령 이남 일대)을 침범.

672년 신라군, 백제 유민이 주둔한 고성성 정벌.
신라군, 백제 유민이 주둔한 가림성(충남 부여)을 공격, 패전.
당군, 신라의 한시성과 마읍성을 공격.

673년 7월 1일 김유신 사망.

675년 신라군, 칠중성(경기 파주)에서 당군과 싸워 패전.
당군이 신라의 천성을 공격.
신라군, 매초성(경기 양주)에 주둔한 당군 20만 명과 싸워 승리.
말갈이 아달성(강원 이천)에 침입.
당 · 거란 · 말갈 연합군 칠중성을 공격.
말갈군 적목성(회양 난곡)을 공격.
당군이 석현성(경북 마성)을 공격.

676년 의상대사가 문무왕의 명으로 부석사 창건.

당군이 도림성을 공격하여 함락시킴.

당군과 기벌포(충남 서천 일대)에서 싸워서 패함.

679년 사신을 보내 탐라국을 다스리게 함.

681년 문무왕 사망.

31대 신문왕 즉위.

681년 소판 김흠돌, 파진찬 흥원, 대아찬 진공 등이 모반하여 처형됨.

684년 장군 대문이 모반하여 처형됨.

685년 봉성사 건립. 망덕사 건립.

686년 **3월 30일 원효, 혈사(穴寺, 경주 남산 근처로 추정)에서 70세의 나이로 입적.**

참고자료: 삼국사기, 국역 동국통감.